Celui-ci est pour toi, papa.
Que ça ne te monte pas à la tête.

« Fuyez, pauvres fous ! »
Gandalf
Le Seigneur des Anneaux, La communauté de l'Anneau

GHADRA
Territoire
du prince Verak
Thersa
Territoire
de la princesse
Marossa
Territoire
de la princesse
Orena
Montagnes du Sud

La FORGE des SECRETS

Collection Stardust dirigée par Krysia Boillon-Roginski
Ouvrage dirigé par Krysia Boillon-Roginski

Couverture : Liz Dresner

Titre original : *Blade Of Secrets*

59, quai Alphonse Le Gallo
92100 – Boulogne-Billancourt
www.hugopublishing.fr

ISBN : 9782755672893/001
Dépôt légal : mars 2025
Imprimé en France par CPI Bussière en mars 2025
sur papier issu de forêts gérées de manière responsable

La FORGE des SECRETS

TRICIA LEVENSELLER

Traduit de l'anglais (États-Unis) par Flore Rochas

STARDUST

Légende
Capitale
Ville
Village
Galvinor
Territoire
du prince Ravis
Territoire
de la princesse
Lisady
Briska
Amanor
Territoire
du prince Skiro
N
O
E
S
Lirasu

Chapitre
— 1 —

Je préfère le métal aux gens, voilà pourquoi la forge est ma bulle d'air.

Ici, la chaleur est implacable, même en ouvrant toutes les fenêtres pour ventiler. La sueur perle à mon front et me dégouline le long du dos, mais pour rien au monde je ne renoncerais à être forgeronne.

J'aime sentir le poids du marteau dans ma main ; j'aime entendre sonner le métal contre le métal, j'aime la souplesse de l'acier chauffé, l'odeur de la fournaise et la satisfaction de terminer une arme.

Je suis fière que chaque lame que je forge soit unique. Mes clients savent que, quand ils commandent une lame Zivan, elle ne sera semblable à nulle autre.

Je pose mon marteau et examine mon ouvrage en cours.

L'ailette a exactement la forme voulue. C'est la sixième et dernière des pièces identiques qui seront soudées à la tête de la masse d'armes. Après avoir trempé la lame, je la passe à la meule pour aiguiser chaque courbe du tranchant. J'ai déjà creusé des rainures dans la tête de la masse à l'aide d'un marteau et d'un burin. Il ne reste à présent plus qu'à souder ensemble toutes les pièces. Les prenant une à une avec une paire de pinces distincte, je les place dans le four et patiente.

Il y a beaucoup à faire en attendant : nettoyer les outils, se débarrasser des chutes de métal, actionner le soufflet pour maintenir la température du four au-dessus de 2500 degrés.

Des cris viennent interrompre la paix de mon espace de travail.

Ma sœur, Temra, tient la boutique à l'avant de la forge quand elle ne m'assiste pas pour la fabrication des armes de grande dimension. Dans l'échoppe, les clients peuvent acheter les articles les plus simples comme des fers à cheval, des boucles et autres objets du même genre. Avec mes fers ensorcelés, les chevaux galopent plus vite, quant à mes boucles, elles ne se brisent jamais et ne perdent pas leur éclat. C'est une magie sommaire, rien à voir avec celle nécessaire pour forger des lames.

– Ziva ne reçoit aucun client pour l'instant ! crie Temra de l'autre côté de la porte.

C'est exact. Personne ne pénètre dans la forge. La forge est sacrée. C'est *mon* espace.

Lorsque je juge que l'acier est prêt, je sors du four la tête de la masse et la première ailette, alignant la lame de celle-ci avec la première rainure.

– Elle me recevra, moi ! hurle une voix. Elle me doit des explications pour son travail défectueux.

Ce mot me hérisse. *Défectueux ?* C'est d'une grossièreté gratuite. Si j'étais une personne gérant facilement les conflits, je sortirais peut-être dire ma façon de penser à ce client.

Mais nul besoin de m'inquiéter : ma sœur *est* cette personne.

– Défectueux ? Comment osez-vous ? Allez donc voir un rebouteux et cessez de nous faire porter le chapeau pour votre propre bêtise !

Je grimace. Elle est peut-être allée un peu loin. Temra n'a jamais été très douée pour contrôler ses humeurs. Parfois, elle est carrément terrifiante.

Je fais de mon mieux pour ignorer la querelle et me concentrer sur ma tâche. C'est à ce stade que la magie entre en jeu. Le métal est chaud, préparé. J'ai longuement réfléchi à la façon dont j'allais rendre cette arme spéciale. Une masse sert à cogner et enfoncer, c'est une arme dont le maniement nécessite une force brutale. Mais si je pouvais augmenter sa puissance ? Si je pouvais, chaque fois que l'arme absorbe un coup de l'adversaire, transférer cette énergie à la prochaine frappe ?

Je ferme les yeux, me focalisant sur ce que je veux obtenir de la magie, mais je sursaute lorsque, à mon grand désarroi, les portes de la forge s'ouvrent avec fracas.

Je ressens la présence importune dans la pièce comme un poids écrasant mes épaules. Un instant, j'oublie complètement mon travail, incapable de penser à autre chose qu'au malaise se ruant dans mes veines.

Je déteste ce sentiment d'être à l'étroit dans ma peau. Comme si l'anxiété prenait trop de place, me repoussant à l'écart de moi-même.

Tandis que le bruit de pas s'approche, je m'efforce de reprendre une contenance. Je me souviens de la masse et me concentre dessus comme si ma vie en dépendait. Peut-être que l'intrus saisira le message et s'en ira de lui-même.

Pas de chance.

Qui que ce soit, il se plante de l'autre côté de mon enclume, dans mon champ de vision, et me tend son bras sous le nez.

– Regardez-moi ça !

Je découvre une longue estafilade sur l'avant-bras de l'homme. En même temps, une boule de nerfs s'agite dans mon ventre, due à la trop grande proximité de cet inconnu.

– Sortez d'ici, Garik. Ziva est en plein travail ! insiste en vain Temra en nous rejoignant.

– Voyez ce que votre lame m'a fait ! Mon bras *armé* ! J'exige le remboursement !

Je sens la chaleur me monter au visage. L'espace d'un instant, je suis incapable de penser, de faire autre chose que fixer l'homme qui saigne sur mon outil de travail. Garik est un jeune trentenaire. Plus dégingandé que bien bâti, avec un nez crochu et des yeux trop grands. Il n'est pas surprenant que je ne le reconnaisse pas. Temra s'occupe de la plupart des commandes passées en boutique pour que je puisse me consacrer pleinement à la forge.

Garik me regarde comme si j'étais idiote.

– Votre arme est défectueuse. Elle m'a entaillé !

– Vous vous êtes entaillé vous-même ! rétorque Temra. Vous ne pouvez pas venir ici accuser l'arme de votre propre maladresse.

– Maladresse ! Je suis un maître épéiste ! La faute n'est certainement pas la mienne.

– Vraiment ? Et comment donc un maître épéiste s'entaille-t-il le bras armé avec sa propre épée ? Que faisiez-vous ? Vous vous entraîniez au moulinet ? À lancer l'arme en l'air et à la rattraper ? Y avait-il un large public pour vous voir trébucher ?

Garik bafouille une bonne minute en cherchant ses mots, ce qui laisse entendre que Temra a deviné juste.

– Vous devriez peut-être vous faire jongleur si vous comptez employer votre arme de cette façon au lieu de ce pour quoi elle est faite, cingle Temra.

– Toi, reste en dehors de ça, petite sauvage ! Je m'adresse à la forgeronne. Ou bien est-elle incapable de se défendre elle-même ?

Piquée au vif, j'en jette mes outils et accorde toute mon attention à cet homme déplaisant. C'est une chose de venir ici attaquer mon travail, c'en est une autre d'insulter ma sœur !

– Garik, dis-je avec une assurance feinte, vous allez partir maintenant avant qu'on appelle la garde de la ville. Vous n'êtes plus le bienvenu dans cette forge, ni dans la boutique ni nulle part sur nos terres.

– Mon bras…, tente-t-il encore.

– Est moins blessé que votre orgueil, sinon vous seriez chez le guérisseur et pas ici.

Son visage s'empourpre, tandis que du sang goutte sur le sol.

Je ne peux le regarder plus longtemps. C'en est trop. Mes yeux se posent sur la dentelle de sa chemise et y restent fixés. Ma réaction est peut-être stupide. Est-ce que ma phrase avait seulement un sens ? Si je dis quelque chose d'autre, est-ce que ce serait pur radotage ?

Je décide d'ajouter :

– Je me ferais une joie d'examiner l'arme pour m'assurer de son efficacité. Pourquoi pas devant tous vos amis ? Bien que, au vu de la belle entaille sur votre bras, elle ait l'air tout à fait fonctionnelle.

Gagné. Il sort à grands pas furieux, non sans balayer mon établi au passage, envoyant tous mes outils valser au sol.

Enfin, il est parti.

– Un homme odieux, commente Temra avant de remettre de l'ordre sur l'établi.

Mais je ne l'entends pas vraiment. Je regarde mes outils, puis l'endroit où se tenait Garik. Dans mon cerveau, toute la scène se répète à l'infini, échappant à mon contrôle. Il était ici. Dans ma forge. J'ai été obligée de parler. De me remettre en question. De sentir que j'allais bouillir de l'intérieur. Ma raison sait que ni ma sœur ni moi ne courions de véritable danger, que ce genre d'affrontement ne signifie pas la fin du monde, mais mon corps, lui, n'est pas convaincu.

Je n'arrive pas à respirer. Ou alors je respire trop vite.

– Ziva ? Oh, mince ! Tout va bien.

Tout ne va pas bien. Temra tente de s'approcher, mais je recule, manquant trébucher. Mes mains tremblent et ma température corporelle passe de désagréablement chaude à insupportable.

– Ziva, il est parti. Tu es en sécurité. Regarde autour de toi. Il n'y a que nous. Tiens, prends ton marteau, dit-elle en me mettant l'outil dans la main. Écoute ma respiration et cale-toi dessus.

Elle exagère le rythme de son souffle, inspirant et expirant profondément.

Je tombe à genoux devant mon enclume, les yeux à hauteur de la masse d'armes inachevée, tenant mon marteau d'une main lâche.

Vous n'êtes plus le bienvenu.

Je n'en reviens pas de ce que j'ai dit. Je l'ai insulté. Il va tout raconter aux autres clients potentiels. Tout le monde saura que j'ai prononcé des idioties. Ils voudront tous faire affaire ailleurs. Je serai ruinée. Humiliée.

Tout le monde saura que quelque chose ne tourne pas rond chez moi.

– Respire. Tu es en sécurité. Respire, répète Temra, tranchant le nœud de mes pensées.

– Et si l'épée était bien défectueuse et que je...

– L'épée était parfaite. Ne pense pas à ça. Allons, Ziva ! Tu es incroyable. Respire.

Le temps s'arrête alors que j'essaie de me soustraire au poids de ma propre panique.

Je n'ai pas conscience du temps qui s'écoule avant que l'attaque reflue, que mon cerveau soit capable d'appréhender autre chose que le sentiment de catastrophe imminente. Mais ça finit par passer, par me quitter comme le jus s'écoule d'un fruit pressé.

J'ai toujours été naturellement anxieuse, mais côtoyer les gens empire nettement la situation. Et parfois, ces attaques surviennent quand la rencontre est particulièrement désagréable ou tout simplement si je me sens dépassée.

Fatiguée et énervée, j'accepte tout de même que ma sœur me prenne dans ses bras. Elle me laisse décider quand me dégager.

– Merci, dis-je en rangeant le marteau sur l'un des nombreux établis de la forge.

– Je suis désolée, Ziva. J'ai vraiment essayé de l'empêcher d'entrer.

– Crois-moi, je t'ai entendue. J'espère tout de même que tu le sais : si quelqu'un se montre dangereux, j'insiste pour que tu le laisses passer. Je ne veux pas qu'il t'arrive quoi que ce soit.

Elle ricane.

– Comment un homme qui se blesse avec sa propre épée peut-il être dangereux ?

Nous rions ensemble, puis je me tourne vers la masse d'armes inachevée, j'hésite entre poursuivre le travail et me reposer un peu.

Sauf que… l'arme a déjà été ensorcelée.

Le changement n'est pas visible extérieurement, mais je le perçois. Une légère chaleur qui palpite.

Je saisis la masse par le manche en métal et en inspecte la tête, prenant garde à l'ailette qui refroidit encore.

– Il s'est passé quelque chose.

– Garik a abîmé l'arme ?

– Non, elle est déjà imprégnée de magie.

– Qu'est-ce que tu as fait ?

– Rien. J'étais en train de souder la première ailette quand Garik est entré. Je l'ai posée sur l'enclume et ensuite…

– Et ensuite ? m'encourage Temra.

– Ensuite, je n'arrivais plus à respirer.

Je décide de sortir, Temra me suit. Notre ville est construite au milieu d'une forêt de conifères. Il pleut tous les deux jours, et le soleil mène un combat perpétuel contre les nuages pour la domination du ciel. Aujourd'hui, il brille, réchauffant ma peau malgré la brise légère.

Quand j'étais petite, nos parents élevaient des poules et une chèvre dans le jardin. Je me souviens d'avoir aidé ma mère à récolter les œufs chaque matin. En revanche, ni Temra ni moi n'avons de goût pour ce genre de responsabilités, et le terrain sert surtout d'espace de démonstration pour mes armes.

Lorsque j'estime me trouver à bonne distance de la maison, j'empoigne fermement la masse et balance un coup sur le vieux cèdre.

Rien de magique ne se produit.

Même si c'est rare, il m'est arrivé quelquefois d'ensorceler une arme sans le vouloir et de devoir alors trouver comment elle marche.

C'est assez agaçant.

J'essaie de porter un coup sur la terre battue, sans résultat. Prise d'une impulsion, je souffle sur la tête de la masse, vu que mon visage en était si proche pendant mon attaque.

Toujours rien.

– Laisse-moi essayer, dit Temra.

– Certainement pas. Tu pourrais te blesser.

– J'ai déjà manié tes armes.

– Mais elles ont souvent des effets de longue portée. Tant que je ne saurai pas exactement ce qu'elle fait, je ne te laisserai…

Temra tombe à genoux et porte ses mains à son cou en émettant un râle. Alors que j'avais commencé à faire tournoyer l'arme au-dessus de ma tête, je m'arrête aussitôt et me précipite vers elle.

– Qu'est-ce qui se passe ? Tu as avalé quelque chose ?

Une bouffée d'air gonfle ses poumons, tandis qu'elle fixe sur l'arme un regard fasciné.

– Je n'ai rien avalé. C'est la masse. Refais-le pour voir.

– Quoi ?

– Fais tournoyer la masse au-dessus de ta tête.

Je décris un grand cercle avec l'arme et, cette fois, Temra est préparée.

– Je ne peux plus respirer quand tu fais ça.

Sous le choc, je scrute l'arme avant de la lui tendre.

– Maintenant, tu peux essayer.

Elle s'exécute, et je ressens immédiatement les effets. La masse aspire l'air autour d'elle, m'en prive, me le vole. Je m'éloigne pas à pas, et quand j'atteins environ trois mètres, je respire de nouveau.

Temra suspend son geste.

– Incroyable !

– Ravie que ma crise de panique serve à quelque chose…

Temra me regarde tristement.

– Ce n'est pas grave, Ziva. Chaque fois que ça se produit, je serai là pour toi.

En tant que sœur aînée, c'est moi qui devrais être là pour elle. Mais le plus souvent, c'est elle qui vient à mon secours. De nous deux, Temra aurait dû hériter du don de notre mère pour la magie. Elle est bien plus forte et plus courageuse que je ne le serai jamais. Pourtant, je ne crois pas qu'elle se rende compte de tout ce que ce don a volé de mon enfance.

Je suis heureuse que Temra, à seize ans, puisse se consacrer à des tâches plus banales comme flirter avec les garçons et acquérir une éducation. Et moi ? Je gagne notre vie à toutes les deux depuis que j'ai douze ans. Je me demande souvent si avoir passé une grande part de ma jeunesse enfermée dans une forge m'a rendue peureuse de tout le reste. Aujourd'hui, à dix-huit ans, je déteste sortir de la maison et frayer avec les gens.

Ou alors c'est peut-être un effet de la magie. Je n'ai personne pour répondre à mes questions sur la magie. Ma mère a été tuée quand j'avais cinq ans, bien avant que mon don se manifeste.

– Le tournoi local se tient dans à peine quelques mois, dit Temra. Je suis sûre que beaucoup de clients visiteront notre ville d'ici là. Tous voudront une lame Zivan.

Elle essaie de me remonter le moral. J'apprécie ses efforts, même si je suis encore sous le coup de mon attaque.

– C'est une phase, dit Temra, comme si elle lisait dans mes pensées. Ça finira par passer.

– Tu as sûrement raison.

Mais je n'y crois pas une seconde.

Chapitre

— 2 —

On est mardi, ce qui veut dire qu'on sort dîner.

Je déteste sortir.

Je suis un peu soulagée quand je vois que notre table habituelle est libre. Je fonce droit dessus et m'empare de la chaise du côté opposé. C'est ma place préférée parce que j'ai le dos au mur. Personne ne peut passer derrière moi et je peux observer la salle entière.

Je n'aime pas avoir l'impression que tout le monde me regarde, et c'est une sensation dont je n'arrive pas à me débarrasser lorsque mon dos est exposé.

Temra et moi consultons attentivement le menu, même si nous savons déjà ce que nous voulons.

La serveuse nous salue par nos prénoms avant de prendre nos commandes.

– Pour moi, ce sera la soupe de chou-fleur et du pain frais, dit Temra. Pour elle, l'agneau avec les légumes bouillis.

Je hoche la tête en adressant un sourire forcé à la serveuse. C'est notre arrangement, à Temra et moi. Nous sommes toutes les deux de piètres cuisinières. Quand on s'y essaie, tout finit brûlé ou spongieux. Pourtant, je préfère me contenter d'une nourriture mauvaise consommée en sécurité chez moi plutôt que manger n'importe où, à la vue de tous ces inconnus. Temra, en revanche, adore sortir dîner, donc nous avons un pacte. Nous mangeons au restaurant la moitié de la semaine ; l'autre moitié, nous cuisinons à la maison à tour de rôle. Et Temra passe toujours commande pour moi, pour m'éviter d'avoir à parler à quelqu'un d'autre qu'elle.

Je pose mes mains sur la table devant moi et me tords les doigts, une manie que j'ai depuis l'enfance. Une sensation de vibration s'est installée juste sous ma peau. Pour tenter de me distraire de cet inconfort, je dis :

– Le gouverneur est venu chercher son arme cet après-midi, pendant que tu étais en classe.

– Il est venu en personne ?

– Oui.

– Il devait être très impatient de voir sa masse d'armes. Il l'a aimée ?

J'essaie de masquer une grimace, sans succès visiblement, puisque Temra demande :

– Il ne l'a pas aimée ?

– Si, si, elle lui convenait parfaitement.

– Alors quel est le problème ?

– Il… il nous a invitées chez lui.

Un grand sourire éclaire le beau visage de ma sœur. Avec elle, c'est parfois très difficile de s'énerver comme il faudrait.

– C'est merveilleux, Ziva ! Tu ne vois pas ce que ça veut dire ? Il faut qu'on fasse bonne impression.

– J'ai essayé de refuser, mais il ne m'a pas laissé le choix.

– Oh, on va bien s'amuser ! Une fête, c'est exactement ce qu'il nous faut.

– Ce n'est pas une fête. Il m'a assuré que ce serait un dîner tout ce qu'il y a de plus formel.

– Aucune importance. Le fils du gouverneur sera là, de toute façon.

Son sourire espiègle ne peut signifier qu'une chose.

– Il est mignon ?

Elle répond par un soupir.

Je voudrais que nos plats arrivent vite pour avoir de quoi m'occuper les mains. Mes doigts sont rouges à force de les triturer ; je les cache sous la table.

Je sais bien que Temra a envie de discuter plus en détail du fils du gouverneur, mais je n'en vois pas l'intérêt. Je n'ai jamais vraiment été attirée par qui que ce soit. Je ne sais pas si c'est l'anxiété qui m'empêche de me rapprocher des gens ou bien autre chose. Quoi qu'il en soit, ça ne m'est pas encore arrivé.

Ce n'est pas que je refuse de nouer des liens. Je le désire, au contraire, mais plus que tout, je veux me sentir en sécurité. Personne d'autre que Temra ne m'a jamais donné ce sentiment.

Je balaie le restaurant d'un coup d'œil rapide. Seules quatre autres tables sont occupées. Deux couples sont assis à des tables distinctes : deux femmes d'un certain âge qui se tiennent par la main, et un homme et une femme qui se disputent à voix basse. La femme sort en trombe de l'établissement. L'homme jette quelques pièces sur la table avant de la suivre.

Comme c'est gênant !

Il y a aussi une femme seule, assise près de la fenêtre, sirotant un verre de vin.

Et le quatrième client… me fixe intensément du regard.

D'instinct, je baisse les yeux, le visage brûlant d'avoir été prise à l'observer. Sauf que c'est lui qui me regardait en premier, non ?

Temra raconte quelque chose que j'entends à peine, occupée à risquer un œil du côté de l'homme.

Il me fixe toujours.

– Temra, je chuchote, quelqu'un nous observe.

– Combien de fois il faut que je te le dise : personne ne te regarde.

– Je suis sérieuse, cette fois. Le type derrière toi.

Elle se tourne ostensiblement pour croiser le regard de l'homme assis près de la porte. Il n'a pas encore été servi, et il n'est clairement pas en train de lire le menu ouvert devant lui.

Temra lui fait un petit signe avant de se retourner.

– Il est pas mal si on ne tient pas compte de ses vêtements. Je devrais peut-être aller lui parler ?

– Ne t'avise pas de me laisser toute seule, je marmonne entre mes dents.

– Je pourrais l'inviter à se joindre à nous.

– Non !

– Je te taquine ! J'attendrai qu'on ait fini de dîner pour…

D'abord, je crois que la serveuse arrive avec nos plats, mais je réalise aussitôt que la table près de la porte est vide et que l'homme s'est approché tranquillement. Je me concentre sur le grain du bois tandis que Temra, ravie, se tourne vers l'intrus.

– Bonjour ! chantonne-t-elle d'une voix qu'elle n'adopte qu'avec les hommes.

– Bonjour. Pardonnez-moi de vous interrompre, mais serait-il possible que je me joigne à vous ?

Temra m'interroge du regard, mais je suis incapable de parler comme de lever les yeux. Alors elle répond : « Je vous en prie », et lui indique la chaise libre.

La proximité de cet inconnu me fait dresser les poils sur les bras. J'ai l'impression qu'on me pétrit les tripes comme de la pâte à pain. Je voudrais être n'importe où ailleurs.

– Je m'appelle Temra, dit ma sœur.

– Petrik, se présente l'étranger.

– Petrik, répète Temra. Je ne vous ai jamais vu dans les parages.

– Je ne suis pas d'ici. Je viens du Territoire de Skiro.

– Et que faites-vous à Skiro ?

Comment fait-elle ça ? Elle sait sans effort quoi dire et sur quel ton. J'arrive parfois à parler à mes clients dans la boutique. Les armes, je connais, et je n'ai pas trop de mal à en discuter. Mais pour le reste ? Je suis démunie.

L'envie me noue les tripes. Le souhait d'être plus comme ma sœur. Aussi à l'aise avec le monde, aussi bien dans ma peau.

– Je suis un érudit de la Grande Bibliothèque, explique Petrik d'une voix grave. Je suis spécialisé en magie ancienne.

Je lève les yeux sans le vouloir, mon intérêt éveillé.

– En magie ?

L'homme sourit, et je trouve le courage de le regarder bien en face. Il a à peu près mon âge. Il a le crâne tondu de près, couvert d'un court duvet noir. Des lèvres charnues, un nez épais, la peau d'un marron foncé assorti à ses yeux.

Ses vêtements sont étranges. La plupart des gens optent pour les tuniques classiques, collants et bottes robustes, mais lui porte une longue robe couleur saphir qui couvre ses mains et ses chevilles. D'ailleurs, tout ce que je vois de lui, ce sont les bouts pointus de ses bottes et sa tête. La robe semble être pourvue d'une capuche, mais il ne l'a pas rabattue et je peux voir son visage.

– Oui, depuis les devineresses du continent du Nord jusqu'aux animaux parlant des îles de l'Ouest, j'ai tout étudié. Je prépare mon propre ouvrage. Une sorte de guide concis de tous les pouvoirs magiques connus dans l'histoire du monde.

Temra plisse les yeux et me lance un regard lourd de sens. Elle hausse les sourcils, comme pour essayer de me faire comprendre quelque chose. Après un moment, elle laisse tomber et lève les yeux au ciel.

– Et cette étude vous a mené à Ziva, dit-elle.

– Précisément, confirme Petrik. J'espérais que Ziva accepterait de répondre à quelques questions, de me montrer son travail.

D'abord, je suis enchantée. Un homme de mon âge veut me parler de mon travail ? Serait-ce l'occasion que j'attends depuis si longtemps ? La promesse d'une conversation sur un terrain sécurisé, tout en faisant la connaissance d'une personne nouvelle.

Ensuite, je réalise qu'il a dit que c'était pour un livre.

D'autres gens le liront. Petrik me citera. Me décrira, ainsi que ma méthode de travail. Je serai scrutée. Et si je dis ce qu'il ne faut pas ? Et s'il trouve ma magie ennuyeuse, me rejette et s'en va ? Et si tous ceux qui lisent le livre en concluent que ma réputation est usurpée, et que je perds tous mes clients ?

Je sais bien que tout cela est hautement improbable, pourtant je n'arrive pas à me défaire de ma peur. Accepter de lui parler ne me paraît absolument pas sûr.

– Non merci, dis-je en fixant mes mains sur mes genoux.

La serveuse arrive à ce moment-là avec nos plats. Elle demande à Petrik :

– Vous avez choisi ?

– Pas encore, répond-il.

Elle s'éloigne, ne laissant dans son sillage que silence et vapeur d'eau.

– Alors, Petrik, commence Temra en rejetant ses cheveux derrière son épaule, ses boucles acajou brillant dans la lumière. Parlez-moi de Skiro. Je n'y suis jamais allée.

Je sais qu'il me regarde. Je le sens. Temra fait de son mieux pour capter l'attention de l'érudit, mais Petrik l'ignore presque complètement.

– J'ai parlé trop vite, Ziva, pardonnez-moi. J'ai fait un long voyage et je n'avais pas l'intention de vous tomber dessus pendant le dîner. Je ne m'attendais pas à vous voir entrer dans le restaurant où je mangeais. J'avais prévu de vous contacter, de convenir d'un rendez-vous formel et de tout vous expliquer. Je vous indemniserai, évidemment, pour le temps que vous me consacrerez. Je pourrais peut-être venir à votre forge prochainement afin qu'on en discute plus en détail ?

– Non merci, je répète.

– Puis-je savoir pourquoi ?

– La forge est l'espace sécurisé de Ziva, intervient Temra. Elle n'aime pas qu'on y fasse intrusion. Elle est très réservée. Je suis sûre que vous comprendrez. Peut-être que je pourrais échanger avec vous pour vous aider avec votre livre ? J'assiste fréquemment Ziva à la forge. Je connais bien ses techniques et très bien toutes les armes qu'elle a fabriquées. Nous pourrions nous retrouver tous les deux un de ces jours. Pour dîner, par exemple.

Oui, je préfère nettement cette idée. Laissez-moi en dehors de toute cette histoire, et que Temra flirte tant qu'elle veut avec ce garçon qu'elle trouve si mignon.

– Vous êtes sûre que je ne peux rien tenter pour vous convaincre ? insiste Petrik, qui ne m'a pas lâchée des yeux.

Je dois me montrer directe. Ferme. S'il détecte la moindre hésitation chez moi, il continuera sans doute à me harceler. Je lève donc les yeux pour les fixer droit dans les siens.

– Tout à fait sûre. Je n'ai aucune envie d'être interrogée ou de voir ma vie disséquée en public.

Puis je prends ma fourchette et mon couteau et commence à découper mon rôti d'agneau. J'essaie de ne pas répéter dans ma tête ce que je viens de dire. Je ne veux pas faire une fixette. Je ne veux pas m'inquiéter. Je veux juste dîner en paix.

Petrik se lève sans ajouter un mot. Au lieu de battre en retraite jusqu'à sa table, il quitte carrément le restaurant.

Bon débarras.

– Tu y crois ? s'indigne Temra.

– Je sais… Combien de fois il faut lui dire « non » avant qu'il comprenne ?

– Hein ? Ah oui. Mais surtout, il m'a complètement ignorée ! Grossier personnage. Il s'est juste servi de moi pour entamer la conversation avec toi.

C'est bien la première fois. En général, les gens essaient (en vain) de me parler pour approcher ma jolie petite sœur.

– Il est parti maintenant, je conclus avant de prendre une bouchée de viande.

Elle est délicieuse, comme toujours.

Temra se contente de tremper sa cuillère dans sa soupe, sans jamais la porter à ses lèvres ; manifestement, elle est encore absorbée par l'étrange rencontre.

– Ne t'inquiète pas, lui dis-je. Bientôt, j'aurai assez d'argent pour nous permettre de quitter Ghadra et de nous retirer sur le continent du Nord. Il ne nous suivra pas jusque là-bas.

Cela fait des années que nous en parlons, depuis que j'ai ouvert mon atelier. Le continent du Nord est magnifique, peu de gens ont les moyens d'y vivre. Personne ne saura qui je suis. Personne ne viendra me chercher pour forger des armes. J'adore mon métier, mais je préférerais forger juste pour moi et personne d'autre. Lorsque j'aurai accumulé une somme suffisante pour subvenir à vie à nos besoins, nous quitterons cette ville et nous installerons quelque part à la campagne. Rien que nous deux. C'est tout ce que je désire. Me sentir toujours en sécurité, ne jamais m'inquiéter de savoir si quelqu'un va débarquer pour une visite de courtoisie sans que je m'y sois mentalement préparée.

Je gagne très bien ma vie, en tant qu'unique forgeronne-magicienne au monde – du moins, je n'ai jamais entendu parler d'un ou d'une autre.

Des gens du monde entier viennent me commander des armes. Certains sont des nobles qui veulent afficher leur richesse et leur supériorité. D'autres, des officiers de haut rang dans des armées privées. Les gardes des villes et des châteaux ont des salaires modestes, aussi aucun n'a-t-il jamais franchi le seuil de ma boutique.

Mais le gros de ma clientèle ? Ce sont des mercenaires. Des sicaires. Des combattants à louer.

La demande pour leurs services a explosé ces dernières années.

Notre ancien souverain, le roi Arund, a eu bien des difficultés avec son petit frère, qui essayait constamment d'usurper son autorité et de lui voler le trône. L'histoire raconte que le roi dut finalement condamner son frère à mort après une tentative d'assassinat ratée sur sa personne. Le roi aimait beaucoup son frère et se désolait que la couronne les eût dressés l'un contre l'autre. Dans l'espoir de se débarrasser à l'avenir des inimitiés familiales, Arund décida de répartir le royaume de Ghadra entre ses six enfants bien-aimés.

De nouvelles frontières furent tracées. Six territoires naquirent, chacun nommé d'après le prince ou la princesse qui le gouvernait. Ghadra connut la division. Et des opportunités s'ouvrirent pour les crapules.

Il y a tout juste une décennie que la partition a eu lieu, et nombreux furent ceux qui en ont tiré avantage. Les brigands sont plus courants que les mouches sur la route. Ils se déplacent de territoire en territoire, rendant impossible leur capture par un seul souverain. Personne ne veut consacrer des hommes ou de l'argent à l'arrestation de criminels qui ne se trouvent plus sur son territoire. S'ajoute à cela la complication de six nouveaux souverains qui s'efforcent chacun de créer sa propre cour, de développer sa propre économie, de financer son règne individuel.

Le peuple a beaucoup souffert de ces changements.

Et j'ai entendu dire que les six enfants royaux ne se contentent pas tous de leur petite part du gâteau. Des rumeurs courent concernant des révoltes et des complots pour prendre le pouvoir, mais ce ne sont que des rumeurs pour l'instant. Des murmures portés par le vent.

Quoi qu'il en soit, mon métier est devenu une nécessité, et je gagne beaucoup d'argent à l'exercer. D'innombrables particuliers ont voulu m'engager comme forgeronne personnelle. Vu mon aversion pour les gens, j'ai toujours refusé.

Récemment, ces demandes se sont faites plus fréquentes. La réputation de mon savoir-faire commence à gagner les régions les plus reculées de Ghadra. Sans doute parce que j'ai accepté de plus en plus de commandes ces derniers temps, dans l'espoir d'atteindre notre but plus rapidement.

Temra et moi sommes si près de pouvoir partir. Encore deux ans, je pense. Si je veux prendre ma retraite et avoir les moyens d'assumer le coût de la vie plus élevé pour ma sœur et moi, il nous faut un peu plus d'argent.

– C'est formidable, Ziva, dit Temra, m'arrachant aux visions d'elle et moi au paradis.

Elle ne touche toujours pas à sa nourriture.

– As-tu réfléchi un peu plus à quel métier tu voudrais exercer ? je lui demande, dans l'espoir de la distraire.

– Pas vraiment. J'adore jouer dans les spectacles de la ville, donc je pourrais peut-être intégrer une troupe itinérante, un jour.

Je ne vois pas comment elle pourrait rester avec moi dans le Nord, si elle compte sillonner le pays pour son activité. Elle n'a clairement pas envisagé tous les tenants et aboutissants.

– Ou alors…, nuance-t-elle, je pourrais travailler avec les armes. On peut dire que je suis en apprentissage avec toi depuis ma naissance !

Oui, je préfère nettement cette idée.

– Bien sûr ! Il y aura toujours une place pour toi dans ma forge.

– Ce n'est pas ce que je voulais dire. Je ne peux pas rester dans ton ombre toute ma vie, Ziva.

Mon ombre ? Quelle formulation curieuse, alors que c'est moi qui me suis toujours cachée derrière la sienne.

– Tu trouveras quelque chose qui te rendra heureuse, j'en suis certaine.

– Je suis déjà heureuse, mais je sais aussi que je me trouverai un avenir. Et toi ?

– Moi ?

– Es-tu heureuse ?

Ma réponse instinctive est « oui », mais je m'arrête. Je vis tout de même dans la peur constante des autres. Parfois, c'est incroyablement difficile de sortir de chez moi.

– Je suis heureuse, dis-je finalement. J'ai tout ce dont j'ai besoin. Toi et ma forge. Je voudrais juste que le reste du monde disparaisse.

– Ce serait un monde terriblement vide.

– Exactement.

– Et dans ce cas, à quoi je te servirais, si ce n'est pas à chasser la plupart de tes clients ?

– Je me sentirais seule s'il n'y avait plus que moi, je plaisante.

– Et moi ?

– Et toi quoi ?

– Qu'est-ce que je suis censée faire pendant que tu es dans ta forge à fabriquer des armes pour des gens qui n'existent pas ? Je ne peux pas être une actrice sans public.

– Tu pourrais te trouver un passe-temps.

– J'ai des passe-temps !

– Je ne crois pas que flirter compte. De toute façon, il n'y a pas d'hommes dans mon monde.

Temra secoue la tête, stupéfaite.

– Un jour, tu tomberas follement amoureuse. Tu trouveras quelqu'un qui te donnera envie de quitter ta forge. Tu ne le verras pas venir.

– Le jour où le monde manquera de minerai de fer, alors je quitterai ma forge. Mais même dans ce cas, je suis sûre que je pourrais bricoler quelque chose avec du cuivre.

Temra m'envoie quelques gouttes de sa cuillère à la figure.

Chapitre
— 3 —

Il n'y a rien de plus terrifiant qu'une soirée pleine de monde.

« Ce sera en petit comité, avait dit le gouverneur Erinar. Juste un dîner avec ma famille et quelques amis pour célébrer la forgeronne la plus douée de Ghadra. Vous devez venir. Je n'accepterai aucun refus. »

Et moi, dans ma hâte à me débarrasser du gouverneur maintenant que j'avais fini sa masse, j'ai accepté.

J'aurais voulu avoir la force de refuser, quitte à être impolie. Au lieu de quoi je suis coincée dans cette soirée avec plus d'une centaine d'invités. Soit Erinar est parent avec toute la population de la ville, soit quelqu'un devrait lui expliquer que sa conception d'un « petit comité » est complètement erronée.

Bref, je suis piégée. En tant qu'invitée d'honneur, je ne peux pas m'esquiver en douce.

En ce moment même, je sens les yeux de l'assistance fixés sur moi, telles des lionnes traquant une harde d'antilopes. Je joins mes mains et commence à me tordre les doigts.

Je ne vais pas paniquer.

Je ne vais pas m'enfuir.

Je ne vais *probablement* pas mourir.

Est-ce que se montrer sociable a déjà tué quelqu'un dans l'histoire du monde ? Sûrement pas, mais ça ne change rien quant au poids qui me plombe le cœur ou aux insectes qui bourdonnent dans mon ventre. Tout mon corps est parcouru de vagues de malaise à l'idée de tous ces gens qui me regardent, qui m'encerclent.

Ma sœur – bénie soit-elle ! – se matérialise devant moi.

– Qu'est-ce que c'est que cette tenue ? demande Temra en m'inspectant de la tête aux pieds, avant même que je puisse lui demander la cause de son retard.

– Une robe, dis-je d'un air dégoûté.

J'en triture le tissu, je préfère l'étoffe plus légère de ma tunique et de mon pantalon de tous les jours. Des vêtements parfaits pour lutter contre la chaleur de la forge, or, en cet instant, je jurerais qu'il fait plus chaud dans la maison du gouverneur que dans mon atelier.

Les gens me font transpirer.

Temra cligne des yeux lentement, comme pour retrouver son calme.

– Pourquoi tu n'as pas choisi quelque chose de plus joli ? Où est la robe que je t'ai achetée pour le dernier Jour du souvenir des sœurs ?

– Dans mon placard.

Enterrée bien profond, mais tout de même là.

– Elle est ravissante. Elle fait ressortir le bleu de tes yeux.

Je ne me rappelle plus la couleur de la robe, mais je souris comme si je la revoyais, comme si ça m'importait qu'elle soit jolie. L'ensemble que je porte ce soir est brun clair. Ordinaire. Dépourvu de toute fioriture. Parfait pour se cacher.

C'est ce que je pensais, en tout cas.

– Ziva, toutes les autres filles portent des couleurs vives. Toi, on dirait que tu es en tenue de travail.

– Ne sois pas ridicule. Mes vêtements de travail sont pleins de taches, dis-je, assez fière de moi, mais en observant l'assistance, je me rends compte qu'elle a raison.

Avec ma robe terne, je ressors comme une mauvaise herbe isolée au milieu d'un parterre de fleurs.

En vérité, ça fait si longtemps que je n'ai pas assisté à une soirée mondaine que j'ignore tout des dernières modes. Si ça se trouve, j'ai l'air de snober le gouverneur à sa propre fête.

Qui n'était pas censée être une fête, d'ailleurs. Alors, qui est en tort, ici ? Le gouverneur ou moi ?

Je regarde ma sœur de plus près.

– Tu es décoiffée.

Aussitôt, elle s'efforce de remettre de l'ordre dans ses boucles.

– Tu étais avec un garçon, dis-je sur un ton accusateur.

Temra n'est pas facilement gênée. Elle ne rougit pas, ne baisse pas les yeux, pourtant je sais que j'ai touché juste.

– Je n'ai pas vu le temps passer, c'est tout.

J'aimerais la cuisiner encore un peu, mais c'est très dur pour moi de m'énerver contre elle alors que je suis occupée à bloquer tous les stimuli qui m'entourent.

Je suppose que le mari du gouverneur a un faible pour le bleu, car la pièce entière en est constellée. Des tapis couleur d'azur, brodés à la main, couvrent le sol, la salle à manger est ponctuée de fleurs bleu saphir que je ne sais pas nommer, même la cire des bougies disposées sur les tables d'ornement a une teinte céruléenne.

De superbes colonnes de marbre soutiennent le plafond à intervalles réguliers. Sur le mur du fond est accroché en place d'honneur un tableau des Sœurs-Déesses, qui peuvent ainsi veiller sur nous tous.

Et voici l'heureux couple, bras dessus bras dessous, qui se dirige vers moi, tout sourires et ravi.

J'attrape Temra par le coude.

– Cache-moi !

– Arrête ça ! Tu vas remercier nos hôtes et tu vas sourire toute la soirée comme si tu étais enchantée.

– Je n'y arrive pas.

– La prochaine fois, n'accepte pas d'invitation à une soirée.

– Ce n'était pas censé être…

Je suspends ma phrase, car le couple arrive à portée de voix, et je plaque sur mes lèvres un sourire qui, je l'espère, n'a pas trop l'air forcé.

– Mademoiselle Tellion ! s'écrie le gouverneur. Je suis ravi de vous accueillir dans mon humble demeure.

– Merci infiniment pour votre généreuse invitation, répond Temra. Je suis Temra Tellion, la sœur de Ziva. Elle me disait justement quel honneur c'était d'avoir forgé une arme pour vous.

– Enchanté. Je vous présente mon mari, Reniver ; et notre fils, Asel, traîne quelque part dans les parages.

– Le voilà, indique Reniver.

Dans la direction de son doigt tendu, un jeune homme de notre âge est entouré de filles. Il est grand et musclé, avec un visage aux traits symétriques qui explique probablement le nombre de ses admiratrices.

– C'est un garçon très sociable, dit le gouverneur, très populaire.

– Tout comme son père, le flatte Temra.

– Oh, merci.

Un silence s'installe. Le couple se demande sans doute pourquoi je n'ai pas prononcé un mot. Tout le monde se demande tout le temps pourquoi je suis incapable de tenir une conversation polie. Ce n'est tout simplement pas mon fort. Mais j'essaie.

– Gouverneur, quand vous l'avez commandée, vous m'avez dit que l'arme était un cadeau pour votre mari. Depuis quand vous exercez-vous à la masse, Reniver ?

Voilà : une question normale, non ?

– Oh, je ne sais pas manier la masse, explique Reniver. Mais le cadeau dépasse toutes mes attentes. Nous emmènerons les invités l'admirer après le dîner. Et après un toast en votre honneur, bien entendu !

– Pour l'admirer ? Où se trouve l'arme, exactement ?

– Mais bien sûr ! Vous voulez y jeter un coup d'œil avant tout le monde ! Vous pouvez être fière de votre ouvrage. Asel ?

Je sursaute quand Reniver crie le nom du jeune homme, mais celui-ci obéit immédiatement, s'extrayant de la horde de femmes.

– Oui, père ?

– Tu veux bien montrer à Mademoiselle Tellion où nous avons exposé son travail ?

Asel se tourne d'abord vers Temra, et un sourire charmé s'épanouit sur son visage quand il découvre la beauté de ma sœur : ses boucles brunes parfaites, sa peau hâlée par le soleil de l'été, sa taille idéale, à tout juste un mètre soixante-cinq.

Le gouverneur, voyant l'erreur, le corrige :

– Non, voici Ziva, la forgeronne douée de magie, dit-il en me désignant.

Aussitôt, l'enchantement s'efface du visage d'Asel.

Je suis une géante de plus d'un mètre quatre-vingt-trois. Plus grande que la plupart des garçons, et Asel ne fait pas exception. Mes cheveux marron terne sont raides comme des piquets, et, de toute façon, je les porte toujours relevés et attachés. Je ne m'embête jamais avec le maquillage, contrairement aux filles de mon âge (à quoi bon, alors qu'il serait ruiné par la sueur pendant que je travaille ?), et par conséquent, mes taches de rousseur ressortent sur mon nez, mon front, mon menton, mes joues. Partout.

Alors que j'attends qu'Asel ait fini son inspection, ce n'est pas la honte qui m'envahit. Seulement la peur née d'un examen si pointilleux. De l'interaction forcée avec des gens. La peur de dire ou de faire quelque chose de stupide. La peur qu'il devine toutes mes faiblesses d'un seul coup d'œil.

Asel reprend très vite son masque d'amabilité.

– Ravi de vous rencontrer. Venez.

Il me tend son bras, et j'imagine que je suis censée le prendre. Je dois devenir blême – toucher un inconnu est d'une difficulté extrême –, car Temra me prend le bras et dit :

– Conduisez-nous, Asel, nous vous suivons.

Bénie soit ma sœur, ma belle, merveilleuse sœur.

Mais le gouverneur intervient :

– En fait, Mademoiselle Temra, voulez-vous m'accompagner en cuisine ? Je brûle d'avoir votre avis concernant le menu de ce soir.

Temra me lance un regard, comme pour demander ma permission. Non, pas vraiment, plutôt la confirmation que je vais m'en sortir toute seule. Ce qui n'est certainement pas le cas, mais je ne peux pas le dire devant l'homme le plus puissant de la ville.

Je hoche la tête en comprenant de quoi il s'agit.

Un guet-apens.

Le gouverneur et son mari aimeraient que je m'entiche de leur fils. Ne serait-ce pas splendide d'avoir pour membre de la famille l'une des rares personnes au monde possédant un pouvoir magique ?

J'ai envie de vomir.

Asel, qui comprend vite, se contente cette fois de marcher à mon côté sans m'offrir son bras et m'emmène hors de la salle de réception. Nous montons un escalier en silence, le bruit de la fête s'estompant à mesure que nous nous éloignons, et nous entrons dans une sorte de cabinet de travail. Je remarque un bureau en bois mauve, les murs presque entièrement recouverts de livres. À un bout de la pièce, une grande cheminée où ne brûle pour l'heure aucune bûche. Sur le manteau, placée sur deux crochets de métal poli, trône ma masse d'armes.

Exposée comme un bibelot.

– Qu'est-ce que c'est que ça ?

– Votre œuvre, m'a-t-on dit, répond Asel.

– Cette masse d'armes vole le souffle de vos ennemis ! Elle peut tuer sans même toucher l'adversaire, et pourtant elle est posée là comme un… un… bibelot !

À peine ai-je prononcé les mots que je réalise où et avec qui je suis. Je jette un œil vers Asel, paniquée. Il va tout rapporter à son père et je serai…

Il se met à rire. Puis, comme s'il me trouvait finalement intéressante, il se tourne franchement vers moi.

– Vous pensiez que mon père avait l'intention de la brandir dans une bataille ? De faire la guerre aux opposants de mon autre père ?

Je fixe le sol, un sourire involontaire étirant mes lèvres.

– Peut-être. Ou juste de la porter en guise de menace au cas où quelqu'un se mettrait en tête de faire du mal au gouverneur.

– J'ai bien peur qu'elle serve plutôt de déclaration ou de parfait sujet de conversation lors des visites d'autres politiciens.

– Quelle déclaration ?

– Celui qui possède cette masse d'armes possède une immense fortune, dit Asel d'une voix artificiellement grave.

Je ris et trouve le courage de lever les yeux.

– Alors vous ne me dénoncerez pas ?

– Vous dénoncer ? Pourquoi ?

– Pour mon commentaire concernant la façon d'exposer la masse d'armes.

– Pas du tout. En revanche, je trouve curieux que vous vous souciiez du sort final de l'arme. Vous avez été payée, quoi qu'il arrive, non ?

– Oui, mais…

Il fait un pas en avant, montrant un intérêt réel pour ma réponse.

– Mais ?

– Je veux rendre le monde plus sûr. Mes armes sont censées y contribuer.

– Pas en restant accrochées à un mur…

– Exactement.

Il réfléchit en faisant la moue.

– Si je promets de m'en servir au cas où quelqu'un tenterait de s'introduire dans la maison, ça vous satisfera ?

– Oui, tout à fait, dis-je pour plaisanter.

– Alors, je le promets, assure-t-il en avançant encore d'un pas.

Tout à coup, je prends conscience de plusieurs choses. Premièrement, je dois m'être recroquevillée, une fois encore, car mes yeux sont au niveau de ceux d'Asel. Deuxièmement, il est bien plus proche que je ne pensais, assez proche pour me toucher. Et troisièmement, mon attitude a pu lui donner l'impression que je flirtais, alors que j'essayais juste de survivre à une conversation.

Il se penche vers moi, la bouche en cul-de-poule.

Je recule, me dressant de toute ma taille.

– Que faites-vous ?

– Je vous console pour la masse d'armes.

Oh, non ! Que faire ? S'enfuir ? Dire quelque chose ? Qu'est-ce qui serait le moins gênant ?

– Non, merci, dis-je, et j'ai aussitôt envie de me gifler.

Quelle réponse idiote à quelqu'un qui essaie de vous embrasser ! Mais que dire d'autre ? Personne n'a jamais essayé de m'embrasser. Je ne suis pas préparée à ce genre de confrontation.

– Quoi ? fait-il.

Je grimace. J'ai probablement bafouillé.

– Je n'ai pas besoin d'être consolée. Je vais très bien.

– Embrasse-moi quand même, murmure-t-il d'une voix profonde que je n'avais pas encore entendue.

De nouveau, il se penche. Mes déesses ! Pourquoi ça recommence ? Je ne peux tout de même pas répéter : « Non, merci. »

– Je ne veux pas, je tente.

Mieux, non ? Pourquoi fait-il si chaud ici ? Je n'arrive pas à respirer avec cette fichue robe.

– Personne n'en saura jamais rien, dit-il en me suivant à travers la pièce alors que j'essaie de m'éloigner de lui.

– Moi, je le saurai.

À ces mots, Asel se fige sur place. Ses yeux se plissent tandis qu'il me scrute attentivement. Comme s'il cherchait ce qui ne tourne pas rond chez moi.

Et je sais bien que quelque chose cloche chez moi, mais sa façon de me regarder n'arrange pas mon état d'esprit.

– C'est quoi, ton problème ? demande-t-il, confirmant mon sentiment. Je t'ai fait rire deux fois.

– Tu les comptais ?

Bon, moi je les comptais, mais c'est parce que la seule à pouvoir me faire rire, en temps normal, c'est Temra. Et je ne vois pas le rapport entre les deux commentaires de ce garçon, à moins que…

Oh.

Je comprends maintenant l'objectif de toutes les belles paroles d'Asel. Ce n'est pas de me remonter le moral quant à la masse d'armes, mais bien d'ouvrir la voie à quelque chose qui, dans son idée, rendrait sa soirée plus agréable.

Il n'est qu'un méprisable coureur de jupons.

La panique reflue, remplacée par la fureur.

– Tu crois que quelques compliments te donnent droit à un baiser ? Ça ne marche pas comme ça.

Il cligne des yeux une fois avant de se redresser de toute sa hauteur, essayant d'atteindre ma taille, alors qu'il lui manque encore une bonne poignée de centimètres.

– La plupart des femmes tueraient pour passer un moment seules avec moi.

– J'en doute sérieusement. La plupart des femmes sont bien trop sensées pour faire preuve d'un goût aussi médiocre.

Il s'étouffe d'indignation, ose un pas dans ma direction. Je croise les bras sur ma poitrine, dissimulant, avec un peu de chance, mes mains tremblantes, et je gonfle mes biceps, contractant mes muscles.

Assez pour dissuader Asel de tenter quoi que ce soit : il me contourne et sort précipitamment de la pièce.

Enfin seule, j'entends au loin le brouhaha des bavardages de la centaine d'invités. Je m'assieds dans l'un des luxueux sofas installés face à l'arme. Maintenant que la menace s'est éloignée, je repense à la conversation. À tout ce que j'ai dit. Tout ce que j'ai fait. Ai-je vraiment fait rouler mes muscles devant lui ? Mes pensées échappent à tout contrôle, se fixant tour à tour sur chaque séquence humiliante de l'entrevue, jusqu'à l'horreur d'avoir à me défendre.

Une nouvelle présence dans la pièce m'arrache à cette spirale.

Une femme vient d'entrer d'un pas presque paresseux, un verre de vin à la main. Elle me jette un coup d'œil, puis un autre à la masse d'armes.

– C'est vous ? Ziva, la forgeronne ?

Je ne suis pas sûre de pouvoir me montrer sociable une seule seconde de plus. J'arrive à hocher la tête avant de m'enfoncer dans le sofa.

– Je viens de voir le sale gosse répugnant du gouverneur s'enfuir d'ici. Bien joué, dit-elle. Quoi que vous ayez fait, je vous promets qu'il l'a mérité.

Je parviens à émettre un son semblable à un rire.

– Qui êtes-vous ?

– La seigneuresse de guerre Kymora Avedin, se présente-t-elle, tout en s'approchant de la cheminée pour mieux examiner la masse. Ravie de faire votre connaissance.

Une seigneuresse de guerre ? Je n'en ai jamais rencontré. Mais j'ai entendu parler d'elle. Elle a servi sous le défunt roi avant qu'il ne divise le royaume en territoires. Kymora est plus petite que j'aurais imaginé l'être la détentrice d'un tel titre, mais vu ma taille, la plupart des filles me paraissent petites. Ses cheveux châtains sont relevés en chignon, avec une mèche tressée et épinglée sur le côté de la tête. Une cicatrice court de sa joue droite à son oreille, une cicatrice bien soignée : elle forme une ligne blanche et lisse plutôt que rose et plissée. Un large glaive pend à son côté et, aux renflements légers de ses vêtements, je devine que ce n'est pas la seule arme qu'elle porte sur elle. Je lui donne environ quarante ans, même si c'est difficile à dire : elle a certainement pris grand soin de sa santé physique.

– Un travail exquis, dit-elle en caressant l'une des ailettes. Quel dommage de le cantonner à la décoration d'un mur ! C'est ridicule de gâcher ainsi une si belle pièce.

Elle boit une gorgée de son vin. Je l'aime bien. Elle est très directe, ne s'embarrasse d'aucune formalité, et ça me met immédiatement à l'aise.

– Merci. C'est exactement ce que j'étais en train de dire.

– Je suis en ville pour vous commander une arme, annonce-t-elle sans préambule. Une arme faite pour servir, pas pour impressionner des invités, je vous l'assure. Je passerai vous voir à la forge dans la semaine.

– J'aimerais beaucoup fabriquer quelque chose pour vous, dis-je sincèrement.

– Parfait. À plus tard, alors. Arrêtez de penser à ça, dit-elle en indiquant la masse accrochée à son mur. Avec un peu de chance, quelqu'un cambriolera la maison.

J'affiche un grand sourire quand elle quitte la pièce aussi nonchalamment qu'elle y est entrée. Je me demande combien de temps encore je peux rester planquée ici.

Je m'accorde quelques minutes de plus avant de me forcer à redescendre l'escalier jusqu'à la salle de réception. Je tente de me convaincre que les regards scrutateurs sont uniquement le produit de mon imagination. Personne ne me regarde. Personne n'est au courant de la scène gênante avec Asel. Tout le monde se fiche que ma robe soit beige. Quelqu'un rit près de moi, et je dois me persuader que ce n'est pas à mes dépens.

Je peux survivre au reste de la soirée. Je serai calme et sereine comme la seigneuresse de guerre Kymora. Irradiant de puissance et imperméable aux opinions des autres. J'ai hâte qu'elle vienne visiter mon atelier. Je commence à imaginer le délicat travail de ferronnerie que je pourrais réaliser sur la garde d'un glaive.

Temra me trouve et je lui prends le bras, puis je remarque son expression paniquée.

– Il faut qu'on s'en aille. Tout de suite.

En général, c'est ma rengaine à moi.

– Tout va bien ? Il s'est passé quelque chose ?

– Ziva, fais-moi confiance.

– D'accord, dis-je en la laissant me guider jusqu'à la sortie, secrètement ravie de quitter la soirée si tôt.

Soudain, des corps se mettent en travers de notre chemin.

Asel est au premier rang avec ses pères, les bras croisés sur la poitrine, imitant la posture menaçante que j'ai adoptée tout à l'heure envers lui.

– Ziva, commence le gouverneur, on m'a signalé que vous avez insulté mon fils, alors que nous vous avons accueillie sous notre toit.

– Erinar, intervient Reniver en tapotant le bras de son mari. Ce n'est peut-être pas le meilleur moment...

– Je veux régler ça tout de suite. Qu'avez-vous à dire pour votre défense, forgeronne ?

– Hum...

Toute la salle me regarde. Cent personnes interrompent leur conversation pour observer la scène qui se joue devant elles, et moi j'ai oublié tous les mots que j'aie jamais appris.

– Avez-vous oui ou non frappé mon fils ?

La question me décontenance.

– Pour quelle raison aurais-je fait cela ?

– Asel dit que vous étiez furieuse de voir la masse exposée sur le manteau de la cheminée. Vous êtes devenue enragée et vous l'avez attaqué.

– J'ai fait quoi ?

– Gouverneur, plaide Temra, ma sœur n'est pas violente pour deux sous. Je suis sûre qu'Asel fait erreur.

– Pas du tout, répond-il.

– Vous semblez en pleine forme, fait remarquer Temra. Je ne vois aucune marque de coups. Vos vêtements ne sont pas déchirés. Où, précisément, ma sœur est-elle censée vous avoir frappé ?

– Je n'ai pas à m'expliquer, rétorque-t-il, plein de morgue.

– Je crois que si, cher fils, dit Reniver.

– Comment peux-tu douter de lui ? s'insurge Erinar.

– Tu sais comment il est. J'ai peur que nous n'ayons pas une version complète de l'histoire.

– Quel genre de parents serions-nous si nous refusons de croire notre enfant ? Et si la forgeronne était innocente, elle aurait sans doute plus à dire.

J'ai le visage en feu, les larmes me montent aux yeux sous l'effet de la rage et de la peur qui m'envahissent. Des mots. Trouver les mots.

– Asel… il…

Respire.

– Il m'a fait des avances malvenues. Je n'ai peut-être pas répondu très aimablement, mais je ne l'ai pas touché.

Reniver hoche la tête, comme si mon propos confirmait ses craintes.

– C'est vrai, Asel ? demande le gouverneur.

– Non, père. Ça s'est passé exactement comme je l'ai raconté, je le jure.

Le gouverneur et son mari nous observent tour à tour, Asel et moi. Je les vois examiner mes phalanges. Reniver hoche de nouveau la tête, comme s'il n'était pas surpris de les trouver intactes. Le gouverneur semble remarquer alors la scène qu'il a causée, les gens qui jouissent de ce spectacle.

– Je vais devoir vous demander de partir, annonce-t-il à ses invités. Il semblerait que mon mari et moi devions avoir une discussion sérieuse avec notre fils sur le sujet de l'honnêteté.

Une veine palpite sur le front d'Asel, qui a l'air mortifié. Finalement, je suis plus gênée pour lui que pour moi.

Reniver commence à conduire les invités vers la sortie, tout en se confondant en excuses. Le gouverneur s'approche de moi et dit d'une voix douce :

– Je vous présente mes excuses pour la soirée gâchée et pour les agissements de mon fils. Vous pouvez compter sur des excuses formelles de sa part dans les jours à venir.

– Ce n'est pas nécessaire, dis-je aussitôt.

La dernière chose dont j'aie envie, c'est bien de revoir Asel, qui plus est chez moi.

Mais le gouverneur n'entend pas ma réponse. Il s'est joint à son mari pour s'excuser auprès des invités à mesure qu'ils sortent.

Asel, en revanche, nous menace :

– Ce n'est pas terminé. Vous allez le regretter.

– Cours donc voir tes pères. On dirait bien que tu vas te prendre un savon, réplique Temra d'un ton satisfait.

Je l'attrape par le bras, et nous sortons enfin.

Notre jument, Reya, nous attend à l'écurie. Je respire l'odeur de sa peau, me concentrant sur l'instant présent. La sensation d'être en sécurité. Temra a acheté la jument il y a quelques années afin de rallier la ville plus rapidement pour assister à ses cours. Je l'ai tout de même vue quelquefois seller le cheval en pleine nuit pour aller en douce rejoindre des garçons, ce qui a eu pour conséquence la révocation temporaire et ponctuelle de ses privilèges équestres.

Sans un mot, nous sellons Reya. Tout en serrant la sangle, Temra demande au garçon d'écurie un peu trop zélé de nous laisser tranquilles. Pendant ce temps, je passe le filet à la jument.

Nous nous mettons à cheval : Temra, devant, tient les rênes ; je monte en croupe derrière elle, enlace sa taille et appuie mon front contre sa nuque.

Nous partons au trot dans la nuit, avant de repasser au pas une fois que la propriété du gouverneur est assez loin derrière nous.

Temra me tapote la main du bout du doigt.

– Tu me racontes ce qui s'est passé ?

Sa question me laisse le loisir de refuser, mais j'ai envie de tout lui dire.

– Il était si gentil au début… et puis il a essayé de…

– De… ? m'encourage-t-elle.

Mais mes pensées s'embrouillent. On m'a obligée à assister à une fête. Asel a essayé de m'embrasser. Il a osé mentir à son père quand je l'ai repoussé. Il a provoqué un scandale. Il y avait tous ces regards fixés sur moi. Il nous a menacées. Qu'a-t-il l'intention de faire ensuite ?

Comme dans une boucle sans fin, je revois ses lèvres pincées, son expression d'outrage et d'incompréhension quand j'ai refusé de le toucher. Parce qu'il s'imagine que le monde entier le désire. Et après, il fait un gros caprice quand il n'obtient pas ce qu'il veut.

Me voilà de nouveau en colère.

– Le gouverneur avait dit qu'on serait en petit comité. Juste un dîner, pas une grande fête. Je n'ai pas pu me préparer correctement pour une telle soirée. Et ensuite, il a le culot de me mettre son fils dans les pattes ! Et pourquoi ? Il croit vraiment qu'être lié à moi va redorer son image politique ?

– Je pense qu'il voulait juste que tu rencontres son fils. Il ne pouvait pas savoir qu'Asel allait…

– Et pour couronner le tout, Asel s'imagine qu'il peut m'embrasser ! Juste parce qu'il m'a fait rire. Il s'imagine que ça lui donne droit à une récompense. Eh bien, j'ai un scoop pour lui : il n'est pas aussi beau qu'il le croit ! En fait, sa superficialité n'a d'égale que celle d'une flaque de pisse !

La jument manque s'arrêter tellement Temra a serré les mains sur les rênes.

– Il a essayé de t'embrasser ? Et quoi d'autre ?

– Comment ça, « quoi d'autre » ? C'est ce qu'il a fait. C'est ce qui s'est passé. Il a essayé de m'embrasser, et je lui ai dit non. Alors il s'est énervé et est parti en trombe.

– Tu veux dire que ce garçon a fait tout ce cirque pour un baiser ? Je pensais qu'il avait tenté de t'agresser.

– Il a essayé de m'agresser ! Il m'a agressé avec ses lèvres.

Je ne vois que l'arrière de la tête de Temra, je donnerais cher pour voir son expression. Mais quand elle éclate de rire, je peux la deviner assez facilement.

– Je t'aime, Ziva, dit-elle, une fois son fou rire passé.

– Moi aussi, je t'aime.

Chapitre 4

Il me faut une journée entière pour me persuader que les menaces d'Asel sont sans conséquence.

Et puis, Temra rentre de ses cours en larmes.

– Qu'est-ce qui s'est passé ?

– Je n'ai pas envie d'en parler, répond-elle avant de monter dans sa chambre sans prononcer un mot de plus.

Plus tard, j'arrive à lui soutirer quelques informations. J'avais oublié qu'Asel fréquente le même établissement que ma sœur, une classe au-dessus. Moi, je n'ai pas reçu d'éducation académique, j'ai seulement fait mon apprentissage de forgeronne. Les interactions dans un environnement scolaire me sont totalement étrangères.

D'une façon ou d'une autre, Asel a réussi à monter tous les camarades de classe de Temra contre elle. Ses amis l'ont ostracisée. Apparemment, tout le monde a pris le parti d'Asel dans cette histoire, alors même que Temra n'avait rien à voir avec l'incident qui s'est produit chez le gouverneur.

Je déteste le conflit, mais je ne vais pas rester les bras croisés pendant que ce sale gosse pourrit la vie de Temra.

– Tu vas où ? demande Temra quand elle me voit troquer mes bottes de travail pour celles de marche.

– Chez le gouverneur.

– Tu ne peux pas !

– Je peux si je veux.

– Si tu rapportes à ses parents, ça ne fera qu'empirer les choses pour moi ! S'il te plaît, Ziva !

Elle me fait promettre de ne pas y aller, et si je lui dis que je n'irai pas aujourd'hui, je ne promets rien en ce qui concerne l'avenir.

Mais ensuite, c'est l'escalade.

Je travaille seule à la forge lorsque cinq hommes se permettent d'entrer. D'abord, mon cerveau se met à bourdonner à l'idée de devoir parler à tant de gens en même temps, mais en y regardant à deux fois, je me rends compte que ces types ne sont pas là pour discuter.

Ce sont des amis d'Asel.

Aussitôt détendue, je soulève mon marteau dans une main et les pinces chauffées à rouge dans l'autre.

– Vous devriez réfléchir sérieusement avant toute action inconsidérée, dis-je.

Aucun d'entre eux ne m'intimide. Ce sont des petites choses fragiles. Aucun ne culmine à plus d'un mètre soixante-cinq. Aucun ne pourrait me battre dans un bras de fer. Ensemble, en revanche, ils seraient capables de me maîtriser. Mais avec une paire de pinces tout juste sortie du four ? Je ne m'attends pas à ce qu'ils m'attaquent.

Et ils ne le font pas. Au lieu de ça, ils font le tour de la forge, renversant les établis et jetant mes outils à travers la pièce. Ils ne peuvent rien casser : tout ce qui est important ici est fait de métal. Pourtant, le désordre qu'ils sèment est un crève-cœur.

C'est seulement après avoir balancé au sol mes derniers moules qu'ils font demi-tour et entreprennent de faire subir le même sort à la boutique.

Je n'ai pas le choix : je dois rapporter cet incident après leur départ. Temra m'accompagne pour me soutenir, tandis que je relate les événements à la garde de la ville. À mesure que je décris chaque membre du commando, Temra fournit son nom. Elle les voit tous à l'école et n'a pas besoin de longues descriptions pour identifier chacun des vandales.

Ensuite, on rentre nettoyer les dégâts. Temra balaie le verre brisé des vitrines de la boutique pendant que je remets en place les articles proposés à la vente. Le cœur lourd, nous passons en revue les possibilités qui s'offrent à nous.

– Je pourrais arrêter l'école, propose ma sœur. Trouver du travail tout de suite. Je n'aurais plus à me soucier de ces imbéciles, et on pourrait quitter la ville plus vite, si on est deux à gagner de l'argent.

– Je ne veux même pas envisager cette option.

– La seule qui nous reste, dans ce cas, c'est de partir maintenant. On ne peut pas vivre comme ça. Dans la peur des vandales, des voleurs, voire bien pire. Qui sait jusqu'où ça peut dégénérer ?

– On devrait se plaindre auprès du gouverneur, pas seulement auprès de la garde de la ville.

– Ça ne servira à rien. Asel ne fera qu'intensifier son harcèlement. Le gouverneur ne va pas emprisonner son fils unique et ses amis, et je te garantis que la prison est la seule chose qui les arrêtera…

À ce moment, la clochette fixée à la porte de la boutique retentit, en même temps que la porte s'ouvre. Comme nous avions accroché le panneau « Fermé » pour faire le ménage sans être dérangées, nous nous tournons vers l'entrée dans un même mouvement de surprise.

Deux hommes vêtus d'uniformes écarlates ornés d'un faucon sur la poitrine pénètrent dans la boutique. Ils nous lancent, à Temra et moi, un coup d'œil indifférent, puis inspectent les lieux. L'un d'eux entre dans la forge. Il laisse la porte ouverte, ce qui me permet de le voir examiner les plus grands de mes placards – capables d'accueillir une personne, je me rends compte.

– Vous faites quoi, là ? s'insurge Temra, tandis que je fouille ma mémoire à la recherche d'une connaissance ayant un faucon pour blason.

Quand ils sont satisfaits, celui qui est resté dans la boutique donne deux coups sur la porte, et une troisième personne les rejoint.

La seigneuresse de guerre.

Ma conversation avec Kymora m'était complètement sortie de la tête, et je suis gênée qu'elle découvre l'atelier dans un tel état.

Temra observe la femme, oubliant les gardes grossiers.

– Seigneuresse, bienvenue à la forge Zivan, la salue-t-elle.

– Seigneuresse de guerre, je corrige.

Les yeux ronds, Temra la regarde avec une fascination redoublée.

– Seigneuresse de guerre. Excusez le désordre, nous avons eu des problèmes avec des vandales aujourd'hui.

Kymora ne fait aucun commentaire.

– Ziva, ravie de vous revoir, dit-elle.

– C'est réciproque.

Elle fait le tour de la boutique, examinant ce qui reste des articles proposés à la vente. Elle s'arrête devant une rangée de poignards exposés dans une vitrine désormais brisée.

– Tout ce qui se trouve ici est imprégné de magie, Seigneuresse, explique Temra en parfaite vendeuse. Ces poignards ne s'émoussent jamais.

Kymora déambule dans le magasin comme si elle ne voyait même pas le verre brisé à ses pieds. Elle prend des objets au hasard avant de les reposer, pendant que Temra s'empresse de lui décrire les pouvoirs de chacun, sans toutefois l'insulter en parlant de prix : une femme du statut de cette seigneuresse de guerre ne s'encombre pas de questions aussi insignifiantes que l'argent.

Kymora marque une nouvelle pause devant un carquois plein de flèches, elle en sort une pour en examiner la pointe.

– Elles sont conçues pour atteindre des cibles en vol, précise Temra. Pour les chasseurs d'oie ou d'autres oiseaux. Elles ne manqueront jamais le cœur de l'oiseau visé.

– Extraordinaire ! s'enthousiasme Kymora. Je comprends pourquoi votre réputation a gagné tout Ghadra, Ziva. J'ai eu l'occasion de croiser quelques-unes des armes que vous avez forgées, notamment une paire de poignards qui font voler en éclats tout ce qu'ils touchent. J'ai fini par me décider à venir en personne vous commander une arme.

– Merci, Seigneuresse, dis-je, en me remémorant les poignards en question.

Je les ai fabriqués l'année dernière pour une mercenaire à la recherche d'armes qui ne l'encombreraient pas lors de ses longs voyages.

– Pourrions-nous discuter en privé quelque part ? demande Kymora.

Temra lui jette un regard noir, présumant – sans doute à raison – que c'est elle qui n'est pas censée entendre la conversation.

– Il y a bien la forge, mais j'ai peur qu'elle soit dans un état encore pire que la boutique, vu que nous n'avons même pas commencé à y mettre de l'ordre.

– Ça ira très bien.

Je la précède pour franchir la porte du fond. Lui tourner le dos fait courir un fourmillement désagréable le long de ma colonne, mais je ne peux pas faire autrement.

Kymora referme la porte derrière elle, laissant ses hommes avec ma sœur. Non : plutôt pour garder l'unique entrée de la boutique. Une femme comme elle a certainement des centaines d'ennemis pour se voir obligée de prendre de telles précautions.

Il règne une fraîcheur inhabituelle dans la forge. Les braises du four sont éteintes, et le soir tombe. Les fenêtres sont ouvertes : c'est mon premier geste, tous les matins. Kymora s'empresse de les fermer pour éviter qu'on nous entende depuis la rue. La lumière des bougies éclaire sa silhouette.

– J'ai une proposition à vous faire, commence-t-elle. Une proposition qui, je le crois, nous profitera à toutes les deux. Je veux vous commander une arme, et si vous vous hissez à la hauteur de mes exigences, je voudrais vous offrir un emploi permanent dans mon fief du territoire d'Orena. Le poste sera très bien rémunéré, vous produirez des armes magiques pour mes soldats.

– Vous voulez que je vienne travailler pour vous ?

Elle n'est pas la première à m'offrir un poste de ce genre. J'ai reçu par courrier des offres similaires de la part de nobles très en vue, et même une du prince Verak. À mesure que se propageait la rumeur de mon talent, de plus en plus de puissants voulaient se servir de moi. J'ai refusé toutes les offres, évidemment. J'aime mon indépendance. Heureusement, personne n'est en mesure de me forcer à accomplir sa volonté. Pas alors que les jeunes territoires cherchent encore leurs marques. Pour l'instant, les gens puissants sont préoccupés par des choses bien plus importantes. Une raison de plus pour que Temra et moi quittions la ville pour le continent du Nord le plus tôt possible. Je commence à être trop connue.

Pourtant, l'offre de Kymora est la première que j'aimerais accepter. J'apprécie la seigneuresse, et ce poste pourrait se révéler la solution à tous nos problèmes. Dans un autre territoire. Loin de l'influence du fils du gouverneur.

– Merci, c'est une offre très généreuse.

– Attention : ce n'est pas un service que je vous rends. Vous devrez d'abord faire vos preuves.

– Bien sûr. Votre arme.

– Oui. Je suis adepte du glaive, dit-elle en tapotant celui qui pend à sa ceinture. J'adorerais en posséder un ensorcelé.

– Les glaives sont une de mes spécialités.

Temra et moi, c'est ce qu'on dit toujours aux clients, quelle que soit l'arme qu'ils veulent. La vérité, c'est que je suis douée pour tout ce qui concerne le fer. Ça fait partie de la magie qui coule dans mes veines.

– Parfait.

Kymora jette un regard circulaire à la forge, à mes outils et mes moules répandus par terre. En me tournant le dos, elle poursuit :

– Je veux que vous vous surpassiez. Je veux que vous traitiez mon glaive comme si c'était l'arme que vous vous êtes entraînée depuis toujours à fabriquer. Elle doit posséder un pouvoir immense. Un pouvoir capable de vaincre d'un coup de nombreux adversaires. Un pouvoir capable de mettre des nations entières à genoux.

Elle se tourne vers moi et ajoute :

– Réussissez, et je vous paierai le triple de vos tarifs habituels pour cette arme, et le poste sur mon domaine sera le vôtre.

Je ne m'accorde qu'un bref instant de réflexion concernant sa requête.

– Ce sera un gros défi, mais j'aime les défis.

– Bien.

– Il reste un détail…

Kymora incline la tête.

– Ma sœur…

– Oh, je croyais que cette fille était votre employée. Très bien. Il y aura de quoi vous loger toutes les deux sur ma propriété. Personne d'autre dont je devrais me soucier ?

– Nous avons un cheval, dis-je pour plaisanter.

Elle sourit.

– J'ai hâte de voir l'arme terminée. J'ai des affaires à régler dans le territoire de Ravis, qui m'occuperont environ trois mois. Cela vous laisse-t-il assez de temps pour fabriquer mon glaive ?

Ça risque d'être un peu juste, mais j'annulerai les autres commandes programmées.

– Oui.

– Parfait. Alors je serai de retour dans trois mois.

Sur ce, elle se dirige vers la porte donnant sur la boutique et sort de la forge sans m'attendre. Je la regarde faire, stupéfaite.

En passant devant le comptoir, derrière lequel s'est positionnée Temra, Kymora détache une bourse de sa ceinture et la pose devant elle.

– La moitié d'avance, c'est ça ?

– C'est ça, confirme Temra.

– Comme je l'ai dit à Ziva, je suis prête à payer le triple du tarif habituel si elle réussit à faire ce que je demande. Voici la moitié du tarif habituel. Il y aura beaucoup plus quand je reviendrai. Peut-être pourrez-vous l'encourager à donner le meilleur d'elle-même.

Elle s'apprête à sortir, avant de se retourner une dernière fois, comme sur une arrière-pensée.

– Ne vous inquiétez pas des mécréants qui ont fait ça, dit-elle en désignant le désordre de la boutique. Je m'en occupe.

Puis elle et ses hommes s'en vont sans un regard en arrière.

Temra frissonne.

– Il y a quelque chose chez elle qui me met mal à l'aise.

– Son arrogance, peut-être.

– Sa puissance, plutôt. Combien tu crois qu'elle a tué de gens ? C'est peut-être ça, en fait. Toute cette mort qui l'entoure.

– J'imagine que ça se compte en centaines.

– En milliers, je parie.

Nous restons toutes les deux un moment à fixer la porte par où elle est sortie.

– Quand elle a dit qu'elle « s'en occupait », tu ne crois pas qu'elle voulait dire…

Temra laisse sa phrase en suspens.

– Elle ne va pas les tuer.

À peine ai-je prononcé les mots que je les réévalue. *Est-ce qu'elle les tuerait ?*

– C'est très mal d'espérer vaguement qu'elle les tue ? demande Temra.

– Oui !

– Tu as raison. C'est trop extrême. Peut-être juste les mutiler…

– Temra !

– Ils sont odieux ! J'ai tellement envie de savoir ce qu'elle leur réserve ! Elle est incroyable. Tu imagines la tête de ces garçons quand elle va se présenter chez eux ?

– Je n'ai pas envie d'imaginer me trouver en butte à son hostilité.

– Dans ce cas, on n'a pas intérêt à la décevoir. Qu'est-ce qu'elle voulait ? Et comment tu la connais ?

– Elle m'a approchée pendant la soirée du gouverneur. Elle veut que je lui fabrique un glaive, et ensuite elle nous invite à vivre sur son domaine.

– Waouh ! Ça tombe drôlement bien.

– Tu crois qu'on devrait refuser ?

– Non. Honnêtement, je suis juste un peu impressionnée par cette femme. Comment on devient une seigneuresse de guerre ?

– Tu envisages d'en faire ton métier ?

– Pourquoi pas ?

– Kymora était général en chef des armées du roi Arund. Lorsqu'il a divisé Ghadra entre ses enfants, l'armée régulière a été supprimée. Elle emploie désormais sa propre armée privée.

C'est tout ce que je sais d'elle.

– Pour quoi faire ?

– Je ne sais pas. Parce qu'elle le peut ? Pour effrayer tout autre royaume qui aurait des velléités de nous envahir, maintenant que nous sommes divisés ? Personnellement, je me sens plus en sécurité sachant que Kymora protège les territoires de Ghadra.

Temra tambourine du bout des doigts sur le bureau.

– Tu peux faire ce qu'elle demande ? Fabriquer une arme toute-puissante capable de neutraliser d'un seul coup plusieurs adversaires ?

– Il n'y a qu'une façon de le savoir.

Encore un silence, puis Temra demande :

– À ton avis, qu'est-ce qu'elle nous fera si tu échoues ?

– Je préfère ne pas y penser. J'ai besoin d'être seule un moment. La journée a été particulièrement rude.

Je me retire dans la forge pour commencer à y faire le ménage.

– Si ça ne t'ennuie pas, dit Temra dans mon dos, je pense que je préférerais ne pas venir au travail le jour de son retour. Ce n'est pas que je doute de tes capacités, mais ça ne sert à rien qu'on meure toutes les deux.

– Très drôle !

†

Kymora n'a ni tué ni mutilé les amis d'Asel, mais Temra dit qu'ils n'osent plus la regarder.

– Pas comme avant quand ils m'excluaient volontairement. Maintenant, on dirait qu'ils ont peur. Comme si une chose terrible allait leur arriver s'ils regardent dans ma direction. Ils gardent leurs distances et s'enfuient quand j'entre dans une pièce.

– La seigneuresse les a menacés ?

– Sans aucun doute. Oh, comme j'aimerais savoir ce qu'elle leur a dit !

– Si tout le monde te laisse tranquille, on n'a peut-être plus besoin de quitter la ville si vite.

Temra ouvre de grands yeux.

– Non ! Rien n'est plus comme avant. J'ai quand même perdu des amis, et Asel crée des problèmes chaque fois qu'il en a l'occasion. On n'aura peut-être plus affaire à du vandalisme de la part de ses amis, mais on n'est pas en sécurité dans cette ville. D'autant moins si Asel aspire à se lancer un jour en politique. Il a toujours le pouvoir de rendre nos vies infernales. Et puis, je veux vivre sur la propriété de Kymora. Je veux apprendre de cette femme !

Elle a raison, bien sûr.

Je n'aime pas le changement. Je n'aime pas la nouveauté. Mais partir est notre meilleure option. En fait, c'est probablement la seule qui nous reste. Et si je travaille pour Kymora, je parie que Temra et moi pourrons nous retirer dans le Nord encore plus tôt !

Avec cette pensée pour me donner du courage, je me jette à corps perdu dans le travail, résolue à fabriquer la meilleure arme jamais sortie de ma forge.

Lirasu, notre ville, est adossée aux montagnes du Sud, et je paie les mineurs pour qu'ils me fournissent une quantité stable de minerai de fer, que je transforme ensuite en acier à l'aide d'un creuset.

Les épées font partie des armes les plus simples à fabriquer. Toute arme demande évidemment quantité d'heures de travail, mais la forme générale d'une épée est simple et régulière, à l'inverse d'une masse, par exemple, composée d'une multitude de pièces soudées entre elles.

Façonner une épée nécessite d'innombrables heures de martelage. Ça commence avec une grosse boule d'acier chauffée au feu. Elle est martelée et recuite encore et encore jusqu'à obtenir la forme et l'épaisseur voulues. Le truc, c'est de maintenir l'acier à la bonne température et de le frapper avec la force juste nécessaire : assez pour lui donner une forme, mais pas pour le briser. Le forgeron chez qui j'ai fait mon apprentissage disait qu'il fallait des décennies pour maîtriser ce geste, donc soit je suis un prodige, soit la magie joue un rôle pour guider mon instinct.

Une fois que le glaive a la forme voulue, je commence à réfléchir à la magie. Celle-ci est liée à mes sens. Au son de ma voix. À la tiédeur de mon souffle, la ferveur de mes yeux. À la façon dont je caresse tendrement le métal, à ma manière d'écouter ce qu'il a à me dire. C'est un processus dont je ne suis pas toujours entièrement consciente, mais j'ai appris qu'avec l'acier chauffé, rien ne sert de crier ou de gronder. Il doit être contraint à force de doux murmures et d'encouragements.

Jusqu'ici, j'ai toujours réussi à obtenir de lui ce que je voulais. Et de temps en temps, il me surprend en faisant quelque chose de merveilleux que je n'avais même pas anticipé.

Je veux que vous traitiez mon glaive comme si c'était l'arme que vous vous êtes entraînée depuis toujours à fabriquer. Elle doit posséder un pouvoir immense. Un pouvoir capable de vaincre d'un coup de nombreux adversaires. Un pouvoir capable de mettre des nations entières à genoux.

Soudainement intimidée par la tâche qui m'a été confiée, je décide de repousser le moment d'insuffler la magie pour me concentrer plutôt sur la poignée, en attendant l'inspiration.

Je cisèle, je façonne et cuis, recuis, recuis. J'y mets toute ma force, je n'ai pas le droit d'échouer ; l'enjeu pour ma sœur et moi est trop important. Pourtant, chaque fois que je tente de réfléchir à la magie, les idées me fuient.

Un pouvoir capable de mettre des nations entières à genoux.

Je regarde un moment le tronçon d'acier affûté et pourtant inutile, avant de le plonger de nouveau dans le four. La magie ne se fixe que sur l'acier chauffé. Quand il est le plus malléable.

La seigneuresse de guerre revient dans deux semaines. J'ai recuit la lame un nombre incalculable de fois, m'efforçant d'y insuffler de la magie. Rien ne prend parce que je n'ai aucune idée du pouvoir que je voudrais donner au glaive. J'ai fabriqué des poignards qui fracassent tout ce qu'ils touchent, une masse d'armes qui vole le souffle de ceux qui se trouvent dans son périmètre immédiat, une épée longue qui fait tomber les assaillants à proximité quand on la frappe contre le sol, une hallebarde qui invoque le pouvoir du vent, aveuglant tout ennemi.

D'innombrables armes aux innombrables pouvoirs magiques – et lorsque le client le plus important de ma carrière vient à moi ?

Rien.

Je ne suis bonne à rien.

Je tire le glaive des braises avec une tenaille et le place sur l'enclume. Une brise légère s'infiltre par la fenêtre, soulève quelques mèches de cheveux échappées de ma queue-de-cheval, et je ferme les yeux pour en savourer la fraîcheur.

La pointe incandescente de l'arme s'assombrit à mesure que le métal refroidit, et je me demande combien de fois encore il me faudra le recuire avant que l'inspiration ne vienne me trouver.

– Dégage de la route !

Je lève les yeux vers la fenêtre, aperçois un homme qui évite de justesse une charrette à cheval. La propriétaire de la charrette, qui vient de crier, baisse la voix pour roucouler à l'oreille de ses chevaux. L'homme, quant à lui, se retourne pour lui lancer un regard incendiaire.

D'où je suis, je ne le reconnais pas, mais ça ne veut pas dire grand-chose. Comme je ne quitte jamais la forge à moins d'y être contrainte, je ne connais presque personne en ville.

L'homme lève les yeux au ciel comme pour demander aux Sœurs-Déesses pourquoi le monde en est arrivé là. Puis il se tourne face à la forge et regarde quelque chose au-dessus des fenêtres.

J'en lâche presque mon marteau.

Parce que cet homme est… d'une beauté exceptionnelle. Il n'y a pas d'autre mot. Il est grand, une bonne tête de plus que moi. Ses cheveux bouclés roux mordoré lui arrivent aux épaules, retenus en partie par un bandeau. Je n'ai jamais vu cette couleur de cheveux. Il porte sur son dos un espadon, une grande épée à double tranchant, impressionnante.

Ce n'est pas l'une des miennes, mais la taille imposante de l'arme témoigne de la force de l'inconnu. Il a une allure intimidante, pourtant démentie par une certaine douceur dans le visage. Ses traits sont lisses et réguliers, presque tendres. Avenants. Et très plaisants à l'œil.

Je ne sais pas ce qui se passe. J'ai la sensation d'un nœud dans la gorge. Je suis incapable de le quitter des yeux, et une vague de chaleur se rue dans mes veines. J'ai presque envie de…

J'ai envie de le toucher.

Cette pensée incongrue me déstabilise presque autant que le fait de l'avoir prononcée involontairement à voix haute.

Une bouffée de chaleur me frappe par en dessous. La confusion, la méfiance et un puissant sentiment inconnu se disputent mon être. Mais le glaive exige mon attention.

Il… palpite. Le temps d'une respiration, puis le phénomène s'arrête et le pic de température disparaît. Je regarde de nouveau par la fenêtre, juste à temps pour voir l'homme s'éloigner.

Je reste là, debout, à respirer. En pensée, je revois l'homme à la chevelure cuivrée, parfaitement dessiné, et une nouvelle vague de chaleur me submerge, qui n'a rien à voir avec le glaive.

Qu'est-ce que c'est ?

Une pincée de magie presque imperceptible attire mon attention, et je me force à chasser l'inconnu de mon esprit. J'examine l'arme avec précaution. On dirait que j'ai entamé le processus d'ensorcellement sans l'achever. Qu'est-ce que j'ai dit, déjà, juste avant qu'elle se mette à palpiter ?

– Je… J'ai envie de le toucher, je répète, les joues en feu.

Il ne se passe rien.

Je soulève mon marteau et l'abaisse sur le métal chaud, mais avant que les deux entrent en contact, le marteau rebondit en l'air, alors qu'il n'a même pas touché la lame ! Intriguée, je recommence.

L'épée résiste à mes coups. Pourquoi ferait-elle ça ?

Bon. Ce que j'ai fait, c'est émettre un commentaire sur l'homme qui passait devant la fenêtre. Peut-être que je peux réessayer ?

– Il est assez grand, je murmure. Il a de beaux cheveux.

Il ne se passe rien. Ni palpitation ni chaleur. Donc parler de cet homme n'a pas provoqué le phénomène.

– Il fait chaud, ici, dis-je pour tenter autre chose, mais ça n'a aucun effet sur le glaive.

Réfléchis.

Ce que j'ai fait, c'est murmurer à voix haute une pensée. Comme si je la disais à l'arme.

Non, pas juste une pensée. Une pensée privée.

Un secret.

– Parfois, quand Temra est déjà au lit, je chaparde en douce des friandises dans la réserve.

La lame se met à briller d'une blancheur éclatante et une nouvelle bouffée de chaleur m'assaille.

Ravie, je continue mes confessions à l'épée.

– Je voudrais être plus comme ma sœur. Elle est extravertie et n'a peur de rien. Je lui envie son entrain.

Je replonge la lame dans le feu pour rendre l'acier plus souple. Mieux préparé à accueillir mes secrets.

– Elle ne se souvient pas de papa et maman. Quand elle me pose des questions sur eux, je lui réponds que je ne m'en souviens pas non plus ; je mens car c'est trop douloureux de les évoquer.

Le poids que je porte sur les épaules s'allège à mesure que je m'en décharge sur l'épée, lui chuchotant tous les secrets qui me viennent en tête. Rien de bien scandaleux. Je ne sors pas assez pour ça, mais je lui confie *les secrets de mon esprit.*

– Je m'inquiète en permanence d'avoir failli dans l'éducation de Temra. Elle méritait d'avoir sa mère plutôt que moi.

Les secrets de mon cœur.

– Je voudrais être moins seule. J'aime ma sœur, mais parfois je me languis d'autre chose. Un partenaire. Quelqu'un avec qui faire ma vie. Mais je n'ai jamais éprouvé de sentiments profonds pour qui que ce soit. Je n'ai même jamais été attirée par quelqu'un.

À ce moment, le bel inconnu surgit dans ma mémoire. Et je comprends d'un coup ce que j'ai ressenti en le voyant.

De l'attirance.

Déesses, c'est donc ça, ce sentiment ?

Pourquoi maintenant ? Pourquoi lui ?

Mais le glaive n'en a pas fini avec moi, je le sens. Alors je poursuis.

– Je préfère mourir plutôt que de parler en tête à tête avec un inconnu. Je peux fabriquer les armes les plus féroces que le monde ait jamais vues, mais je mourrai si on m'oblige à parler d'autre chose que d'armurerie avec des inconnus. Pourtant, j'aimerais tant avoir quelqu'un dans ma vie. Quelqu'un qui partagerait mes peines. Quelqu'un à aimer.

Les secrets de mon âme.

– Je veux de toutes mes forces qu'on me rende mes parents. Si jamais je trouve ceux qui les ont assassinés, je les tuerai de mes propres mains.

Celui-là me prend par surprise, même si c'est moi qui parle. Parce que c'est vrai.

J'ai la violence en horreur. Je fabrique mes armes magiques pour décourager l'usage de la violence. Seul un imbécile se risquerait à croiser le fer avec une arme ensorcelée.

Malgré tout, si j'apprenais qui m'a volé mes parents, tous ces beaux principes concernant la violence passeraient par la fenêtre dans la seconde.

Des vérités se déversent les unes après les autres de mes lèvres, passant de moi au glaive. Je ne sais pas combien de temps ça dure. Des heures ? Ma voix se fait rauque, les flammes s'éteignent et mon esprit trouve la sérénité. Comme si le glaive avait endossé le fardeau de mes secrets.

Lorsque je ne trouve plus rien à dire, je plonge la lame dans un seau d'eau. Le liquide s'évapore instantanément et je suis forcée de reculer devant le nuage de vapeur brûlante. Le seau se fend en deux, et je lâche le glaive.

La blancheur éclatante qui en émane est tellement intense que je suis obligée de me couvrir les yeux un instant. Quand elle s'atténue, je ne peux qu'observer l'arme qui bourdonne sur le sol.

Ce n'est pas vraiment que j'en aie peur, mais cette arme a quelque chose de différent des autres que j'ai forgées. Peut-être parce que j'y ai mis plus de moi-même ? Elle est plus lourde que lorsqu'elle n'était constituée que d'acier, le poids de mes secrets augmentant sa masse.

Quand le glaive a refroidi, je sors de la forge pour l'emporter, serré contre mon flanc, dans notre cour arrière. D'habitude, elle est pleine de mannequins en paille et de planches de bois sur lesquels mes clients testent leurs nouvelles acquisitions. Je n'ai pas encore remplacé le dernier lot et me rabats donc sur l'unique arbre qui procure un peu d'ombre.

Au pied du grand cèdre, j'empoigne le glaive à deux mains, arme mon geste et balance un coup en direction du tronc.

Plusieurs choses se produisent simultanément. Je perds ma prise sur la poignée. Une force puissante me renverse sur le dos dans l'herbe haute, un craquement sonore me laboure les oreilles, suivi du sifflement du vent dans les feuilles puis d'un grand fracas.

En me relevant, je trouve l'arbre tombé à terre, tranché net à l'endroit où j'ai porté le coup sur le tronc, *qui mesurait au moins un mètre vingt de diamètre !* Dieu merci, il n'est pas tombé sur la maison ! Tout autour, l'herbe est couchée comme si un vent violent avait tout plié à quatre-vingt-dix degrés.

Quant au glaive, il bourdonne depuis le sol, là où je l'ai lâché, semblant vivant et incapable de rester silencieux. Le plus extraordinaire, pourtant, c'est qu'il a coupé l'arbre en deux sans même entrer en contact avec le tronc. Il a des pouvoirs de longue portée.

Alors que j'observe les dégâts autour de moi, je suis prise d'une certaine euphorie : je crois bien que j'ai forgé l'arme la plus puissante de toute ma carrière.

Chapitre

— 5 —

– Qu'est-ce qui t'arrive ? demande Temra le lendemain.

Je lui ai parlé du glaive à son retour de classe. Elle a évidemment exigé que je la laisse l'essayer. Je me suis reculée autant que possible avant de lui expliquer les deux pouvoirs de l'épée que j'ai identifiés. Elle peut trancher n'importe quoi, et sans même entrer en contact avec la cible.

À présent, assise avec l'arme sur mes genoux, j'en polis le métal avec précaution, en maintenant la lame bien immobile pour éviter le moindre soupçon de balancement dans mon geste. Autrement, l'arme pourrait détruire l'établi devant moi.

– De quoi tu parles ?

– Tu fredonnes.

– Oui, ça m'arrive parfois quand je travaille.

– Non, c'est faux. Tu ne fredonnes jamais. Et tu affiches un sourire ridicule depuis ce matin. Une bonne nouvelle à partager ?

Je me sens rougir.

– Je suis juste excitée pour le glaive.

Pourtant, ce n'est pas du tout ce à quoi je pensais. Temra cesse de balayer et appuie le balai contre une vitrine.

– Crache le morceau, Ziva.

Manifestement, je fais une piètre menteuse.

– J'ai vu quelqu'un, si tu veux tout savoir.

– Et pourquoi ça te mettrait de bonne humeur ?

– Temra, laisse tomber. Ce n'était rien. Juste un type qui est passé devant la forge, et…

– Un type ! Tu as les joues plus rouges que des tomates !

– Il était… attirant.

– Tu ne trouves personne attirant.

– Je le sais bien, Temra ! On peut arrêter d'en parler ?

Elle se glisse sur la chaise à côté de moi et tente de m'arracher le chiffon des mains, en vain.

– Non, tu vas tout me raconter en détail, ordonne-t-elle.

– Il n'y a rien à raconter. Il était grand. Avec des cheveux cuivrés. Il avait une épée, un espadon.

– Un uniforme ?

– Non.

– Dommage. Les hommes en uniforme sont toujours plus beaux. Je me demande s'il est d'ici ou seulement de passage. On devrait faire le tour des auberges du quartier. Juste au cas où.

– Certainement pas !

– Mais c'est un truc énorme, pour toi !

– N'en fais pas toute une histoire. Je me sens déjà assez bizarre.

– Tu devrais lui parler. Et peut-être plus si affinités, ajoute-t-elle avec un sourire diabolique.

Est-il possible de s'autobrûler les sourcils ? Parce que, là, je crois que mon visage atteint des températures extrêmes.

– Je ne ferai rien de tout ça.

– Mais…

– Je ne suis pas toi. Je ne fonctionne pas comme ça.

Je ne me fatigue pas à lui expliquer que ça ne vaut pas le malaise et l'anxiété qui en découleraient. La panique m'envahit tellement, parfois, que je ne supporterais tout simplement pas d'être à proximité de cet homme. Et si jamais il devait poser les yeux sur moi… Je n'imagine même pas ma réaction.

– Plus tu insistes, plus j'ai envie de partir en courant, dis-je pour conclure.

Temra émet un grognement de frustration puis, après ce qui ressemble à un débat intérieur, elle soupire.

– Très bien. Comme tu voudras. Mais ton bel inconnu ne restera peut-être pas en ville très longtemps. Penses-y. Bon, je dois y aller, je vais être en retard en cours.

Elle m'abandonne à mes pensées, et je me remets à fredonner l'air de tout à l'heure. C'est une chanson d'amour, je crois, ma mère me la chantait quand j'étais petite. Je ne me rappelle pas les paroles, seulement l'air.

La porte s'ouvre et je lève les yeux, m'attendant à voir Temra.

– Tu as oublié quelque chose ou tu reviens pour te moquer de…

Le glaive m'échappe des mains, mais au lieu de tomber à grand fracas, il atterrit sur la pointe et traverse le plancher, s'enfonçant jusqu'à la garde. Affolée, je regarde tour à tour l'épée fichée dans le sol derrière le comptoir et l'homme qui vient d'entrer dans la boutique.

Mon homme.

Non, pas mon *homme.*

Mais *l'homme.* L'inconnu aux cheveux roux doré avec un espadon sur le dos.

– Pardon, j'aurais dû frapper ? C'est un magasin, n'est-ce pas ? Pas une résidence privée ?

Sa voix est grave et mélodieuse comme l'eau qui coule sur la roche. Comment est-ce possible que même sa voix soit attirante ? On ne devrait pas être attiré par une voix, si ? Peut-être que je suis plus tordue que je ne pensais.

Ou alors c'est chez lui que quelque chose cloche. Il ne devrait pas exister. Ce n'est pas normal, un physique aussi parfait. Une voix aussi parfaite.

Je commets l'erreur de croiser son regard. Jamais je n'ai baissé les yeux aussi vite. J'ai l'impression que mon corps entier a viré au cramoisi, et je sais qu'il peut le voir. Ce qui ne fait qu'augmenter encore ma gêne et mon désarroi, et *je voudrais être n'importe où ailleurs.*

Après un trop long silence, il annonce :

– Je suis venu voir la forgeronne. Est-ce que Ziva est ici ? J'espérais lui commander un espadon.

Pourquoi n'ai-je pas accroché sur la porte le panneau indiquant « Fermé » ? Je le fais normalement dès que Temra part pour l'école, mais j'étais trop occupée à…

À penser à *lui* ! À fredonner de ridicules chansons d'amour !

– Je peux laisser un message pour elle ? Ou revenir plus tard ?

– Non ! dis-je enfin.

Et j'ai immédiatement envie de m'empaler sur le glaive. Sauf qu'il est toujours enfoncé dans le sol.

– Non pour le message ou pour revenir plus tard ?

– Les deux.

– Je me suis trompé d'endroit ? s'étonne-t-il tout en balayant du regard la boutique et toutes les armes accrochées au mur.

– Non.

– Peut-être Ziva ne prend-elle plus de commandes pour l'instant ? Je suis sûr, pourtant, qu'elle ne le regretterait pas. Je suis venu de très loin pour la voir.

Mon cœur s'emballe à ces mots. Il est venu de loin pour me voir moi ?

Évidemment ! Tu forges des armes magiques. Il veut une arme. Un million de clients m'ont déjà dit la même chose, mais celui-ci… fait bondir mon cœur.

Je suis tiraillée entre essayer de trouver quelque chose – n'importe quoi – à dire à cet homme, et tenter d'extraire le glaive du plancher. Résultat : je dois avoir l'air bizarrement voûtée aux yeux de l'inconnu qui se trouve de l'autre côté du comptoir.

– Tout va bien ? demande-t-il.

– Oui, très bien.

Il sourit en montrant les dents et, horreur ! s'approche, s'accoude au comptoir et demande :

– Comment vous appelez-vous ?

Et là, je jure sur les noms sacrés des Sœurs-Déesses que je ne connais pas la réponse à sa question. J'ai tout oublié, jusqu'à mon nom, sous l'effet de son regard. Alors je baisse de nouveau les yeux sur la lame fichée dans le sol. Kymora sera là dans moins de deux semaines…

– Revenez dans trois semaines et la forgeronne vous recevra, dis-je finalement.

D'ici là, Temra et moi serons parties depuis longtemps, et je n'aurai pas à subir ce genre de scène encore une fois.

– Et vous ? Vous serez là ?

Pour l'amour de Dieu, qu'il s'en aille !

– Je dois me remettre au travail.

– Bien sûr.

Il s'éloigne du comptoir, et je peux enfin respirer.

– Dites bien à Ziva que j'ai hâte de faire affaire avec elle.

C'est la troisième fois qu'il dit mon nom. Je ne sais pas pourquoi je les ai comptées, seulement que j'adore entendre ses lèvres le prononcer.

Qu'est-ce qui me prend ?

L'inconnu ajoute quelque chose en se dirigeant vers la sortie, que je ne saisis pas. Trop occupée à extirper enfin le glaive du plancher.

†

Après la rencontre humiliante avec le bel inconnu, je me jette dans le travail pour parfaire les derniers détails ornant le glaive. J'ai façonné le manche d'après le blason de Kymora.

La garde forme les ailes d'un grand faucon ; la poignée, son corps et sa queue. La gouttière est nette et régulière ; les tranchants, affûtés ; la pointe, mortelle.

J'en suis fière.

Saura-t-il satisfaire une seigneuresse de guerre ?

Il lui sera d'une grande utilité sur le champ de bataille. Ses ennemis auront bien du mal à s'approcher d'elle pour la tuer, mais je ne suis pas certaine que le glaive soit assez puissant pour *mettre des nations à genoux*.

Quoi qu'il en soit, j'espère que Kymora s'en contentera.

À ce moment-là, Temra entre en trombe dans la forge. Elle referme soigneusement la porte derrière elle.

– La seigneuresse arrive !

– Quoi ?

– Je viens de la voir au bout de la rue, avec ses hommes. Ils seront là d'une minute à l'autre !

– Elle est en avance !

– Je sais !

On se précipite toutes les deux dans la boutique. Je dépose l'arme sur le bureau et ferme la porte qui donne sur la forge. Pendant ce temps, Temra fourre son matériel scolaire derrière le comptoir, cachant son bazar.

Je m'agite inutilement durant les dix secondes qu'il faut à Kymora pour arriver devant chez nous.

Comme la dernière fois, ses gardes entrent en premier, vérifiant qu'aucune menace ne guette leur maîtresse. J'essaie de retenir une grimace lorsque l'un d'eux pénètre dans la forge, que j'ai laissée en désordre. De toute façon, ça ne peut pas être pire que l'état dans lequel ils l'ont trouvée lors de leur précédente visite.

À son entrée, Kymora arbore un visage impassible, et je me demande brièvement si elle est venue avec l'idée que je n'avais pas réalisé ce qu'elle demandait. Elle lorgne le glaive sur le bureau.

– Seigneuresse ! Quel plaisir de vous voir ! Nous ne vous attendions pas avant une semaine, déclare Temra.

– J'en ai terminé plus tôt avec mes affaires et je me suis dit que je passerais voir où en était Ziva.

Temra se tourne vers moi, me laissant décider de la marche à suivre.

– Voici l'arme, dis-je. Si vous voulez bien me suivre.

Je ne prends pas la peine de voir si Kymora est d'accord. C'est plus facile de ne pas croiser son regard.

Je contourne ses gardes et sors dans la cour. Tout le monde suit en silence. Heureusement, Temra et moi avons regarni les lieux avec tout le nécessaire pour une démonstration.

– Reculez, s'il vous plaît, dis-je.

La seigneuresse croise les bras sur sa poitrine, affichant toujours son masque indéchiffrable.

Je soulève le glaive et sens les muscles de mes bras s'accorder à son poids.

– Ziva a fabriqué pour vous une arme aux pouvoirs de longue portée, Seigneuresse, explique Temra. Elle est peut-être un peu plus lourde que ce dont vous avez l'habitude, mais…

– La forgeronne est-elle incapable de parler toute seule ? Pourquoi ne me montre-t-elle pas ce que l'arme peut faire ?

Je grimace. Bien sûr que je suis *capable* de parler ; c'est juste que je ne préfère pas. Mais si je dois travailler pour Kymora, je dois apprendre à lui parler. Je me rappelle que j'aime bien cette femme et qu'elle nous a offert, à Temra et moi, un nouveau départ. Je peux y arriver.

Sans me retourner, je dis :

– Cette lame peut trancher n'importe quoi, et son action est de longue portée. Elle est aussi plutôt lourde.

Lestée de mes secrets.

Tenant le glaive à deux mains, je porte un coup visant le tronc du mannequin. L'arme est à plus d'un mètre de sa cible, et pourtant de la paille vole en tous sens et la moitié supérieure du mannequin est projetée sur le côté. Dans la foulée, j'abats le glaive sur l'une des planches de bois. Elle se fend en deux, les deux moitiés sont éjectées dans les airs tandis que l'arme se fiche dans la terre. Je dois maintenir une prise ferme pour ne pas la voir disparaître dans le sol.

Lorsque j'ai terminé, je jette un coup d'œil à Kymora, dont l'expression neutre s'est changée en un sourire émerveillé.

– À mon tour, dit-elle en tendant une main.

J'attrape le glaive par la lame pour le lui remettre. Elle s'en empare et entreprend de finir de détruire ce qu'il reste dans la cour.

D'un seul geste, elle décapite les trois mannequins encore debout. Elle fracasse toutes les planches à disposition. Puis elle s'avance à grandes enjambées vers le poulailler à l'abandon et le démolit en quelques coups. Lorsqu'il ne reste plus rien à mettre en pièces, elle se lance dans une série d'enchaînements, dessinant avec le glaive de grands arcs et mimant des feintes.

Aussitôt, je révise ma réflexion de tout à l'heure. J'avais peur que cette arme ne soit pas digne d'une seigneuresse de guerre, mais c'était avant de la voir maniée par une véritable guerrière.

Ce glaive pourrait anéantir des légions entières. Kymora a détruit trois mannequins d'une seule frappe. Combien d'ennemis pourrait-elle abattre avant même qu'ils soient sur elle ? La portée de l'arme rivaliserait même avec l'amplitude considérable d'une lance.

En sueur, la seigneuresse prend le temps d'examiner la lame de plus près. Avec précaution, elle en approche un doigt peu à peu jusqu'à ce qu'une mince ligne de sang apparaisse par magie sur son index, sans même que l'arme ne le touche. Elle ne réagit pas sous l'effet de la coupure.

– Extraordinaire, dit-elle.

Kymora me tend ensuite sans ménagement la lame souillée de son sang.

– Nettoyez-la, ordonne-t-elle.

Je hoche la tête en lui prenant l'arme des mains.

Mes doigts en touchent la poignée et…

Ce glaive dépasse toutes mes attentes.

Je lève les yeux vers la seigneuresse.

Avec cette arme, je serai invincible au combat.

Alors même que j'entends la voix de Kymora, je ne vois pas ses lèvres remuer.

J'écraserai les souverains pathétiques de Ghadra et réunirai les territoires sous un seul règne : le mien. Je ferai du peuple l'esclave de ma volonté. Tous les membres de la famille royale se prosterneront devant moi. Et puis, je les décapiterai.

Je suis pétrifiée, j'arrive à peine à respirer.

– Eh bien ? s'impatiente Kymora. Nettoyez donc ce sang de mon arme !

Je me précipite à l'intérieur, l'esprit en ébullition tandis que je cherche un chiffon.

La forgeronne, je la ramène avec moi. Quand elle aura forgé des armes pour tous les soldats de mon armée, nous serons inarrêtables.

La voix atroce qui résonne dans ma tête ne se tait que lorsque j'ai essuyé le sang qui macule l'acier.

Qu'est-ce qui s'est passé ? J'ai entendu Kymora alors qu'elle ne parlait pas. S'agissait-il de ses pensées véritables ?

De ses secrets.

L'évidence me frappe comme la foudre.

– Votre travail est très impressionnant, forgeronne, dit la seigneuresse dans mon dos.

Elle m'a suivie dans la boutique. Faisant appel à toute ma volonté, je me tourne vers elle.

– Comment ça marche ? Ces pouvoirs de longue portée ?

– Je... je...

Pour ta propre sécurité et celle de Temra, tu dois absolument agir comme si de rien n'était. Reprends-toi, Ziva.

Je souffle, je me concentre et réponds d'une voix posée :

– Ils dépendent du geste et de l'intention. Vous vouliez tester son tranchant, donc vous vous êtes coupée. Quand vous serez prête à remettre l'épée au fourreau, elle se tranquillisera. Il vous faudra rengainer la lame doucement et éviter tout geste brusque. J'ai remarqué que porter des gants améliore le contrôle. La peau nue semble rendre l'arme plus volatile. Je n'ai pas pu déterminer exactement quelle est la portée de ce glaive. Parfois, il ne coupe pas des objets qui sont à trente centimètres. D'autres fois, il peut atteindre des obstacles se trouvant éloignés de plusieurs mètres. Là encore, je pense que c'est une question d'intention.

– Incroyable ! s'enthousiasme Kymora, avant de poser sur l'établi le plus proche une bourse bien remplie. Pour votre peine, dit-elle. Et maintenant, allez faire vos bagages.

– Quoi ?

– Vous avez réussi le test haut la main, Ziva. Le poste est pour vous. Mettons le plus de distance possible entre vous et le sale gosse du gouverneur, non ? Nous partons demain à la première heure.

Afin que je fabrique des armes pour son armée privée. Grâce à laquelle elle prévoit de conquérir tout Ghadra. J'en perds la parole si longtemps que la seigneuresse affiche son impatience.

– Eh bien, dites quelque chose !

– Je suis très honorée que vous appréciiez le glaive, mais il ne sera pas prêt pour demain matin.

– Il est déjà prêt, rétorque-t-elle, les yeux plissés.

– J'ai peur que non. Vous êtes en avance d'une semaine. Je dois encore appliquer une pâte à polir spéciale pour fixer la magie définitivement. Et puis il y a la question du fourreau.

– J'ai déjà un fourreau.

– Je voudrais en ensorceler un afin de prévenir tout risque d'accident pour vous. S'il vous plaît, Seigneuresse, laissez-moi terminer mon travail.

– Combien de temps vous faut-il ?

– Trois jours.

J'aurais aimé dire des semaines, mais je sais qu'elle ne me les accordera pas. Kymora me lance d'ailleurs un regard soupçonneux.

– Vous avez jusqu'à demain matin. Je reviendrai à l'aube chercher mon glaive et vous emmener.

Je ne peux qu'acquiescer d'un hochement de tête. Avant de partir, Kymora récupère son argent.

Chapitre
— 6 —

Avant de me tourner vers Temra, j'attends que Kymora et ses hommes aient disparu au coin de la rue.

– Qu'y a-t-il ? demande ma sœur. Pourquoi avoir menti à la seigneuresse ? Je ne t'ai jamais vu polir aucune arme pour que la magie s'y fixe.

Une fois encore, je soulève le glaive. De manière délibérée, j'approche ma main libre de la lame jusqu'à sentir une piqûre au majeur. Une fine ligne sanglante apparaît sur mon doigt.

– Tiens, dis-je à Temra en lui tendant l'arme.

Perplexe, elle obéit et se saisit du glaive. À peine un instant plus tard, elle écarquille les yeux.

– Qu'est-ce que tu as entendu ?

– Tu ne parlais pas, mais je pouvais t'entendre. Tu disais vouloir être aussi courageuse que moi. Ziva, c'est ridicule. Tu possèdes ta propre forme de courage. Pourquoi…

Elle s'interrompt, ayant manifestement entendu la suite.

– Tu as drôlement minimisé à quel point cet inconnu t'avait troublée. Déesses ! Et tu voles des friandises dans le placard quand je suis au lit !

Avant que ça ne dégénère, je lui arrache l'arme des mains.

– C'est bien ce que je craignais, dis-je.

– À juste titre, commente-t-elle. Il va falloir qu'on discute sérieusement des bonbons au caramel.

– Non, Temra. Je te parle de la seigneuresse ! Lorsqu'elle s'est coupée et m'a tendu la lame, j'ai entendu ses secrets. Tu te souviens quand je t'ai raconté comment j'avais ensorcelé le glaive ? En lui chuchotant mes secrets ? Il ne possède pas seulement un rayon d'action exceptionnel, il révèle aussi les secrets de ceux qu'il blesse. Kymora… elle a l'intention de régner seule sur Ghadra et de nous réduire tous en esclavage. Elle va m'emmener demain avec elle, que je le veuille ou non, pour que je forge des armes pour ses soldats. Tout le monde est en danger.

Le silence s'installe entre nous tandis que nous prenons la mesure de ces mots. J'attends que Temra dise quelque chose. Qu'elle me demande peut-être si ma réaction n'est pas exagérée. S'il est possible que j'aie mal compris. Ou encore que nous fassions erreur quant aux pouvoirs du glaive. Mais au lieu de ça, elle dit :

– Qu'est-ce qu'on fait ?

Je m'attendais tellement à une forme d'opposition de sa part que j'en ai oublié que la situation requérait une action immédiate.

Je dois nous sauver.

En vérité, nous n'avons que deux options. Soit je pars avec Kymora fabriquer des armes pour ses soldats. Soit… nous devons fuir. Tout laisser derrière nous. Ma forge. La maison familiale. L'école de Temra. Tout ce que nous avons toujours connu. Tout ce qui me procurait un sentiment de sécurité. On abandonne tout pour tenter de sauver Ghadra.

J'ai honte d'hésiter un instant avant de prendre la bonne décision.

– Prépare ton sac. N'emporte que le strict nécessaire. Autant de nourriture que possible. On doit partir.

– Pour aller où ?

Je me mets à faire les cent pas en me tordant les doigts.

– On a besoin d'un plan, et vite.

Qui pourrait nous accueillir ? Est-ce que quelqu'un accepterait de nous cacher ? Sûrement pas à Lirasu. Plus maintenant.

– Tu te souviens de ce vieux tableau qu'on a trouvé au fond du placard de papa quand on triait les affaires des parents ?

Temra hoche la tête.

– Tu veux qu'on essaie de retrouver la famille de papa ?

Sur le tableau, un couple que je ne connaissais pas se tenait debout devant une magnifique cascade ; au verso étaient écrits quelques mots : *Sotheran. Chutes de Thersa.*

Sur le moment, j'avais pensé me débarrasser du tableau : après tout, il était enfoui tout au fond du placard. Et puis, j'avais remarqué la ressemblance entre le couple de la peinture et mon père. Ce sont ses parents. Mes grands-parents.

Je savais que mon père avait pris le nom de famille de ma mère mais, à cinq ans, je n'avais jamais pensé à lui demander son nom d'origine. Tout était là, sur le tableau. La famille de mon père s'appelle Sotheran, et ils vivent à Thersa. Jusqu'ici, nous n'avions aucune raison de nous y intéresser ou de chercher à les contacter. Mais à présent… Je m'accroche à cette information comme à une ligne de vie.

Inutile de s'inquiéter de la manière dont nous serons reçues, si nous sommes reçues tout court, ou de l'éventualité qu'ils nous croient lorsque nous affirmerons être des parents à eux. Pour l'instant, il nous faut déjà réussir à quitter la ville.

– On n'a pas le choix, dis-je finalement.

– Mais ils ne nous connaissent pas. Ils ne nous ont jamais vues. Est-ce que papa t'en a déjà parlé ?

– Pas que je me souvienne. Mais ils sont notre famille. Notre seul espoir.

– D'accord, admet Temra, tout en farfouillant parmi les outils posés sur un établi. Très bien, ajoute-t-elle en s'approchant de moi. Nous avons une destination. Mais on doit prendre des précautions.

– Des précautions ?

J'entends un *snip*, et ma tête me semble soudain plus légère. Portant d'instinct la main à ma queue-de-cheval, je découvre qu'elle n'est plus là.

– Temra !

Elle me tend les ciseaux.

– Occupe-toi de moi, maintenant, dit-elle en me tournant le dos et en soulevant ses jolies boucles.

– Non !

– Le temps nous est compté, insiste-t-elle. On doit modifier notre apparence autant que possible. Allez, coupe-moi tout ça.

C'est peut-être idiot, mais c'est seulement à ce moment que je me mets à pleurer. Je n'ai pas pleuré quand Asel s'en est pris à nous. Ni quand j'ai compris qu'il nous fallait quitter la ville ou que j'allais devoir trahir la personne la plus dangereuse au monde.

Pourtant, en coupant les beaux cheveux de ma sœur, je me mets à pleurnicher.

Temra, elle, ne verse aucune larme. Lorsqu'elle se tourne vers moi, elle paraît plus forte que jamais.

– Kymora ne doit jamais mettre la main sur ce glaive, déclare-t-elle.

Je suis d'accord. Il me faut quelques minutes pour allumer le four, et dès qu'il est assez chaud, je dépose la lame dans la fournaise. Qu'elle fonde l'arme et en détruise la magie. Pendant que je m'active, Temra reste immobile, le regard dans le vide, perdue dans ses pensées.

Bien qu'il me coûte de prononcer la phrase suivante, je m'y oblige.

– Kymora t'a à peine regardée. Si ça se trouve, elle ne se souviendra même pas de toi. Tu pourrais rester. Pas ici, mais en ville. Je pourrais…

– N'y pense même pas ! s'insurge Temra. Nous sommes sœurs, Ziva. On est ensemble. Hors de question que je t'abandonne. Ni aujourd'hui ni à l'avenir. De toute façon, Kymora m'a vue. Elle sait que je suis ta sœur. Si elle n'arrivait pas à te retrouver, combien de temps lui faudrait-il pour venir me chercher et se servir de moi comme appât ? Je suis plus en sécurité avec toi.

Je ferme les yeux pour en chasser les larmes qui menacent de nouveau.

– Je suis désolée, Temra. Je n'ai jamais eu l'intention de te mettre en danger.

– On en discutera en chemin. Tu as plutôt intérêt à garder de la place pour les caramels dans ton sac.

Sur ce, elle disparaît dans sa chambre.

Je ne sais pas pourquoi les Sœurs-Déesses m'ont dotée de la sœur la plus parfaite, mais c'est le cas. Même si c'est très égoïste, je suis soulagée et éternellement reconnaissante de l'avoir à mes côtés pour affronter ce tournant dramatique de ma vie.

J'ai les mains qui tremblent en préparant mon sac.

Je ne vais pas paniquer. Je ne vais pas paniquer. Il n'y a pas le temps de paniquer.

Je me concentre sur les tâches à accomplir pour éviter de penser aux dangers qui nous attendent. Rassembler nourriture, vêtements, argent. Charger la jument.

Je garde pas mal d'argent ici et là dans la maison, mais la plus grande partie de mes pièces est stockée à la banque de Lirasu par sécurité. Oserais-je m'y rendre pour les retirer ? Non, le temps presse trop, et si ça se trouve, la seigneuresse fait surveiller la maison. On ne peut pas prendre le risque de s'aventurer en centre-ville.

Dans la forge, je prends les quelques armes que je possède. Un bâton de combat. Une épée courte. Une lance.

Je les enveloppe soigneusement avant de les fixer au bât de Reya. Temra et moi piochons aussi quelques poignards de la boutique, que nous cachons dans nos vêtements partout où c'est possible. On emporte des fers de rechange pour la jument.

– Oh, non ! je murmure.

Temra hausse un sourcil.

– Comment assurer notre sécurité sur la route ? On va voyager de nuit. Deux filles seules.

– Ça peut se révéler à notre avantage, objecte Temra. On passera inaperçues si on n'emprunte pas la route.

– Mais on sera plus lentes. Il faut qu'on mette la plus grande distance possible entre nous et la seigneuresse de guerre.

Temra réfléchit en silence quelques secondes. Après une hésitation, elle se lance :

– Je pense qu'on devrait engager une escorte. J'ai entendu parler d'un mercenaire logeant dans une taverne à la périphérie de la ville.

Mon corps a beau se tendre à l'idée d'ajouter un inconnu à notre équipée – de lui confier notre sécurité –, je finis par acquiescer.

– C'est la seule solution.

Lorsque Reya est bâtée et chargée, nous nous enveloppons dans nos manteaux, et je regarde une dernière fois mon foyer et mon sanctuaire. Alors que je m'attendais à ressentir une certaine mélancolie, je me rends compte que je suis obnubilée par le glaive et sa magie. Magie qu'il me semble percevoir encore…

– Il faut que je vérifie un truc, dis-je à Temra avant de me précipiter à l'intérieur.

Je fonce vers la forge et le four qui en occupe le centre. Alors que j'en inspecte les braises mourantes, un nœud se forme dans mon estomac.

Ce n'est pas possible.

Avec les tenailles, j'attrape ce qui, je l'espère, ne doit être que des fragments informes du glaive.

Mais il est intact. Il n'a pas fondu. L'arme est aussi parfaite que si je venais de la terminer. Je renonce à tenter de la détruire à coups de masse ou de marteau : elle ne ferait que résister à mes frappes comme la dernière fois, après que je lui ai dit mes secrets.

Elle est indestructible.

La panique m'envahit. Comment est-ce arrivé ? Comment j'ai pu faire ça ?

Trop tard pour ruminer tes erreurs.

Je trempe la lame, l'essuie, et la glisse doucement dans le fourreau de cuir noir qui est tout à fait fini, contrairement à ce que j'ai prétendu devant la seigneuresse.

Lorsque Temra me voit ressortir, elle demande :

– Est-ce que c'est…

– Oui. J'ai fait ce qu'avait demandé la seigneuresse : je me suis surpassée. Le glaive est indestructible, Temra. Il faut qu'on l'emporte avec nous, qu'on le garde en lieu sûr.

Je m'attends à une explosion de colère de sa part, qu'elle me reproche de l'arracher à tout ce qu'elle connaît. D'avoir été assez stupide pour forger cette arme de destruction massive. Pourtant, rien ne vient. Sans mot dire, ma sœur me prend le glaive des mains et le fixe avec les autres armes au flanc de Reya. Son silence est pire que tout. J'ignore ce qu'elle ressent et ce qu'elle pense, mais je crois qu'on va devoir faire le point sur ce qui nous arrive.

Dès qu'on sera hors de danger.

Alors que je prends la direction de la route, Temra me pose une main sur l'épaule.

– Pas par là.

– Mais c'est la route.

– Et si Kymora nous surveille, c'est là qu'elle aura posté ses hommes. Je sais comment sortir d'ici sans être vues.

Temra conduit Reya dans la cour de derrière. Une sente cachée que je n'avais jamais remarquée se dessine dans les hautes herbes aux limites du terrain, et Temra s'y engage. En regardant par-dessus mon épaule, je m'aperçois que la sente est hors de vue depuis la fenêtre de ma chambre.

– Tu faisais le mur ! dis-je d'un ton accusateur.

– Ce n'est vraiment pas le moment, Ziva.

– Depuis combien de temps tu empruntes ce sentier ? C'est toi qui l'as tracé ?

– Des années, et oui.

– Des ann… Mais qu'est-ce que tu fabriquais ?

– Tu veux hausser la voix encore un peu ? Je ne crois pas que la seigneuresse puisse t'entendre.

Je serre les dents, malgré la rage qui bouillonne à l'intérieur. Et si quelque chose lui était arrivé ? Où allait-elle donc comme ça ? Et avec qui ? Je suis au bord de l'hystérie. Je me concentre sur mes pieds, les fixe des yeux en marchant. Un pas. Deux pas. Trois.

Contente-toi d'avancer. Chaque pas nous éloigne du danger. C'est tout ce qui compte pour le moment. Temra va bien. Occupe-toi de l'instant présent.

La sente finit par rejoindre les rues de la ville. Il commence juste à faire noir, et les gens allument les deux lanternes suspendues de part et d'autre de leur porte. Une pour chacune des Sœurs-Déesses. Pour demander leur protection.

Bien que je n'aie pas pris la peine d'allumer les nôtres depuis des années, je ne les ai pas décrochées. En tout cas, elles n'ont pas protégé mes parents.

Un chat errant nous observe, perché sur les tas de compost devant l'établissement où nous emmène Temra, la taverne dont elle a parlé plus tôt. L'endroit est d'apparence modeste, avec ses fenêtres embuées et crasseuses, mais les rires qui filtrent par les vitres semblent indiquer que les hôtes à l'intérieur s'offrent du bon temps.

– Explique-moi comment tu connais cet endroit et comment tu sais qu'un mercenaire s'y trouve !

Temra sourit avant de répondre :

– Il s'appelle Kellyn Derinor. À l'école, toutes les filles parlent de lui.

– Pourquoi ?

– Tu comprendras en le voyant.

– Et cette taverne ?

Elle hausse les épaules.

– C'est un bon endroit pour rencontrer des hommes.

– Tu veux dire que tu fréquentes cet établissement ! Et tu bois, aussi ?

– J'ai seize ans, Ziva. Bien sûr que je bois et que je m'amuse, en prenant toutes les précautions nécessaires.

Elle fait mine d'entrer dans le bâtiment, mais je l'arrête.

– Oh non, on n'a pas fini de discuter de ça ou de ton habitude de faire le mur.

– On pourrait peut-être garder cette discussion pour quand on ne sera pas poursuivies par une seigneuresse de guerre ?

Je lui jette un regard noir tandis qu'elle me tourne le dos et pénètre dans la taverne. Je confie Reya à un palefrenier, tout en lui ordonnant de ne pas la desseller. On n'en a pas pour longtemps, et je ne veux pas qu'il touche à notre précieux chargement. Avant de suivre ma sœur, j'attrape le glaive et l'attache à ma ceinture.

Temra n'a pas trente secondes d'avance sur moi, et pourtant elle est déjà attablée, entourée d'admirateurs. Trois hommes et deux femmes rient aux éclats avec elle, et je vois l'un des hommes lui payer un verre.

Comment elle fait ça ? Temra a son propre pouvoir magique. Du genre qui attire les gens à elle et la met à l'aise avec n'importe qui. Dans ma poitrine, la jalousie enfle, même si elle est surtout noyée par la peur d'être au milieu d'une telle foule. Les bruits et les odeurs saturent l'espace. Rires, plaintes, bruits de mastication ; odeurs de bière, de sueur, de cuir.

D'une démarche gauche, je m'approche de ma sœur. Le glaive pèse lourdement à mon côté, et il me faut adapter ma posture. Lorsque je rejoins Temra, je reste debout à sa hauteur, empruntée. Et tous les regards se tournent vers moi.

Les yeux fixés sur la nuque de Temra, j'attends qu'elle me sorte de là. Qu'elle fasse quelque chose, n'importe quoi.

Elle m'attrape par le bras et me tire sur la chaise, où je pose une demi-fesse. Aussitôt, comme s'ils n'attendaient que l'adoubement de Temra, les autres convives reprennent leur conversation interrompue par mon arrivée.

– Je disais que Kellyn est un escrimeur hors pair, malgré son jeune âge. On dit que son père était maître d'armes au château du défunt roi, mais ce n'est peut-être qu'une rumeur.

L'homme qui a parlé marque une pause pour avaler une grande lampée.

– Franchement, c'est la moindre de ses qualités, intervient l'une des filles, avant de se tourner, en même temps que l'autre femme de la tablée, vers un coin de la salle.

Je manque m'étouffer.

Cheveux roux mordoré. Peau hâlée. Espadon sur le dos.

C'est l'inconnu qui m'a aidée sans le savoir à créer le glaive magique. Je voulais le toucher, et la lame a dévoré le secret, y gagnant son pouvoir.

Mange-Secrets.

Le nom me vient soudainement. En temps normal, je laisse mes clients baptiser leurs armes, mais celle-ci est désormais mon fardeau.

La pente de mes pensées me ramène au mercenaire que Temra veut embaucher pour notre voyage. Kellyn. Il a déjà un lien avec le glaive. Soit c'est un signe des

Sœurs-Déesses qu'il constitue notre meilleure chance d'arriver à destination, soit que je devrais le tenir à bonne distance de l'arme.

– On ne peut pas engager ce type, dis-je en me penchant vers Temra.

– Tu en connais un autre ?

Mais il va se souvenir de moi, et ce sera gênant, et... Non. Pour Temra, je dois prendre sur moi.

– Alors qu'est-ce qu'on attend ? Allons lui parler.

Temra me lance un regard agacé. Je crois que mes remontrances quant à ses habitudes nocturnes l'ont énervée. Comme si c'était moi, la fautive !

– Ziva, on ne peut pas juste aller voir quelqu'un comme ça de but en blanc. Il faut guetter le bon moment.

Je regarde Kellyn porter sa coupe à ses lèvres et renverser la tête en arrière pour boire. Une bonne partie de l'hydromel lui dégouline sur le visage.

– Mais il est saoul !

– Évidemment ! On est dans une taverne.

– Et ceci est une très mauvaise idée.

Tandis que nous observons notre mercenaire, un type assis à sa table prononce quelques mots, noyés dans le brouhaha. Quoi qu'il ait dit, en tout cas, ça ne plaît pas à Kellyn qui lui jette sa chope à la figure. Le type dégaine une arme et tente d'embrocher le mercenaire, mais Kellyn esquive le coup de justesse, bondissant sur ses pieds. Tandis que l'autre s'avance en contournant la table, Kellyn se saisit d'une chaise et la lui brise sur le crâne.

Le raffut attire sur eux l'attention du reste de l'assistance. Les gens se tournent sur leurs sièges pour avoir une meilleure vue sur la bagarre. Hommes et femmes ivres poussent des cris et des sifflets d'encouragement aux combattants.

Kellyn ne touche même pas à son arme alors que l'autre s'acharne à grands coups d'épée, dont aucun n'atteint sa cible. Le mercenaire esquive, feinte et frappe avec ses poings. Puis, dans un mouvement rapide, il réussit à désarmer l'autre, l'empoigne par le dos de sa chemise et lui fracasse la tête contre la table, l'assommant sur-le-champ.

Sous les vivats de la foule, Kellyn attrape alors la chope de son adversaire, la soulève pour saluer son public avant de la vider d'un trait.

– Maintenant, dit Temra.

– Maintenant quoi ?

– Maintenant, on peut aller lui parler.

– Je ne veux pas m'approcher de ce type !

– On a le choix ?

Non. On n'a pas le choix.

Me résignant à mon sort, je suis Temra qui se dirige vers la grosse brute. Elle prend bien garde à se placer dans son champ de vision direct.

– Kellyn, c'est ça ? demande-t-elle avec un grand sourire, d'une voix aguicheuse.

– Lui-même, confirme-t-il tout en hélant une serveuse pour réclamer une autre chope d'hydromel.

– Je suis Temra, se présente-t-elle en s'asseyant à côté de lui.

J'ai un instant de panique : devrais-je rester en retrait, telle l'ombre de ma sœur ? Non, je ne peux pas la laisser seule dans cette épreuve. M'armant de courage, je m'installe à la place abandonnée par l'adversaire de Kellyn, juste en face de lui.

Ses yeux se posent sur moi, et je m'efforce de ne pas me tortiller sur ma chaise.

– Je vous connais, non ?

– Je ne crois pas.

– Je jurerais vous avoir déjà vue quelque part.

Mes cheveux courts et son état d'ébriété sont les seuls remparts à mon humiliation totale.

– Voici Ziva, dit ma sœur.

– La forgeronne aux pouvoirs magiques ! s'écrie Kellyn. Je suis venu dans cette ville pour vous trouver, explique-t-il en riant comme si c'était drôle, avant de boire une gorgée. Je peux vous payer un verre ?

Je suis obligée de me détourner pour cacher ma répulsion. Il s'imagine qu'on lui fait des avances ! Je m'empresse de le corriger :

– Nous sommes sœurs.

– Encore mieux !

Temra s'esclaffe, à croire qu'il vient de lâcher une plaisanterie.

– J'ai peur qu'il y ait méprise, tempère-t-elle. Ce sont vos talents de guerrier qui nous intéressent. Vos services sont-ils à louer ?

Kellyn avale une grande lampée du verre qu'on vient de poser devant lui.

– C'est quoi, le boulot ?

– Nous voulons voyager en sécurité jusqu'à Thersa. Nous pouvons payer cent ockles par jour.

– Si elle me fabrique un espadon ensorcelé, je vous emmène où vous voulez à Ghadra.

– Formidable ! se réjouit Temra. Quand seriez-vous prêt à partir ?

Kellyn rote bruyamment dans sa chope, ce qui amplifie encore le son. Je finis par me demander comment j'ai pu trouver ce type attirant. Mais à cet instant, il tourne vers moi ses beaux yeux bruns, et ses lèvres s'entrouvrent en un sourire qui agite des papillons dans mon ventre.

– Dès que je suis sobre ! déclare-t-il tout en vidant sa chope, sans manquer d'en renverser de nouveau la moitié.

Affolée, je jette un coup d'œil à Temra avant de demander à haute voix, espérant que l'univers nous offre une solution par magie :

– Il n'y a personne d'autre qu'on pourrait embaucher ?

– Non. Enfin, il y avait lui, dit-il en désignant l'homme encore inconscient étalé par terre. Mais comme vous avez pu observer son talent au combat, je doute que vous ayez envie de l'engager. Allez, suffit ! Nous avons un accord, et je serai prêt à partir en toute hâte.

Kellyn se lève, sa chope vide à la main, fait un pas en direction de l'escalier qui mène vraisemblablement à sa chambre, puis bascule vers l'avant. Il se rattrape in extremis à une poutre du plafond avant de se laisser glisser au sol.

– En fait, je crois que je vais faire un petit somme pour commencer.

Et il s'écroule.

Temra se lève, se penche sur lui et lui colle une gifle. Sans résultat.

– Et maintenant ? je demande.

– Va préparer la jument, je te retrouve dehors.

– Qu'est-ce que tu vas faire ?

– T'occupe, fais-moi confiance.

Ramenant mon manteau sur mes épaules, je sors et donne une pièce au garçon d'écurie pour qu'il aille chercher Reya. Je range de nouveau Mange-Secrets dans le baluchon de nos armes.

Ensuite, nous attendons. Je ne sais pas exactement quoi, et mon angoisse croît à chaque seconde qui s'écoule. Et s'il était arrivé quelque chose à Temra ? Si les hommes de la seigneuresse de guerre l'avaient attrapée ? Si…

Les portes s'ouvrent sur Temra qui nous rejoint, suivie de quatre hommes costauds qui portent quelque chose.

Non, quelqu'un.

Kellyn.

Temra leur demande de le déposer sur la jument et leur paie une pièce à chacun. Horrifiée, je proteste :

– C'est ça ton plan !

– On a le choix ? réplique-t-elle avec un sourire.

– On ne peut pas tout simplement le prendre et l'emporter !

– Pas comme ça, tu as raison. Aide-moi à l'attacher.

– Temra !

– Ziva, c'est toi qui nous as mises dans ce pétrin. J'essaie de nous en sortir. Tu vas m'aider, oui ou non ?

La voilà. La colère que je guettais. L'explosion.

– Qu'est-ce que vous fabriquez, toutes les deux ?

Je n'avais pas remarqué que l'un des hommes n'était pas rentré dans l'auberge avec les autres. Je sursaute en le reconnaissant, lui et sa robe bleue.

C'est l'érudit du restaurant. Comment s'appelle-t-il déjà ?

– Petrik, dis-je avec un petit salut.

– Rebonjour !

– Ça ne vous regarde pas, coupe ma sœur en réponse à sa question.

– Je peux faire autre chose pour vous ? insiste-t-il, pas intimidé le moins du monde.

– On n'a besoin de personne.

Temra trouve un bout de corde dans l'écurie et se met à ficeler Kellyn à sa selle. Je l'aide en silence.

Petrik rentre dans la taverne en courant, mais je ne lui accorde pas un regard.

J'attends que Kellyn soit bien attaché et qu'on soit presque sorties de la ville pour parler.

– Je suis désolée. Pour tout. Pour…

– Non. Je me suis servie de tes complexes contre toi. Désolée. J'avais besoin que tu acceptes mon plan. On emmène Kellyn. Et tu n'as rien à craindre en ce qui nous concerne : je t'aime. Tu n'es pas responsable de notre situation. Mais maintenant, il faut qu'on s'en aille et il faut qu'on l'embarque, lui. Allons-y.

Elle peut se montrer un brin autoritaire.

Parfois, j'en oublie qui de nous deux est l'aînée.

Chapitre 7

L'ironie de notre situation ne m'a pas échappé. Nous transportons une arme toute-puissante, pourtant nous sommes en fuite. Le glaive ne nous est d'ailleurs d'aucune utilité. Que pourrait-on en faire ? L'employer contre Kymora avant qu'elle ait commis le moindre crime ?

Comme on voyage à deux, ma sœur et moi, on ne peut même pas s'en servir pour se défendre. L'arme a une portée trop importante : je risquerais trop facilement de blesser Temra accidentellement en essayant de la protéger. Maîtriser une telle arme nécessite un entraînement rigoureux.

Sans compter que je n'ai envie de tuer personne.

Or Mange-Secrets n'est pas le genre d'arme qui se contente d'infliger des blessures. C'est une tueuse. Purement et simplement. Bien sûr, toutes mes armes le sont potentiellement. Je le savais quand je les ai forgées. Mais comment aurais-je pu imaginer que quelqu'un voudrait utiliser l'une d'elles pour dominer le monde ? Kymora jouit d'un grand respect. Lorsqu'elle a cessé sa collaboration avec le défunt roi, ils sont restés en bons termes. Jamais je n'aurais pu prévoir ce qu'il se passerait quand j'ai accepté de forger son arme.

Voilà ce qui m'occupe l'esprit tandis que nous menons Reya au trot sur la route, Temra et moi trottinant à côté. Heureusement que nous sommes toutes deux en bonne forme physique, sans quoi je ne vois pas comment nous pourrions réussir notre fuite. Malgré nos efforts pour nous déplacer en silence, les sabots de Reya claquent sur les pierres de la route poussiéreuse. Cachés dans les sapins qui bordent le chemin, j'imagine de grands yeux qui nous observent, prêts à bondir sur nous. Comme si je n'avais pas déjà assez peur, à me demander à chaque pas si nous mettons suffisamment de distance entre nous et Kymora. Et j'oubliais son armée privée.

– Attendez ! crie une voix qui me fait violemment sursauter.

Une silhouette solitaire s'avance sur la route. Les deux lunes de sortie ce soir font luire sa robe sombre. Reya renâcle devant ce nouveau venu imprévu, tandis que Temra affiche un sourire forcé.

– Petrik, que faites-vous ici ? Et pourquoi semblez-vous prêt pour un long voyage ?

– Je suis tombé sur deux filles qui prenaient la fuite au milieu de la nuit. Ma conscience m'interdit de vous laisser partir seules. Laissez-moi vous escorter, quelle que soit votre destination.

Temra rejette ce qu'il reste de sa chevelure sur son épaule, même si elle n'est plus assez longue pour l'atteindre.

– Et avec un peu de chance, Ziva voudra bien vous parler de ses pouvoirs magiques en chemin ? demande-t-elle d'un ton accusateur.

– Ce serait en effet un agréable plus.

– Vous êtes incorrigible !

– Je veux juste vous aider, et je ne vous encombrerai pas. J'ai mes propres vivres pour le voyage. Et j'ai soudoyé le patron de la taverne pour qu'il me laisse entrer dans la chambre du mercenaire. J'ai rassemblé ses affaires, vu que vous étiez déjà bien occupées.

On se regarde, Temra et moi : on n'avait même pas pensé à emporter les quelques biens de Kellyn avant de s'emparer de lui.

– Vous cachez une arme quelque part ? interroge Temra en scrutant l'érudit de la tête aux pieds.

– Non, dit-il, perplexe.

– Vous savez vous servir d'une arme ?

– Non.

– Vous maîtrisez le combat à mains nues ?

– Hum, non.

– Alors comment comptez-vous nous aider, précisément ?

– Nous pouvons nous aider mutuellement ! Une personne de plus sur la route n'est jamais de trop pour décourager les bandits, et vous pouvez m'aider pour mon livre.

– Certainement pas !

Mais Temra intervient :

– Excusez-nous un instant, Petrik.

Guidant la jument d'une main, et l'autre posée sur mon épaule, elle nous entraîne un peu à l'écart.

– Quoi ? je demande en chuchotant.

– Je crois qu'on devrait l'emmener avec nous.

– Pourquoi on ferait ça ? On sera bientôt traquées comme des proies !

– Parce que c'est un expert reconnu en magie, tu te souviens ? Et nous, on doit se débarrasser d'un glaive *magique* ! C'est parfait. Tu pourras le sonder à ce sujet en chemin.

Oh…

– Comment je réussis à l'interroger sans révéler la puissance réelle de notre cargaison ?

– Tu es intelligente. Tu trouveras bien un moyen.

Ça me tue qu'elle ait raison. Je n'ai pas envie d'un inconnu de plus parmi nous.

– On va le mettre en danger. On ne peut pas faire ça. Et s'il se fait prendre en même temps que nous ?

– Si je peux vous interrompre une seconde…, intervient Petrik en haussant la voix pour se faire entendre. Je peux me rendre utile de bien des façons. Je n'en ai pas l'air, mais je suis costaud : j'ai traversé deux régions en portant tous ces livres juste pour vous trouver. Je peux m'acquitter de n'importe quelle corvée. Je sais construire un feu et cuisiner. Je peux…

– Vous savez cuisiner ? répétons-nous toutes deux en chœur.

– Oui, l'une de mes nombreuses tâches à la Grande Bibliothèque était d'assurer la cuisine, en roulement avec d'autres novices.

Temra me lance un regard et me passe les rênes de Reya.

– Je m'en occupe, dit-elle avant de se tourner vers Petrik. D'accord, vous pouvez venir avec nous, mais à certaines conditions.

– Dites.

– Vous ne poserez aucune question quant à notre destination ou aux raisons de notre fuite. Et sachez que des gens dangereux sont à notre poursuite. Vous risquez gros si vous vous faites attraper.

– Dangereux comment ? demande Petrik en lâchant les bretelles de son sac à dos.

– Très dangereux.

Il ne lui faut qu'un instant pour se décider.

– Eh bien, dans ce cas, on n'a pas intérêt à traîner trop longtemps.

– Vraiment ? Vous voulez toujours nous accompagner ?

– En toute franchise, tout ceci est plutôt très excitant !

Il est fou, voilà ce que je voudrais dire à Temra, mais je ne peux pas sans me faire entendre de Petrik.

– Alors on ne peut plus attendre, conclut Temra. Il va falloir que vous teniez le rythme.

Et nous nous remettons à courir.

Même une fois le soleil levé, nous n'osons pas faire une halte. Nous sommes pourtant fatigués, surtout Reya qui porte toutes nos provisions ainsi que la carcasse du mercenaire. On s'arrête près d'un ruisseau pour qu'elle puisse boire et brouter, mais on ne s'attarde pas. Tout en marchant, Temra lui cueille des herbes hautes et lui donne à manger en chemin.

Au bout d'un moment, nous finissons par croiser d'autres voyageurs, un homme et sa femme assis à l'avant d'une charrette couverte, transportant sans doute des marchandises pour les vendre à la ville. La femme est armée d'une impressionnante arbalète pour se protéger des dangers de la route. Elle lance un regard curieux à Kellyn, toujours ivre mort.

– Il a trop bu, celui-là, leur dit Temra.

Ils hochent la tête d'un air entendu et poursuivent leur chemin.

– On devrait quitter la route, déclare Temra une fois qu'ils sont loin. Ky… nos poursuivants ne sauront pas de quel côté nous sommes parties. Trois routes sortent de la cité, mais s'ils interrogent les gens qui arrivent en ville, ceux-ci pourront leur dire s'ils nous ont vues. Ils n'auront pas de mal à se souvenir de deux sœurs.

– Un instant, lance Petrik.

En courant, il rejoint le couple qui arrête sa charrette et échange quelques mots avec lui. Petrik leur tend quelque chose, puis ils repartent.

– Pourquoi vous avez fait ça ? demande Temra. Maintenant, c'est sûr et certain qu'ils se souviendront de nous !

– Je leur ai demandé s'ils voulaient du pain.

– Du pain ?

– Oui, je les ai informés que ma *femme* et sa *cousine* en avaient préparé trop pour le voyage et qu'on serait ravis de partager.

– Oh, dis-je, calmée.

Temra et moi regardons nos pieds. Petrik s'est rendu mémorable, lui. En nous cachant, Temra et moi. Alors qu'il n'a aucune idée de ce qui se passe réellement.

– Ne me prenez pas pour un idiot : je ne suis pas stupide, commente Petrik en prenant la tête, traçant un sentier à travers les arbres et les fougères, parallèle à la route, afin que nous puissions nous déplacer plus discrètement.

On reste juste hors de vue de la route, vérifiant de temps en temps que l'on n'a pas dévié.

Lorsqu'on s'arrête enfin pour casser la croûte, nos regards se tournent vers le mercenaire. Il est toujours inconscient. Sans le soulèvement régulier de ses épaules, on pourrait le croire mort.

– Il faut qu'on le détache, décide Temra. Reya a besoin d'une vraie pause, aussi longue que possible.

Nous commençons par décharger les sacs de selle et le baluchon d'armes. Puis, quand ça devient inévitable, nous coupons les cordes qui retiennent l'homme imposant. Petrik nous aide à le descendre de cheval, mais Kellyn n'est qu'à mi-chemin du sol quand il échappe à nos bras et tombe lourdement par terre. Le choc de sa chute brutale le réveille immédiatement.

– Qu'est-ce…, bafouille-t-il.

Il tente de se relever et de dégainer son épée, qui n'est plus sur son dos. Nous l'avons attachée avec les autres armes dans le baluchon, pour éviter qu'elle ne glisse de son fourreau à cause de la position tordue de Kellyn sur la selle.

Cette tentative, ajoutée au déséquilibre dû à son état, l'envoie de nouveau rouler au sol.

Il est visiblement très mécontent. Souffrant d'une gueule de bois à cause de l'hydromel, de crampes à cause de sa nuit passée attaché sur un cheval, brûlé par le soleil trop vif… pas étonnant qu'il soit de méchante humeur.

Il se relève, cette fois avec plus de précautions. Se protégeant les yeux, il nous regarde tous les trois tour à tour.

– Qui êtes-vous ?

Je jette un regard atterré à ma sœur : il ne se souvient plus de nous.

– Vos employeurs, rétorque Temra du tac au tac. Jusqu'ici, on ne peut pas dire que nous soyons satisfaites de vos services.

Kellyn plisse les yeux, comme si ça pouvait l'aider à y voir plus clair.

– J'ai accepté un boulot ?

Après une seconde d'hésitation et un coup d'œil à Petrik, Temra répond :

– Escorter trois personnes jusqu'à Thersa.

Elle ne peut tout de même pas taire notre destination à celui qui nous escorte. Et c'est impossible de lui dire sans le dire à Petrik aussi. Tout le monde sait donc maintenant où nous allons.

Le mercenaire porte une main à sa tempe, comme pour obliger son cerveau à se remémorer la nuit dernière, avant de demander :

– J'ai dit oui pour combien ?

– Pas d'argent, mais une lame Zivan. Ziva vous fabriquera une épée ensorcelée quand nous atteindrons Thersa sains et saufs.

Les yeux trop vifs du mercenaire se posent sur moi.

– Je vous connais. Vous étiez à la boutique de la forge. Alors c'est *vous*, Ziva ?

– Qu'est-ce que vous sous-entendez ? je crache en levant les yeux.

Il trouve que j'ai un problème ? Je ne suis pas à son goût, peut-être ? Et surtout, qu'est-ce que ça peut me faire ?

– Vous n'avez rien dit, la dernière fois.

– J'étais occupée.

– Vous vous connaissez ? demande Temra.

– Je suis passé à la boutique pour commander une lame, explique Kellyn. Elle m'a dit de revenir dans trois semaines. Attendez, mais ça fait la semaine prochaine ! Vous saviez déjà à ce moment-là que vous alliez partir ? Vous vouliez juste vous débarrasser de moi ?

Me tordant les mains, je ne sais plus où poser les yeux, certaine de trouver des regards désapprobateurs chez chacun de mes trois compagnons.

– Le principal, rappelle Temra au mercenaire, c'est que vous aurez votre arme. Inutile de s'appesantir sur le passé.

Malgré cette tentative de diversion, je sens les yeux de Kellyn posés sur moi quand il demande, en se faisant craquer le cou :

– Pourquoi j'ai l'impression d'avoir dormi sur une bûche ?

– Vous avez dormi sur le cheval, précise Petrik inutilement.

– Vous êtes tombé dans les pommes. On n'avait pas vraiment le choix.

– Nous sommes loin de Lirasu ? veut savoir Kellyn.

J'ai peur qu'il renonce et nous abandonne à notre sort, mais nous ne pouvons pas lui mentir. Il finirait par s'en rendre compte quand nous arriverions à destination.

– Une nuit de cheval à un rythme soutenu, dit Temra.

– On était pressés de partir, hein ?

– Oui, nous devons rejoindre Thersa rapidement.

– Et nous ajouterons un bonus quand nous y serons.

Déesses, je déteste devoir dépendre de tant d'inconnus. Pourtant, une petite incitation financière ne peut pas faire de mal si Kellyn hésite encore. Un silence chargé s'installe pendant que l'on attend la décision du mercenaire.

– Je suis un homme de parole, déclare-t-il enfin. Si j'ai accepté de vous emmener à Thersa, c'est donc ce que je ferai.

Il s'éloigne ensuite de quelques pas.

– Où allez-vous ? s'inquiète aussitôt Petrik.

– Pisser. Mes employeurs y voient-ils un inconvénient ?

Nous gardons le silence, et Kellyn disparaît dans le sous-bois épais. M'approchant de Temra, je lui fais part de mes doutes.

– J'ai cru qu'il allait nous laisser tomber.

– Souviens-toi d'une chose : ce genre de type fera n'importe quoi pour peu qu'on y mette le prix. Bien joué pour le bonus, commente-t-elle en me mettant un petit coup d'épaule.

– On fait une bonne équipe.

– Oui, une bonne équipe, renchérit Petrik sous nos regards sévères. Eh quoi ? Je me sentais exclu.

– Il est temps de tester vos compétences culinaires, réplique Temra. Commencez donc pendant qu'on allume le feu. On décidera ensuite si oui ou non vous en valez la peine.

En un tournemain, Petrik a mis des saucisses à griller dans une poêle, préparé des œufs brouillés grâce à ma trouvaille dans un nid de faisan, et du thé à la menthe qu'il fait bouillir sur le feu. Ses talents de cuisinier n'étaient pas exagérés.

En mordant dans une tartine grillée sur le feu, Kellyn entame la conversation :

– Quel est le lien qui vous unit tous les trois, précisément ? Vous êtes sœurs, vous deux, n'est-ce pas ? Vous vous ressemblez. Mais lui, qui est-il pour vous ?

Petrik se présente.

– Je travaille à un livre recensant toutes les puissances magiques du monde. Mademoiselle Ziva a aimablement accepté de répondre en chemin à mes questions concernant sa spécialité.

– Et vous portez une robe parce que…

– C'est une toge, le corrige Petrik en lui lançant un regard noir. J'ai été formé à la Grande Bibliothèque de Skiro. Et sachez que je suis un expert des plus reconnus en magie ancienne.

– Et combien sont-ils, ces experts, dans votre domaine ?

Une légère rougeur apparaît sur les joues brunes de Petrik.

– Je ne me rappelle pas le chiffre exact.

– Sûr ? Moi je parierais qu'ils se comptent sur les doigts d'une main.

– Vous êtes drôlement grossier, dis-je.

Je le regrette instantanément, car Kellyn tourne ses beaux yeux bruns vers moi, et mon cœur, ce traître, fait un saut périlleux.

– Pour être aimable, je prends plus cher, rétorque-t-il avec un sourire. Je plaisante. Le gars fanfaronne ; je voulais juste savoir à quel genre d'expert on a affaire. Me semble qu'il a surtout la grosse tête.

– De la part d'un homme qui a baptisé son épée Lady Tueuse, c'est gratiné, grommelle Petrik.

Devant l'air stupéfait qu'affiche Kellyn, il précise :

– Vous l'avez marmonné plusieurs fois en dormant. Il ne m'a pas fallu longtemps pour comprendre que vous parliez de votre arme. Un nom ridicule.

– Allons, ça ne se fait pas d'insulter l'épée d'un homme. Lady Tueuse nous sera bien plus utile sur la route que vos bouquins.

– Ça suffit, on va s'arrêter là, intervient ma sœur. Ziva et moi admettons que vous êtes tous les deux de grands hommes très importants. Maintenant, mangez sans faire d'histoires.

Petrik ne lâche pas le mercenaire des yeux.

– Peut-être que si cette brute savait lire, il ne serait pas…

– Je sais lire, parfaitement. Et manier une épée. On pourrait dire que j'ai le double de vos talents.

– Quand vous n'êtes pas ivre mort, je marmonne.

Kellyn me regarde, mais avant qu'il puisse dire un mot, je me lève en m'époussetant les mains.

– Encore dix minutes avant le départ, et vous deux, soyez sages.

Petrik se dirige alors vers la rivière pour faire la vaisselle, l'air aussi digne que possible. Temra s'occupe de charger Reya. Kellyn procède à quelques étirements de ses muscles endoloris. Et moi, je m'en vais. Je m'éloigne des autres.

Car tout ce que je veux au monde, c'est dix minutes de solitude.

Chapitre

— 8 —

Pendant dix minutes de béatitude, je me sens en sécurité. Dix minutes où je n'ai pas à craindre de dire une idiotie gênante. Où je n'ai pas à me soucier des douleurs aiguës que provoque dans ma poitrine la proximité de Kellyn Derinor.

Ce n'est pas assez.

Je voudrais une journée à moi. Une journée pour reprendre des forces, pour me détendre sans avoir à m'inquiéter des gens qui m'entourent. Sans parler du sort de Ghadra si ce glaive venait à tomber entre les mauvaises mains.

Mais je n'obtiendrai pas ce que je veux. Ce que mon corps réclame à grands cris.

– Rappelez-moi pourquoi vous avez dit qu'on ne pouvait pas voyager par la route ? demande Kellyn le lendemain.

– On ne l'a pas dit, répond Temra.

– Ah. Alors considérez que je pose la question : pourquoi n'empruntons-nous pas la route ?

– On ne vous paie pas pour savoir le pourquoi du comment. On vous paie pour manier l'épée, dis-je sèchement.

– Tout doux, la Forge, fait-il en levant les paumes dans un geste défensif. Je vois que votre identité n'est pas la seule chose que vous tenez à garder secrète.

– Ce n'est pas ma faute si vous n'avez pas présumé automatiquement que j'étais la forgeronne quand vous êtes entré dans la boutique.

– Je pensais que la forgeronne la plus douée de tout Ghadra serait une femme plus âgée. Qui aurait eu le temps de se construire une réputation et de perfectionner sa technique.

– Ce n'est toujours pas ma faute.

– Vous n'étiez pas obligée de m'induire en erreur aussi éhontément ! La façon dont vous avez essayé de vous débarrasser de moi, c'était une vengeance ?

Je hausse les épaules ; lui parler me donne véritablement trop chaud. Je ne crois pas pouvoir prononcer un mot de plus. Si j'ai réussi à lui parler aussi longtemps, c'est uniquement parce que je ne suis pas coincée dans une pièce avec lui, et que je regarde obstinément mes pieds. Devant mon silence, Kellyn finit par abdiquer.

– OK, c'était ma faute, et je méritais un tel traitement. Je suis d'accord avec vous. Gardez donc vos secrets, et je m'occuperai de manier l'épée.

Lorsqu'il reprend sa position à la tête de notre petit groupe, je demande discrètement à Temra :

– Tu crois qu'on peut lui faire confiance ?

– La seigneuresse de guerre ne peut pas être entrée en contact avec lui avant nous. Je pense que tant qu'il ne discute avec personne sur la route, ça devrait aller.

À ce moment, on se fige toutes les deux en entendant un roulement de sabots sur notre gauche. À travers les branchages, nous voyons passer à toute allure un cavalier vêtu d'une tunique rouge. Il arbore le blason de Kymora.

Pétrifiées, nous retenons notre respiration jusqu'à ce qu'il ait disparu.

– Qu'est-ce que vous regardez ?

Nous sursautons de concert quand Kellyn passe la tête entre nous deux, écartant le feuillage pour jeter un œil.

– Rien, dis-je.

– Qui fuyez-vous ?

– Personne.

– C'est un mariage d'amour ?

– Quoi ? s'écrie Temra avant moi.

– Entre l'une de vous deux et l'érudit. Vous vous êtes enfuies parce que vos parents veulent vous marier à un vieil homme malade ?

– Non !

– Évidemment. À voir l'état de sa robe, il n'a pas les moyens de se payer une femme.

– Hé ! proteste Petrik.

Mais Kellyn ne lui laisse pas la parole.

– Il est vraiment moine, alors ? Vous partez avec lui mener une vie d'abstinence pour échapper au vieil homme malade ?

– Par les Sœurs, non ! s'insurge Temra.

– Il n'y a pas de vieil homme malade ! dis-je. C'est quoi, votre problème ?

– Je ne suis pas abstinent ! crie Petrik.

Comme on se tourne tous vers lui, je vois ses joues s'empourprer.

– Pas que je sois en couple, pour le moment, je veux dire... je...

Il s'interrompt tout seul, et le mercenaire ricane à ses dépens.

– Si vous ne me dites pas ce qui se passe réellement, je ne peux qu'essayer de deviner. Et au passage, si je dois me battre contre une brute à laquelle l'une de vous est fiancée, ça vous coûtera plus cher. Je suis là pour vous protéger des bandits. Pas des soupirants.

– Alors maintenant, c'est une brute ? Qu'est-il advenu du vieillard malade ? j'ironise, avant de m'auto-réprimander pour avoir engagé la conversation.

Kellyn se tourne vers moi et me sourit. Un vrai sourire. Comme s'il était on ne peut plus ravi que j'entre dans son jeu.

– Laissez tomber. Je retire ce que j'ai dit. Ne répondez même pas, dis-je.

Plus il me regarde, plus je suis mal à l'aise. Pas parce qu'il représente une menace, simplement je n'aime pas qu'on me regarde. Être en représentation, ç'a toujours été le truc de Temra. C'est elle qui aime jouer le premier rôle dans les spectacles de la ville, être au centre de la scène pendant les danses ou se trouver au milieu d'un groupe de garçons.

Moi, je veux être cachée.
Me sentir en sécurité.

†

Quelques jours plus tard, lorsque nous faisons halte pour la nuit, tout le monde part chercher du bois pour le feu à proximité du camp. Moi, en revanche, je m'éloigne des autres autant qu'il est possible sans me mettre en danger.

Assise sur le sol couvert d'aiguilles de pin, adossée à un tronc d'arbre, je respire mieux. Le crépuscule n'est pas encore tout à fait tombé, mais les insectes de nuit sont déjà de sortie, en nombre, bourdonnant à mes oreilles. Je les couvre de mes mains pour assourdir le son, ferme les yeux et m'imagine à la maison, devant l'âtre, dans mon lit ou dans ma forge. Là où le reste du monde n'est pas.

C'est à ce moment-là que j'entends des pas. Des pas légers, comme s'ils s'efforçaient de ne pas faire de bruit, et aussitôt mon cerveau s'emballe. Je rouvre les yeux tandis que mon cœur, affolé à l'idée des bandits ou des hommes de Kymora, cogne dans ma poitrine.

Il ne se calme pas pour autant lorsque c'est le mercenaire qui apparaît, les bras chargés de bois.

– Pourquoi vous vous éloignez autant toute seule ? Vous cherchez les ennuis ? demande-t-il.

Il accompagne sa question d'un sourire, comme s'il savait exactement à quel point il est attirant et qu'il voulait que je l'admette aussi.

J'avale ma salive, tiraillée entre la fuite et l'attaque verbale. Je ne connais pas cet homme. Je ne lui fais pas confiance. Et je n'ai pas envie de me retrouver seule avec lui.

Pourtant, c'est l'attaque verbale qui l'emporte.

– Vous êtes avec nous depuis une semaine à peine. C'est un peu court pour en tirer des conclusions à mon sujet.

– Ah bon ? Vous n'en avez pas tiré sur mon compte ? Toutes négatives, je parie.

Je déteste les conversations en tête à tête avec des gens que je ne connais pas. Je me dandine, j'ai peur de dire ce qu'il ne faut pas, de m'humilier totalement. Je prononce la phrase suivante précipitamment, sans réfléchir :

– Vous n'avez rien fait de très impressionnant, jusqu'à présent.

– Nous n'avons encore affronté aucun danger, rétorque Kellyn.

Se rend-il compte que sa façon de porter son bois met idéalement en valeur ses biceps ?

Bien sûr qu'il s'en rend compte. Il le sait parfaitement.

– Donc votre aptitude au combat est la seule chose impressionnante en ce qui vous concerne, j'en conclus.

Me fixant d'un regard intense, il laisse tomber son fagot de bois, se dresse de toute sa taille, essuie les bouts d'écorce et la poussière qui collent à sa chemise et fait quelques pas vers moi.

– Regardez-moi bien, et dites-moi que c'est la seule chose qui vous impressionne chez moi.

Il ne sourit plus, et ses yeux me lancent un défi. Sa présence si proche fait bondir mon anxiété, mais en dessous, je ressens autre chose que je ne sais pas nommer. Tout ce que je veux, c'est que le mercenaire me laisse tranquille.

– Je ne suis pas impressionnée par une beauté superficielle qui échappe entièrement à votre contrôle.

Comme s'il percevait la tension qui m'a envahie, Kellyn ramasse son bois et recule de quelques pas.

– Qu'est-ce qui vous impressionne, alors ?

La question me prend de court. Parce que la réponse est « rien ». Personne ne m'a jamais impressionnée favorablement. Pas assez pour surmonter la peur que j'ai de fréquenter des gens, en tout cas.

– Ne me dites pas. Je devinerai bien tout seul.

J'en reste bouche bée d'indignation, mais il est déjà parti avant que je puisse protester.

Comme si ça ne suffisait pas, Temra surgit de derrière un arbre et je manque faire une crise cardiaque.

– Temra ! Tu veux ma mort ? Depuis quand tu es là ?

– Pas assez longtemps, on dirait.

Je souffle d'agacement et croise les bras, renfrognée.

– C'est mon moment de solitude. Pourquoi tout le monde vient me déranger ?

Temra n'a ramassé qu'une longue brindille, qu'elle laisse tomber avant de venir s'asseoir à côté de moi.

– Nous devons discuter de choses très importantes.

Elle a sans doute raison. Il y a tellement d'inconnues en jeu. La seigneuresse de guerre. Nos oncles et tantes. Les deux garçons qui pourraient se retourner contre nous n'importe quand s'ils apprenaient la vérité.

– Ce garçon flirte avec toi.

– Pardon ?

– Tu as très bien entendu.

– Oui, mais tu as dit qu'on devait discuter de choses *importantes* !

– C'est important.

– Temraaaa…

– C'est lui, hein ? C'est lui que tu as vu quand tu as ensorcelé le glaive ?

Comme je la regarde avec des yeux ronds, elle explique :

– Tu as dit qu'il était grand avec des cheveux cuivrés. Notre mercenaire est un bel homme justement doté de ces qualités.

– D'accord, c'est lui.

Rien ne sert de mentir, elle finirait par savoir la vérité de toute façon.

– Et maintenant, vous êtes coincés ensemble pour tout le voyage. C'est merveilleux !

– Ah oui, en quoi ? Je le trouvais attirant avant de l'avoir rencontré. Il est grossier. Dégoûtant. (Je ne sais pas si j'arriverai un jour à effacer de mon esprit l'image de lui rotant son hydromel, ivre mort.) D'une arrogance infernale. Et pour ce qu'on en sait, il n'a peut-être en fait aucun talent dans le maniement de son épée.

– Vraiment ? Donc tu n'étais pas en train de lorgner ses bras musclés il y a à peine dix minutes ? De le reluquer comme un bout de viande ?

Dans l'espoir de cacher mes joues qui s'enflamment, je me détourne pour répondre :

– Je ne le prends pas pour un bout de viande.

– Bien sûr que non. Mais ça ne veut pas dire qu'il n'est pas beau. Je ne crois pas t'avoir déjà vue reluquer quelqu'un. C'est fantastique.

– Quoi ?

Je hausse la voix, exaspérée. Cette longue marche a dû lui monter au cerveau. Elle est clairement en plein délire.

– En quoi c'est fantastique ? Il est horrible, et je ne le reluquais pas. J'aime bien ses bras, c'est tout.

– Il est très grand. Assez grand pour toi.

– Donc maintenant, un homme doit être assez grand pour moi ?

– Non, je dis juste que sa taille est idéale.

– Pour quoi faire ? je demande, tout en redoutant la réponse.

Elle hausse les sourcils deux fois, rapidement.

– Ça ne m'intéresse pas, dis-je.

– Pas de problème. Ne passe pas tout de suite aux baisers. Commençons par un truc simple. Parler.

– Ce n'est pas simple.

– Je viens de te voir lui parler, à l'instant !

Du bout des doigts, je ramasse une brindille et me mets à la briser en deux, puis en deux, puis encore en deux.

– J'étais en colère. C'est plus facile quand je suis en colère. Elle prend le dessus sur la peur.

– Tu ne devrais pas le juger sur la base des deux premiers jours de voyage. Il se remettait d'une nuit entière de beuverie. Ça rendrait n'importe qui mal aimable.

– Je m'en fiche.

– Donc tu as pris ta décision ? Tu ne l'aimes pas, point.

– Évidemment.

– Eh bien, c'est encore mieux.

Je n'essaie même plus de comprendre ce qu'elle a à dire en ce qui concerne les garçons.

– Non, écoute-moi. Il te servira d'entraînement. Et comme tu ne l'aimes pas et que tu te fiches de ce qu'il pense de toi, ça sera plus facile.

– Mais de quoi tu parles ?

– De flirter, Ziva.

– On est en fuite pour sauver notre peau !

– Raison de plus pour ne pas perdre de temps. Tu as tellement de chance de m'avoir !

– Oui ?

– Ce n'est pas si difficile. Répète après moi : « Kellyn, parle-moi de toi. »

– Quoi ?

– Allez, dis-le. « Kellyn, parle-moi de toi. »

– Non, c'est ridicule.

Je me lève et tente de la contourner, mais elle m'arrête d'une main tendue.

– Ça ne l'est pas. Ce qui est ridicule, c'est que tu n'aies jamais flirté avec un homme pour de bon. Maintenant, dis-le.

– Non.

– Dis-le, ou je raconte à Kellyn que tu étais en train de le reluquer.

– Tu ne ferais pas ça.

– Non ? Pourtant, les journées sont longues et ennuyeuses. Ce serait amusant…

– Kellyn, dis-je entre mes dents. Parle-moi de toi.

– Très bien ! s'enthousiasme-t-elle.

Comme si j'étais une enfant ayant accompli un exploit sans mesure avec sa taille.

– Maintenant, quelques questions pour suivre. Où as-tu grandi ? Pourquoi as-tu décidé de devenir mercenaire ? Tu as de la famille ? Allez, à toi.

Malgré mon humeur massacrante, je répète après elle.

– Pourquoi tu me fais faire ça ?

– Parce que parler aux gens te terrifie. Parfois, savoir à l'avance quoi dire peut aider.

– Tu fais ça, toi ? Réfléchir à l'avance à ce que tu vas dire ?

– S'il s'agit d'un garçon qui me plaît ? Toujours.

– Il ne me plaît pas ! J'ai juste admiré sa beauté… et ça n'a duré que deux secondes !

– Peu importe. À présent, nous aurons toutes les deux de quoi nous occuper demain.

– Qu'est-ce que tu entends par là ? Tu vas faire quoi ?

– Flirter avec Petrik, bien sûr.

– Je pensais qu'il n'était pas ton genre.

– Il ne l'est pas, mais comme il ne montre aucun intérêt pour ma personne, je prends ça pour un défi. D'ailleurs, tu devrais me remercier : ça l'empêchera de te poser des questions pour son livre.

– Je devrais interroger Petrik sur la magie pour trouver un moyen de détruire le glaive. Pas flirter avec le mercenaire.

– Je m'en occupe. Je lui poserai des questions à ce sujet entre deux regards lascifs et trois commentaires sur ses bras si forts.

– Tu es incroyable.

– Je dirais plutôt extraordinaire.

Chapitre
— 9 —

Les soirées sont douces, juste assez fraîches pour supporter une couverture. Temra et moi partageons une tente. Petrik dort dans la sienne. Kellyn préfère passer la nuit près du feu, abrité de la pluie par les houppiers des grands arbres.

J'ai toujours eu le sommeil fragile. Il me faut souvent des heures avant de trouver le repos, mon cerveau, trop occupé à penser à tout ce qui me perturbe, refusant de s'éteindre. Maintenant que je dors par terre, avec juste un mince tapis en guise de couchage, c'est encore plus difficile. Je me tourne dans tous les sens, incapable de trouver une position confortable.

Ces nuits trop courtes commencent à se faire sentir, et ce matin une migraine due au manque de sommeil me martèle les tempes. Je veux ma maison. Mon lit. Ma forge. Mes couvertures. Ma chambre.

Mais je ne les reverrai jamais plus.

Temra et le mercenaire ont l'air parfaitement reposés. Petrik et moi sommes apparemment les seuls à souffrir de ces nuits à la belle étoile.

– Je pourrais porter ton sac aujourd'hui, propose Temra à Petrik, le tutoyant pour la première fois.

– Non, merci, répond-il simplement.

– Qu'est-ce que tu as là-dedans, d'ailleurs ?

– Outre les provisions nécessaires pour le voyage, des livres.

– Ils doivent peser lourd.

Il remonte le sac sur ses épaules.

– Ils sont un poids réconfortant.

Et c'est ainsi que ma sœur entretient une conversation fluide. De temps en temps, elle glisse un commentaire élogieux sur son intelligence, sur la force dont il fait preuve pour porter un tel fardeau sur de si longues distances. La séduction est subtile, un art en soi.

Je sens sourdre en moi ce sentiment d'envie si familier, mais un regard appuyé de Temra m'en détourne. Elle me désigne d'un coup de menton le mercenaire, qui a pris la tête de notre petit groupe et marche quelques mètres en avant.

Vas-y ! m'intime-t-elle silencieusement.

Je réponds par un regard noir qu'elle choisit d'ignorer, reprenant sa conversation avec Petrik. C'est elle qui tient la longe de Reya, me laissant ainsi libre de mes mouvements.

Je fixe le dos du mercenaire, comme si je pouvais le faire disparaître par ma seule volonté.

Temra me met un petit coup de coude et articule silencieusement : *re-lu-queuse*. Elle recommence à me menacer. Je serre les poings, et elle me pousse franchement dans le dos, au point que je manque percuter Kellyn. Il se tourne alors vers moi, et je pourrais étrangler ma sœur qui m'oblige ainsi à marcher au pas du mercenaire.

Oh, et puis merde !

– Kellyn, parle-moi de toi, dis-je en adoptant à mon tour le tutoiement.

À peine ai-je prononcé les mots que j'en ai la chair de poule. Mon cerveau panique et mon corps grésille comme si la foudre venait de me frapper.

C'est horrible. Pourquoi il faut que ça m'arrive ? Je la déteste. Je déteste cette situation. Je déteste tout.

Passé un instant de surprise, Kellyn répond :

– Que veux-tu savoir ?

– Tu viens d'où ? je réussis à cracher, me rappelant les mots que Temra m'a forcée à répéter hier soir.

– D'un petit village qui s'appelle Amanor, dans le territoire du prince Skiro. J'ai grandi dans la ferme familiale.

Allez. Je peux le faire. Des questions pour enchaîner. Qu'est-ce que j'ai envie de savoir ?

– Ta famille vit toujours là-bas ?

– Oui. Je suis l'aîné de la fratrie, et le seul à être parti. Tous les autres travaillent encore à la ferme. Parfois, je rentre au moment de la moisson pour donner un coup de main.

Vraiment ?

– Tu leur fais payer tes services ?

Ça le fait rire.

– Non. Je suis un guerrier mercenaire. C'est tout. En plus, on ne fait jamais payer la famille.

Hum. Une preuve de gentillesse : aider sa famille. Je ne m'y attendais pas de sa part.

– Qu'est-ce que tu faisais avant d'être forgeronne ?

Il me prend par surprise en me posant à son tour une question. A-t-il réellement envie de savoir ? Ou bien ne poursuit-il la conversation que par politesse ?

À ce moment, j'entends presque la voix de Temra dans ma tête : *Tu rumineras plus tard. Contente-toi de lui parler.*

Réprimant un grognement de frustration, je plaque un sourire sur mon visage.

– Eh bien, il a d'abord fallu que je me forme. Donc avant d'être forgeronne, j'ai été apprentie auprès d'un forgeron. Mon don s'est manifesté quand j'avais neuf ans. Avant cela, Temra et moi étions à l'orphelinat de Lirasu.

Mon esprit s'embrouille et je ne sais plus comment poursuivre. Je respire et amorce une nouvelle tentative.

– Un jour, les prêtresses ont emmené les orphelins faire un tour en ville pour se dégourdir les jambes. On est passés devant une forge.

Je lève les yeux pour jauger de l'humeur de Kellyn, qui paraît hautement intéressé par la conversation.

– Continue, dit-il. Qu'est-ce qui s'est passé ensuite ?

– La forge était en plein air, le forgeron travaillait à une faux pour un fermier. Je me souviens d'avoir vu la forme de l'outil, le métal chauffé déposé sur l'enclume. Et je me suis sentie attirée sans pouvoir l'expliquer. M'éloignant des autres, je suis entrée dans la forge et j'ai soufflé sur la lame.

– Et ?

– Et le forgeron, Monsieur Deseroy, m'a crié dessus parce que j'aurais pu me blesser. Il m'a chassée, et les prêtresses m'ont houspillée pour que je rattrape le reste du groupe. Mais, le lendemain, le forgeron est venu à l'orphelinat. En ville, tout le monde savait qui était ma mère et qu'elle avait laissé deux filles orphelines en mourant. Lorsqu'il est apparu que la faux avait des qualités magiques – le pouvoir d'utiliser le vent pour séparer le bon grain de l'ivraie –, le forgeron s'est mis en tête de me retrouver, pensant que j'étais peut-être la fille de Samika.

Ensuite, sa femme et lui ont proposé de me prendre avec eux. J'ai dit que je n'irais nulle part sans ma sœur, alors ils l'ont emmenée aussi. Je passais mes journées à la forge, apprenant à fabriquer de l'acier et à le plier à ma volonté. Monsieur Deseroy me faisait ensorceler les équipements agricoles, ce qui lui permettait de les vendre plus cher. Il ne m'a pas fallu longtemps pour le surpasser. Une fois que j'avais appris les bases, mon don s'est épanoui et a comblé les dernières lacunes de lui-même. J'étais créative, et j'ai immédiatement compris que j'adorais forger des armes. Quand j'ai eu douze ans, Monsieur Deseroy était prêt à prendre sa retraite, grâce à tout l'argent que je lui avais fait gagner ; Temra et moi ne lui étions plus utiles.

Toutefois, c'était un homme bon : il m'a donné de l'argent et tous les outils dont j'avais besoin pour monter ma propre affaire. J'ai racheté le terrain de nos parents et je me suis mise au travail.

Kellyn est un auditoire patient. Il absorbe tout en silence.

– C'est incroyable. Ce que tu fais est incroyable.

– Ce n'est pas vraiment moi, dis-je en haussant les épaules. C'est la magie qui fait de moi ce que je suis. Je n'ai aucun mérite.

– Bien sûr que si ! Tu as observé et appris toutes les ficelles de ton métier. Tu es un prodige. Ça ne diminue en rien ton talent, au contraire, tu n'en es que plus remarquable, avec ou sans magie.

Ses mots me rendent légère, j'ai la sensation que je pourrais m'envoler si je n'y prends pas garde, et une excitation nouvelle m'électrise.

Vite remplacée par la panique, parce que je n'ai aucune idée de comment continuer la discussion, et le silence se prolonge.

– J'ai toujours su que je voulais devenir mercenaire, dit Kellyn en prenant le relais. Quand j'étais petit, l'un d'eux est passé dans mon village. Il était immense, avec des bras gros comme des troncs d'arbre. Il m'a laissé tenir son épée, sans rien dire à ma mère, et malgré son poids, trop lourd pour les mains d'un gamin de six ans, je me rappelle comme le geste me paraissait naturel.

– Comment tu as appris à combattre ?

– Au village vivait un garde du palais à la retraite. Je l'ai supplié de m'enseigner son art après mes corvées de la journée. Ma mère n'était pas enthousiaste, mais mon père l'a convaincue. Ça ne pouvait qu'être une bonne chose, disait-il, que je sache me défendre. Je les aime tous deux profondément, mais j'ai toujours eu envie de voir le monde. Je suis parti dès que j'ai été en âge de trouver du travail. Je leur rends souvent visite, par contre : je ne supporte pas de rester loin d'eux très longtemps. J'ai le mal du pays.

J'ai quitté ma forge il y a à peine plus d'une semaine, et elle me manque déjà. Je me sens cette affinité avec Kellyn : ça fait du bien d'entendre une autre personne avouer que son foyer lui manque.

– Merci pour cette confidence, dis-je.

– Merci d'avoir posé la question, répond-il en posant ses yeux dorés sur moi. T'es sympa, en fait, la Forge. Au début, je te trouvais trop coincée.

– Moi, je t'ai trouvé détestable.

– Depuis, j'ai eu une bonne nuit de sommeil, dit-il comme si ça expliquait tout. Et pour ta gouverne, sache que je bois rarement. Je fêtais mon anniversaire. Je viens d'avoir vingt ans.

Et voilà : je me fais l'effet d'un monstre pour l'avoir enlevé le jour de son anniversaire.

– Joyeux anniversaire en retard.

– Merci. En toute honnêteté, je crois que je suis plutôt content de la façon dont il s'est terminé.

Son regard balaie tout mon corps, de mes cheveux nouvellement coupés jusqu'à la semelle de mes bottes. Partout où ses yeux se posent, j'ai l'impression de m'embraser.

Pourquoi me regarde-t-il comme ça ?

Lorsque nos regards se croisent de nouveau, je ne sais pas ce qu'il voit dans le mien, probablement la panique.

Il jette un coup d'œil par-dessus son épaule et remarque que Temra et Petrik traînent loin derrière.

– Accélère, l'érudit ! Et essaie de ne pas te prendre les pieds dans ta robe.

Petrik lui lance son regard noir familier, spécialement réservé à Kellyn.

– Je t'ai dit que c'était une toge ! Et toi, essaie de ne pas tomber entraîné par le poids de ta grosse tête.

Kellyn rit, et moi aussi.

†

Lorsque nous faisons halte, Petrik se sépare de Temra. Il tire de son sac ce qui ressemble à un carnet et une plume, avant de s'asseoir sur la bûche que j'occupais un instant plus tôt.

Le repas mijote, une sorte de ragoût qui me met l'eau à la bouche. Le mercenaire est parti faire Dieu sait quoi, et Temra fait de l'œil à Petrik.

– J'ai remarqué que ton cheval porte un baluchon d'armes. Elles sont de ta fabrication ? me demande celui-ci.

– Oui, dis-je avec prudence.

– Puis-je te demander quels sont leurs pouvoirs ?

– Tu as pris ton temps avant de m'aborder avec tes questions.

– Je ne voulais pas te brusquer. Manifestement, tu es réticente quand il s'agit de parler de tes capacités.

– Je suis juste réticente quand il s'agit de parler en général.

– Tu discutais pourtant avec le mercenaire, tantôt.

Parce que ma sœur exerçait un odieux chantage !

– Tu veux que je réponde à tes questions, oui ou non ? je demande d'un ton où perce l'irritation.

– Oui, s'il te plaît.

– Dans le baluchon des armes, il y a une épée courte nommée Minuit. Elle devient noire lorsque ceux qui vous veulent du mal sont à proximité.

Je l'ai observée pas moins de deux cents fois depuis que Petrik et Kellyn se sont joints à nous. Elle est demeurée du gris naturel de l'acier, ce qui me rassure.

– Tu peux me parler de son origine ? Comment l'as-tu fabriquée ? demande-t-il en griffonnant quelque chose sur son carnet. Je voudrais comprendre comment fonctionne ta magie.

Bien que je n'apprécie guère la pente que prend cet interrogatoire, je me rends compte que c'est peut-être exactement la conversation qu'il me faut pour obtenir l'aide de Petrik afin de détruire l'épée magique.

– C'est la première arme que j'ai forgée, après que Temra et moi avons racheté la maison de nos parents. Notre mère et notre père avaient été tués dans cette maison, le coupable jamais identifié. Nous étions seules, rien que nous deux, et je voulais me sentir en sécurité. J'ai forgé une épée courte parce que je voulais une arme que Temra puisse soulever en cas de besoin. Elle n'avait que dix ans. Bref, l'épée a perçu ce que je ressentais, et elle m'a fourni un moyen de savoir que je suis en sécurité : tant que la lame demeure grise, c'est qu'aucun danger ne menace.

– La magie a un lien puissant avec tes émotions.

– Oui.

– Quelles autres armes as-tu emportées ?

– La lance Sanguine. Elle cherche le sang, une fois lancée. Elle atteindra sans faute la cible de chair la plus proche, même lancée complètement de travers.

– Fascinant et tout à fait macabre. Et quelle est la genèse de celle-ci ?

– En fait, c'était un accident. Je me suis coupée, et quelques gouttes de sang sont tombées sur la pointe de la lance.

– Waouh ! Cette arme contient réellement une part de toi. Ton propre sang. C'est certainement pour cela qu'elle est plus puissante que l'épée courte. C'est fabuleux.

Il lèche la pointe de sa plume et griffonne fiévreusement.

– Quoi d'autre ? J'ai cru voir une autre épée dans le lot.

– Oui, un glaive.

Je baisse les yeux sur mes doigts entrelacés, rougis à force de pression.

– Mange-Secrets, précise Temra qui s'est approchée, détournant ainsi l'attention de Petrik. Il révèle les secrets de ceux qu'il entaille.

Elle est tellement rusée, comme toujours. C'est malin de souligner l'un des pouvoirs du glaive sans mentionner du tout son caractère indestructible ni son rayon d'action extraordinaire.

– Et comment tu as fabriqué ce glaive ?

La question vient de derrière nous et me fait sursauter. Le mercenaire nous a rejoints près du feu. Il transpire un peu, ayant probablement fini de s'entraîner à l'épée. Il attend ma réponse avec intérêt.

Il ne sait pas ? Comment pourrait-il savoir ? Et pourtant, c'est lui qui a posé la question.

– Je lui ai murmuré mes secrets pendant que je forgeais la lame.

– Quel genre de secrets ? demandent en chœur Petrik et Kellyn.

L'un veut savoir pour son livre, l'autre parce qu'il est trop curieux, et je les ignore tous les deux.

– Du genre voler des caramels dans le placard, dénonce Temra en croisant les bras.

– Ah, commente Kellyn. En voilà de sombres secrets, dit-il en me souriant.

Je m'empourpre en pensant à la vérité : à quel point je voulais le toucher, alors qu'il se tenait loin de moi, et c'est ainsi que le glaive a acquis sa longue portée.

– Je peux l'essayer ? demande Kellyn.

– Quoi ?

– Le glaive. Mange-Secrets. Je peux l'essayer ?

– Et qui comptes-tu blesser avec ?

Kellyn regarde aussitôt du côté de l'érudit.

– Non, proteste Petrik. Je ne supporte pas la vue du sang, et je refuse de me prêter à tes expériences farfelues.

– Soit, répond Kellyn d'un air dépité avant de se tourner vers moi. À toi de t'en servir. Sur moi.

– Tu veux que je t'entaille ? Pourquoi ?

– Par curiosité. Je veux savoir ce qu'il te dirait. Savoir s'il fonctionne réellement.

– Non, dis-je.

– D'accord, fait Temra en même temps.

– Bien sûr que l'arme fonctionne, dis-je en ignorant ma sœur. Mais je ne vais pas t'ouvrir en deux.

– Moi, je veux bien, intervient Petrik.

– Tu as dit que tu ne supportais pas le sang, fait remarquer Kellyn.

– Je fermerai les yeux.

– Certainement pas.

Temra se penche alors vers moi :

– Ça pourrait être utile, chuchote-t-elle. Tu voulais savoir si on peut lui faire confiance.

– Il verra bien que le glaive ne le touche même pas quand il l'entaille.

– On le fera regarder ailleurs.

– Et Petrik ?

– Tu l'as entendu. Il déteste le sang.

– OK ! OK !

D'énervement, j'ai haussé la voix plus que nécessaire, et c'est en tapant des pieds que je me dirige vers Reya, qui fouaille de la queue à mon approche.

Je reviens auprès du feu avec Mange-Secrets. Temra est assise à côté de Petrik. Kellyn a roulé sa manche et me regarde, l'air impatient.

– Ne regarde pas, je lui ordonne.

– Je n'ai pas peur d'une petite entaille.

– Je m'en fiche. Je ne peux pas le faire si tu regardes. Donc si tu veux que je te coupe, tu ferais mieux de regarder ailleurs.

Il lève les yeux au ciel, mais accepte de se détourner.

Je lance un coup d'œil à Petrik, qui ferme les yeux et se pince le nez, comme s'il craignait de sentir le sang depuis sa place.

Temra m'encourage d'un hochement de tête.

La douleur ne fait même pas ciller Kellyn lorsqu'un filet de sang apparaît sur le petit doigt de sa main gauche. Il doit avoir l'habitude de subir toutes sortes de blessures dans son métier.

– Comment ça marche ? demande-t-il. Tu me poses une question et je réponds ? Est-ce que ça me force à être honnête ?

– Non, ça ne fonctionne pas comme ça, dis-je avant de perdre le fil de mes pensées à mesure que la voix du mercenaire inonde mon esprit.

J'ai toujours voulu retourner à Thersa. C'est très beau, avec plein de cascades et un temps clément. En fait, on pourrait dire que ces deux filles me paient des vacances. Elles seront en sécurité avec moi.

La forgeronne est si douce et si taciturne parfois... On ne peut pas s'empêcher de vouloir la protéger. La sœur est fougueuse et jolie, sûr, mais Ziva possède une beauté plus calme, qui m'attire sans que j'arrive à me l'expliquer.

Je laisse tomber le glaive et m'en éloigne vivement, comme s'il allait dire une autre vérité insultante.

Insultante ? Ce n'est pas tout à fait le bon terme.

Kellyn me lance un regard curieux, et je sens mes joues s'empourprer.

Inconfortable. Gênante. Oui, ces mots me paraissent plus justes.

– Et donc ça marche comment ? demande Kellyn.

Je ne réponds pas tout de suite.

– Le glaive révèle certaines de tes pensées. En général, celles qui sont en rapport avec la personne qui tient l'arme.

– Et que t'a-t-il donc révélé, la Forge ? interroge-t-il avec un sourire ironique.

Je me mets à tousser sans raison. Sans doute pour gagner du temps. Temra connaît la tactique, mais j'espère que le mercenaire n'y verra que du feu.

Finalement, je reprends ma respiration et débite d'un trait :

– Tu es ravi de retourner à Thersa. Tu disais qu'en quelque sorte, on te paie des vacances.

– Véridique, confirme Kellyn. Autre chose ?

– Tu as dit qu'on serait en sécurité avec toi.

– Vrai aussi. Et quoi d'autre ?

– R… rien.

– Tu sais que tu rougis quand tu mens ?

Du regard, j'appelle Temra à l'aide.

– Il a raison, dit-elle. Tu rougis.

Affolée, je lâche la première chose qui me passe par la tête pour détourner l'attention de ma personne.

– Il te trouve fougueuse et jolie, dis-je à Temra, qui émet un rire nasal.

– Les deux sont vrais, mercenaire, mais tu n'es pas mon genre.

Kellyn se frappe la poitrine d'un geste ironique.

– Hélas ! La plupart des dames ne supportent pas un amant plus beau qu'elles. Ces traits, ajoute-t-il en se passant une main sur le visage, ces traits sont à la fois une bénédiction et une malédiction.

Ça fait rire Temra.

– Si c'est ce que tu veux croire… Petrik, où en est ce ragoût ?

Kellyn pose de nouveau les yeux sur moi, et je me détourne prestement.

– Un jour, peut-être, tu me diras tes secrets, la Forge. Maintenant que tu connais certains des miens.

†

Il te trouve belle.

Il te trouve belle.

Il te trouve belle.

Cette pensée tourne en boucle dans ma tête. Cette nuit-là, elle occupe tout mon cerveau alors que j'essaie de m'endormir.

– Je crois que quelque chose ne tourne pas rond chez lui, dit Temra.

– Le mercenaire ? Ça, c'est sûr.

– Non, Petrik.

Voilà qui me ramène à la réalité.

– Comment ça ?

– Je n'arrive à rien avec lui.

– Mais vous avez papoté pendant des heures, aujourd'hui.

– Et alors ? Il ne m'a pas fait un seul compliment ! C'est comme si je n'existais pas. Tout ce qu'il veut, c'est parler de bouquins et de magie, et de son enfance et sa jeunesse. Ce qui, je l'admets, est très intéressant, mais lui ne s'intéresse absolument pas à moi.

– Et ça veut dire que quelque chose cloche chez lui ?

– Évidemment.

– Certaines personnes n'éprouvent tout simplement pas ce genre d'attirance pour les autres.

– Ce n'est pas ce que je veux dire. Ça m'irait très bien, si c'était le cas ! Mais il a clairement dit qu'il n'était pas abstinent.

– Peut-être qu'il préfère les hommes.

– Non. Je lui ai déjà posé la question.

Je suis obligée de me couvrir la bouche d'une main pour étouffer mon rire, mais ça ne suffit pas. Quelque chose me tape sur la tête, et je comprends qu'il s'agit de l'oreiller de Temra.

– Comment oses-tu te moquer de toi ?

Cette fois, j'éclate de rire franchement.

– Pauvre Temra. Des hordes d'hommes tombent à ses pieds, mais elle n'arrive pas à se faire adorer d'un petit érudit.

– Oh, j'y arriverai. Il me donne juste un peu de fil à retordre.

– Qu'est-ce que ça peut te faire, au fond ? Il te plaît, au moins ? Tu as envie de lui ?

– Non, c'est une question de principe ! Je ne sais pas comment m'y prendre avec un homme qui ne me désire pas.

– Tu devrais peut-être plutôt jeter ton dévolu sur le mercenaire.

– Je ne ferais jamais ça, dit-elle en récupérant son oreiller. Il est à toi, Ziva.

– Il n'est pas à moi.

– Peu importe, je ne le séduirai pas.

– C'est ton choix.

– Parfaitement, et je l'assume.

Un hurlement déchire la nuit, auquel un deuxième répond aussitôt. On a entendu quelques jappements de coyote, le soir, depuis le début du voyage, mais là, c'est différent. Beaucoup plus fort, beaucoup plus proche.

Beaucoup plus dangereux.

Bondissant sur ses pieds, Temra écarte la toile de tente. Le feu s'est éteint, mais on devine Kellyn, debout et en alerte, épée à la main.

– Restez dans vos tentes ! crie-t-il.

Temra se précipite dehors. Je glapis derrière elle :

– Qu'est-ce que tu fais ?

Elle ne me laisse pas le choix : je suis obligée de la suivre.

Reya est affolée ; je l'entends taper du pied, tirer sur sa longe, pousser des hennissements de détresse.

Temra va la voir, et je la suis. Détachant la longe, je caresse le front de la jument en murmurant des paroles rassurantes. Je m'attends à ce que Temra lui caresse le dos, peut-être même à ce qu'elle saute à cheval pour qu'on puisse s'enfuir. Au lieu de quoi elle détache le baluchon d'armes.

Lorsqu'elle tire Minuit de son fourreau, l'épée courte est noire comme le ciel nocturne. Les hurlements sont de plus en plus forts, j'entends du bruit dans le feuillage. Une étincelle jaillit, suivie d'une lumière aveuglante. Kellyn a rallumé le feu. Sans comprendre, je le regarde déchirer sa chemise, la nouer solidement autour d'une des grosses branches empilées près du camp en vue de cuire notre petit déjeuner du lendemain, l'arroser généreusement d'huile et la fourrer dans les flammes.

– Qu'est-ce… qu'est-ce qui se passe ?

Ça vient de la tente de Petrik. À cet instant, Kellyn retire sa torche improvisée et pivote sur lui-même, juste à temps pour affronter un loup qui s'élance depuis les fourrés.

Je me mets à hurler, c'est plus fort que moi. Je n'ai jamais été attaquée par quoi que ce soit, et regarder Kellyn combattre une bête écumante me terrifie.

Le loup atterrit presque à ses pieds, le mercenaire lui met un grand coup de torche, puis plonge la pointe de son épée dans le dos du fauve.

– Reste dans ta tente, Petrik ! crie Temra, tandis que d'autres loups sortent du bois.

Ils viennent mordre les jarrets de Reya, qui se cabre et m'envoie rouler au sol. Temra s'interpose entre la jument et les trois loups, qu'elle tient à distance avec Minuit. Un grand gris bondit sur elle. Me forçant à garder les yeux ouverts, je la vois enfoncer l'épée entre les mâchoires de l'animal. La pointe de la lame fend le crâne de la bête de part en part, et Temra en lâche son arme.

– Tiens bon ! crie Kellyn en lui lançant la torche.

Elle l'attrape au vol sans effort et se retourne pour frapper le loup suivant. Pendant ce temps, le mercenaire a pris son espadon à deux mains et taillade les loups de gauche et de droite. Sidérée, je regarde ma petite sœur défendre sa peau et celle de notre jument contre une multitude de loups… avec l'aisance d'une combattante aguerrie. Elle presse le bout de la torche enflammée sur l'épaule d'un loup, l'animal gémit sous la douleur et bat en retraite dans la forêt.

Et puis la torche noircit, l'huile s'est consumée, les lambeaux de la chemise de Kellyn s'éteignent, soufflés par la brise légère.

Un dernier loup jaillit à travers les arbres, fonçant vers le dos de ma sœur. Je me jette sur elle, la plaque au sol et me retourne juste à temps pour recevoir tout le poids de la bête. Des griffes acérées me labourent les épaules, des crocs démesurés claquent à deux doigts de ma gorge. Je réussis à entourer le cou du loup de mes deux mains, à pousser de toutes mes forces pour tenir ses mâchoires éloignées.

Déesses, qu'il est lourd ! J'arrive à peine à respirer, de la bave et une haleine fétide emplissent mon nez et ma bouche. J'essaie de rouler sur le côté, de mettre des coups de pied, mais je ne trouve aucune prise.

Soudain, le poids qui m'écrase disparaît. D'un puissant coup de pied, Kellyn m'en a débarrassé. Il m'enjambe d'un bond pour poursuivre la créature et l'achever avec son épée.

Enfin, le silence retombe sur la clairière. On n'entend plus que des respirations hachées et le crépitement du petit feu de camp.

– Je peux sortir, maintenant ? demande Petrik.

Je crois que Temra lui répond, mais je n'entends rien parce que Kellyn, torse nu, se penche sur moi et me tâte le cou.

– Tu es blessée ?

Et voilà que j'ai de nouveau le souffle coupé. Je fixe ses muscles abdominaux, la façon dont ils ondulent à chacune de ses respirations, les ombres que dessinent dessus les flammes mouvantes.

Je suis au bord de l'hystérie et j'ai besoin d'espace, mais je ne veux pas me montrer impolie en le repoussant brutalement. Des mots, il me faut des mots.

– Mes épaules…

Même si les blessures ne sont pas profondes, il faudra les nettoyer.

Me saisissant sous les aisselles, il m'aide à me relever comme si j'étais une enfant, et à ce moment-là, j'en ai besoin.

À peine suis-je debout qu'il se met à hurler :

– J'avais dit de rester dans la tente ! Tu aurais pu mourir !

– Je suis sortie pour suivre Temra ! Pourquoi tu ne lui cries pas dessus ?

– Parce qu'elle sait se défendre. Toi, non !

Oui, d'ailleurs…

– Comment tu sais te battre comme ça ?

Avalant sa salive, Temra prend un air contrit.

– Ça m'est venu naturellement ? tente-t-elle.

Pas convaincue par sa réponse, je croise les bras et attends la suite.

– Tu connais Ankon et Ceren.

– Oui, tu es sortie en douce plus d'une fois pour les rejoindre.

– Exact, et tu as toujours cru que c'était pour des raisons… romantiques. En fait, ils s'entraînent pour entrer dans la garde de la ville, et j'ai appris avec eux depuis quelques années, maintenant.

J'en reste bouche bée.

– Mais tu n'as rien dit… tu m'as laissée croire…

– Je pensais que tu n'approuverais pas, et je ne voulais pas t'inquiéter.

Elle passait son temps à… se battre avec des gardes de la ville ? À parfaire son art du combat.

– Pourquoi ? Pourquoi tu voulais apprendre à te battre ?

Elle hausse les épaules.

– Je suis douée et j'adore ça. Je me disais que je pourrais peut-être devenir garde moi-même, un jour.

– Mais c'est dangereux !

– Et c'est pour ça que je ne t'ai rien dit. Je savais que tu réagirais comme ça.

Je la contemple, bouche ouverte. Toutes ces fois où elle a fait le mur. C'était pour s'entraîner en secret ?

– Tu devrais être contente, intervient Kellyn. Elle s'est révélée d'une aide précieuse. D'autant plus que tu as divisé les loups en sortant de la tente.

– Toi, ne t'en mêle pas ! je crache avant de revenir à Temra. Je n'arrive pas à croire que tu aies décidé de ne pas m'en parler.

– Parce que tu me l'aurais interdit ! Ce que je fais de ma vie ne regarde que moi.

– Parfaitement, je l'aurais interdit ! C'est mon boulot de veiller sur toi.

Maman et papa seraient tellement déçus s'ils savaient. Pas seulement pour ça, mais aussi pour mon échec total à protéger Temra. La protéger de ce fichu glaive, de la seigneuresse de guerre, de tout ce qui nous menace.

C'est alors que Petrik sort de sa tente en rampant, vêtu de sa toge d'érudit. Il regarde d'abord les animaux morts, puis Temra et moi – pour voir si l'on est blessées, j'imagine. Puis ses yeux se posent sur Kellyn.

– Tu étais obligé de te servir de ta chemise, hein ? dit-il en jetant un regard dégoûté au torse du mercenaire.

– Je n'ai pas eu le temps de te demander si je pouvais emprunter ta robe.

Petrik secoue la tête, dépité.

– Je vais préparer du thé.

Chapitre
— 10 —

Pendant que Temra nettoie mes blessures dans l'intimité sous la tente, nous n'échangeons pas un mot. Après, on se réunit tous autour du feu, Temra et Kellyn gardant leurs armes à portée de main, prêts à faire face au cas où les quelques loups qui ont fui décideraient de revenir.

Par bonheur, Kellyn a enfilé une autre chemise.

– Merci de nous avoir sauvées, lui dis-je. C'était bien joué, le coup de la torche.

– J'ai mérité mon salaire, alors ?

– Je dirais que oui.

Un silence s'installe, et malgré mon besoin de le combler, je n'ai rien à dire. Le malaise m'enveloppe peu à peu comme une cape urticante.

– Il va falloir qu'on parle sérieusement : il est primordial d'obéir aux ordres quand on est menacé, déclare Kellyn. Pour faire mon boulot correctement, j'ai besoin que vous m'écoutiez. Bizarrement, l'érudit est le seul à m'avoir obéi.

– Je savais que je pouvais être utile ! proteste Temra.

– Et maintenant que je le sais aussi, j'en tiendrai compte la prochaine fois que je donnerai des ordres.

Il se tourne ensuite vers moi, dans l'attente d'une réponse.

– Je ne resterai pas en retrait si Temra est en danger. Si je ne l'avais pas poussée, ce loup aurait…

Je ne termine pas ma phrase, préférant ne pas aller au bout de cette pensée.

– Donc c'est mieux que tu sois blessée plutôt qu'elle ? demande Kellyn.

– Tu n'aurais pas dû te jeter sur moi, intervient Temra. C'était complètement inconscient.

– Je suis plus forte que toi.

Elle n'aurait pas pu se défendre à mains nues contre un loup. J'y suis à peine parvenue – et encore, pas longtemps. Un peu plus et il m'aurait eue, sans l'intervention de Kellyn.

– C'était peut-être stupide, mais aussi très impressionnant, commente-t-il. Je n'ai jamais vu personne lutter avec un loup de cette façon.

Le compliment me déstabilise tellement que je ne sais pas comment l'accueillir.

– Si j'avais su que personne ne tiendrait compte du sage conseil du mercenaire, moi aussi je serais sorti de ma tente pour vous aider, dit Petrik, visiblement embarrassé.

– J'avais déjà assez à faire pour protéger ces deux-là. Tu devrais être fier de savoir si bien écouter.

Je décide d'ignorer les hommes pour me concentrer sur ma sœur si courageuse. Elle a été extraordinaire ce soir.

J'avais tellement peur pour elle, mais je me rends compte à présent qu'on est entre de bonnes mains, et malgré tout…

– Je suis contente que tu saches te battre.

– Pour de vrai ? demande-t-elle avec une lueur d'espoir dans les yeux.

– Je veux te savoir toujours en sécurité, c'est plus important que tout le reste pour moi. Je suis désolée d'avoir mal réagi, et à l'avenir j'attends de toi que tu me dises les choses.

– Promis.

En reprenant la route le lendemain, on devrait être épuisés, mais depuis l'attaque nous sommes tous à l'affût du moindre mouvement. Je suis encore en état d'alerte maximale, incapable de retrouver mon calme.

J'ai besoin de me distraire de la terreur constante d'une nouvelle attaque de loups.

– Petrik, que sais-tu des autres utilisateurs de magie, aujourd'hui ?

Avec cette question, j'espère orienter la conversation de façon à trouver une solution au problème posé par Mange-Secrets. Petrik est ravi.

– Même s'il existe certainement de nombreuses personnes de par le monde qui utilisent la magie tout en gardant leur don secret, je n'en connais qu'une autre qui soit aussi connue que toi : la Fileuse de coton. Toi, tu prends le minerai de la terre pour en façonner des armes ensorcelées, quand elle cueille les plantes de la terre pour en tisser des illusions.

J'ai entendu parler de capes d'invisibilité et de masques de camouflage. Les marchands et mercenaires qui passent dans notre ville apportent avec eux toutes sortes d'histoires exaltantes. Je ne les écoute pas directement, bien sûr, mais j'entends la version rapportée par Temra.

Ce qui me surprend, en revanche, c'est qu'on ne soit que deux à avoir rendu public notre don. J'aurais cru qu'on serait plus nombreux, même si je n'ai jamais entendu parler d'autres magiciens.

– Les chasses aux sorcières menées il y a un siècle ont exterminé la plupart des gens qui possédaient des dons magiques, explique Petrik comme s'il lisait dans mes pensées. Les lignées réputées magiciennes ont connu une extinction quasi totale. Aujourd'hui que la magie n'est plus illégale, j'espère qu'on verra ces dons se répandre de nouveau.

Je me suis souvent demandé si ceux qui ont assassiné mes parents en faisaient partie. De ces gens qui ont une haine viscérale de la magie. Mais ça n'explique pas pourquoi ils ont tué mon père. Ni pourquoi ils nous ont épargnées, Temra et moi.

– Dans tes lectures, as-tu déjà croisé quelqu'un d'autre qui possède le même don que le mien ? À part ma mère.

– Non, malheureusement. J'ai lu des choses sur ceux qui maîtrisent différentes ressources naturelles de la planète. L'argile, les plantes, l'eau, le bois, les minéraux, les animaux – et même les gens, ajoute-t-il en grimaçant. D'autres avant toi ont utilisé les métaux et les minéraux de différentes façons, mais tu es la seule, à ma connaissance, à combiner la magie et la forge. Je suis tombé un jour sur un vieux livre pour enfants qui parlait d'un homme capable de faire des ricochets sur l'eau avec des cailloux sur des distances considérables. Il y avait une sorcière, jadis, qui pouvait donner à l'argent n'importe quelle forme voulue. C'est elle qui créa une monnaie unique ayant cours dans tout Ghadra en façonnant des pièces en argent. On raconte aussi l'histoire d'une vieille femme capable de plier les grains de sable à sa volonté. Elle pouvait les déplacer à sa guise, les agréger pour construire des choses extraordinaires : une maison, une clôture, le mur d'enceinte d'une cité. J'ai bien peur que personne n'ait jamais interrogé votre mère ni consigné ses pouvoirs par écrit. C'est pour ça que je travaille. La vie est courte, et trop de savoirs ont déjà été perdus, il faut que ça cesse.

– Désolée que la mort de notre mère te cause un tel désagrément, crache soudain Temra.

– Oh, ce n'est pas ce que je voulais… Temra, pardon ! J'aurais dû le formuler autrement. Ce que je veux dire, c'est que tout ce qui arrive dans notre monde est précieux et ne devrait pas être oublié. Votre mère ne devrait pas être oubliée.

Quelque peu apaisée, Temra répond d'une petite voix :

– J'aimerais tant me souvenir d'elle. J'étais trop jeune quand elle est morte.

Dans ma mémoire, elle était parfaite, tout simplement. Belle, douce, aimante. Je devrais le dire à Temra, mais les larmes me montent aux yeux rien que de penser à elle. Mon souvenir d'elle le plus vif se situe peu avant sa mort.

J'étais terriblement en colère contre Temra parce qu'elle jouait avec l'une de mes poupées.

« Je la déteste, avait dit la petite fille de cinq ans que j'étais. On devrait s'en débarrasser.

– Tu veux que je me débarrasse de ta sœur ? Et qu'est-ce qu'on ferait d'elle ? On la jette à la rue ? On la balance avec les ordures ? Qu'est-ce qui lui arrivera, à ton avis ? »

Je me rappelle un vague sentiment de culpabilité, mais je pensais quand même que la vie serait plus douce sans personne pour me piquer mes affaires.

Maman s'était penchée pour être à ma hauteur.

« Écoute-moi bien, Ziva. Une sœur est le plus beau cadeau du monde. Bien mieux que n'importe quelle poupée. Elle sera une meilleure amie qui t'accompagnera toute ta vie durant. Quelqu'un qui t'aimera, quoi qu'il arrive. »

Ces mots se sont gravés dans ma mémoire, et ils se sont révélés vrais. Quand nos parents sont morts, avoir Temra à mes côtés pour faire face a été une bénédiction.

Alors que mes pensées me ramènent au présent, je m'aperçois que je n'ai rien suivi de la conversation.

– On a eu de la chance que le don de Ziva se soit manifesté si tôt, explique Temra. Sinon, on aurait été coincées dans cet affreux orphelinat pendant encore des années.

– Ce n'était pas affreux.

– Le personnel ne te détestait pas comme il me détestait, moi.

– Tu leur jouais des tours ! Tu remplissais leurs bottes de boue et tu cachais leur matériel.

– Ils l'avaient bien cherché. Tu voyais les regards que me jetait Mademoiselle Bekis : comme si j'étais une enfant sauvage et rétive.

– Mais tu l'étais !

– Hé, tu es de quel côté, Ziva ?

Cet échange entre nous est si naturel que, pendant un instant, j'en oublie tout le reste. Je peux faire semblant d'être avec elle dans notre cour, profitant d'un beau jour d'été.

– Moi aussi, j'ai été élevé dans un établissement public, déclare Petrik. J'ai passé la majeure partie de ma vie à la bibliothèque, à subir les mêmes tuteurs jour après jour. Je vois de quoi tu parles.

– Tu aimais ça, vivre dans une bibliothèque ? demande Temra. Ça a l'air ennuyeux à mourir.

– J'ai adoré.

Tous deux commencent à échanger le récit de leurs vies, celui de Temra plein de blagues et de mauvais tours, tandis que la vie de Petrik est construite sur la rigueur de l'étude. Ils sont très différents, mais ces différences semblent les lier en une conversation continue. Temra est fascinée par tout ce que raconte Petrik, et lui est suspendu à ses lèvres.

Les laissant à leur discussion, je tire sur les rênes de Reya qui tente de s'arrêter pour brouter quelques feuilles d'une branche basse.

– C'était dur de grandir seule tout en s'occupant d'une petite sœur ?

La voix du mercenaire me fait sursauter. Je ne l'avais pas entendu s'approcher.

– Évidemment que c'était dur.

– Je suis désolé pour tes parents.

– Merci, mais tu n'as pas à être désolé. Ce n'est pas ta faute.

– Non, bien sûr, c'est juste que je déteste t'imaginer si seule. Obligée d'élever ta petite sœur alors que tu n'étais toi-même qu'une enfant.

Parfois, il dit exactement ce qu'il faut pour me le rendre encore plus attachant. Je n'ai jamais été amie avec un garçon jusqu'ici, pourtant je crois que je pourrais bien me lier d'amitié avec ces deux-là au cours du voyage.

Il te trouve belle.

La pensée importune me traverse comme un courant électrique, accompagnée d'un éclair de panique. Ça ne devrait pas me mettre dans cet état. Après tout, il ne sait pas que je sais. Pourtant, ça me met encore mal à l'aise en sa présence. Je n'y peux rien. Ça vient peut-être de ce que Mange-Secrets est né parce que je trouvais Kellyn si beau. Presque le même terme qui apparaît dans ses pensées à lui me concernant, révélées par le glaive.

La beauté.

Une chose si bête, si superficielle, et pourtant, à cause d'elle, quel danger extrême a été créé !

Les jours deviennent des semaines, toujours sur la route. Après la révélation de ses aptitudes au combat, Temra est parvenue à convaincre Kellyn de s'entraîner avec elle le soir, avant l'heure du coucher. Comme je ne pouvais pas m'y opposer, j'ai assisté à l'une de leurs séances, mais quand j'ai tancé Kellyn pour avoir bousculé Temra, elle m'a suppliée de les laisser tranquilles.

Maintenant, je les regarde de loin, pour que Temra ne sache pas que je l'espionne.

Elle est incroyable. Ses mouvements sont pleins d'une grâce naturelle, et la puissance qu'elle donne à chacun de ses coups d'épée m'impressionne. Kellyn aboie des instructions que je suis trop loin pour entendre.

– Elle est vraiment forte, remarque Petrik, accroupi à côté de moi, observant lui aussi les deux escrimeurs.

– Oui.

Kellyn s'arrête un instant pour se placer derrière Temra et corriger sa posture. Elle le taquine d'un ton badin et il répond en souriant de toutes ses dents.

– À ton avis, qu'est-ce qu'ils se disent ? demande Petrik.

– Ils flirtent.

– Sûrement pas, rétorque-t-il.

Ça ne m'étonne pas que l'érudit soit si aveugle. Après tout, Temra flirte avec lui depuis des jours et il n'a rien remarqué.

– Je connais ma sœur. Elle est experte en séduction. Quant à lui, il suffit de le regarder !

Aussitôt, mes joues s'empourprent : je viens d'admettre que je le trouve séduisant. Quelle idiote ! Cependant, Petrik ne prête aucune attention à mon aveu.

– Ça ne marcherait pas entre eux, ils se ressemblent trop. Et ils n'éprouvent pas ce genre de sentiments l'un pour l'autre.

– Comment tu le sais ?

– Ça se voit à leur façon de bouger l'un avec l'autre : ils ne se touchent que quand c'est nécessaire. Leur badinage verbal n'est là que pour dissiper toute gêne. Rien à voir avec l'attitude du mercenaire envers toi.

J'en perds presque l'équilibre.

– Quoi ?

– Tu ne regardes vraiment personne d'autre que ta sœur. En ce moment même, alors que je suis en train de te parler, tu regardes le sol. Ce n'est pas grave. Je sais que c'est juste ta façon d'être, en revanche, ça t'empêche de remarquer le mercenaire. De voir comment il se comporte avec toi.

– Qu'est-ce que tu veux dire ? je demande en me forçant à soutenir son regard.

– Sois plus attentive et tu verras.

†

Plus nous avançons, plus le temps se fait chaud et humide. Peu à peu, les arbres changent, les feuillus remplacent les résineux. La canopée devient plus dense, fait obstacle à la lumière et à la pluie, et facilite notre marche : entre les arbres poussent moins de plantes, car la lumière peine à atteindre le sol. Seule la route demeure ouverte à l'alternance du soleil et des nuages.

À la demande de Kellyn, nous prenons d'ailleurs le risque de marcher de nouveau sur la route. Nous approchons de notre destination, tous désireux de l'atteindre au plus vite. Nous croisons d'autres voyageurs. Kellyn et Petrik se montrent amicaux, tandis que Temra et moi restons silencieuses, dissimulant nos visages sous nos capuches.

Les mots de Petrik tournent sans fin dans mon esprit, me martèlent le crâne, m'empêchent de penser à autre chose.

Être plus attentive au mercenaire, comme s'il pouvait…

Je jette un coup d'œil dans la direction de Kellyn, et mon regard croise instantanément le sien. Je me détourne aussitôt, avant de pouvoir déchiffrer son expression.

Il me regardait. Me fixait ?

Oui, parce que je suis la forgeronne. Je possède le don de magie. Je suis étrange, et il est tout naturel que j'excite sa curiosité.

Cependant, quelques minutes plus tard, lorsque je l'y reprends, je lui dis :

– Arrête ça.

Temra marche devant avec Petrik, tous deux menant Reya.

– Arrête quoi ? demande le mercenaire.

– Tu me regardes.

– C'est toi qui me regardes, réplique-t-il.

– Seulement parce que tu me regardais !

– Si tu le dis.

– C'est la vérité !

Une bouffée de chaleur me monte au visage, comme si j'étais de retour dans ma forge. Les secrets que l'épée m'a révélés sont un fardeau dont j'ignorais qu'il me pèserait tant. Je n'aime pas savoir que cet homme me trouve belle. Mais il n'y a pas de retour en arrière possible. On ne peut pas désapprendre un secret.

– C'est à cause du soleil, dit-il, m'arrachant à mes pensées.

– Quoi ?

– Tout ce soleil. Il fait ressortir les taches de rousseur sur tes bras et ton visage.

– Et alors ? Tu n'as jamais vu de taches de rousseur ?

– Il y en a même sur tes lèvres, dit-il en les scrutant de près.

– Arrête de regarder mes lèvres, dis-je en plaquant une main sur ma bouche.

Il sourit comme si ma réaction l'amusait. Puis retourne de son côté de la route et fixe son regard droit devant.

De toute façon, qui s'intéresse aux lèvres ? Et d'ailleurs, comment se fait-il que Kellyn n'ait aucune tache de rousseur ? Après tout, il est presque roux. Les deux vont de pair, non ? Au lieu de quoi le soleil tanne sa peau, la rend plus sombre et plus brillante.

Je souffle d'agacement. Il ne m'impressionne pas. Et ses lèvres sont idiotes. Franchement ! Absolument symétriques, avec celle du bas légèrement plus charnue que celle du haut. Elles s'étirent en un sourire, alors qu'il ne regarde personne en particulier.

– Je sens que tu me regardes, dit-il.

J'allonge le pas pour rejoindre Temra.

Nous savons que nous sommes presque arrivés, car nous croisons de plus en plus de monde sur la route. Certains, comme nous, entrent dans Thersa. D'autres la quittent, conduisant des charrettes pleines de fruits inconnus, de bijoux et de vêtements exotiques.

L'air est tellement moite que mes habits me collent à la peau. On dirait qu'une brume légère me souffle au visage, de quelque côté que je me tourne.

Plus que d'ordinaire, les gens se montrent amicaux. Chacun met un point d'honneur à nous saluer sur notre passage. Ils lèvent haut le bras en guise de bonjour. Alors que je trouve ça étrange, Kellyn ne semble pas surpris.

– Thersa est une cité animée qui dépend beaucoup du commerce. Les gens d'ici accueillent systématiquement les nouveaux venus avec chaleur. C'est ce qui continue d'attirer les voyageurs si loin au Nord. Ça et les paysages.

Avant même que nous n'entrions officiellement dans la ville, des marchands vendent leurs biens à la criée. Une odeur de viande épicée sature l'air, et on nous brandit des brochettes sous le nez. Temra finit par craquer et en achète une pour chacun de nous.

– Hmm, fait-elle après avoir pris une bouchée. Qu'est-ce que c'est ?

– On ne trouve que deux choses en abondance à Thersa : du poisson et des oiseaux qui ne volent pas, explique Petrik avant que Kellyn ne puisse le faire.

– Toi aussi, tu es déjà venu ici ? demande Temra.

– Non. Étudier les villes les plus importantes de Ghadra faisait partie de mon apprentissage. J'ai toujours été fasciné par l'idée d'un oiseau incapable de voler. Tu savais qu'ils avaient gardé leurs ailes ?

Son enthousiasme fait sourire Temra.

Bien qu'il y ait du monde partout, je me sens rassurée, sachant que la foule nous cachera, Temra et moi. Elle nous protégera. Cette cité est notre salut.

Et elle est magnifique.

En pénétrant au cœur du marché, on peut apercevoir les fjords. De hautes falaises surplombent la crique et des cascades tonitruantes se jettent dans la mer. Le bruit de l'eau est apaisant, et le spectacle pareil à nul autre. Soudainement, les pluies abondantes ne semblent plus si terribles. Pas quand ces cascades en sont le résultat.

Des oiseaux noir et blanc nagent dans l'eau et se dandinent sur les berges. Des oiseaux incapables de voler. Intéressant.

Je surprends Kellyn en train de me fixer de nouveau et lui lance un regard noir.

– C'est quoi, ton problème ?

– C'est peut-être charmant ici, la Forge, mais tu devrais te méfier. Ne dis à personne qui tu es. À Thersa, nombre d'habitants se méfient des utilisateurs de magie.

– La magie a été légalisée depuis longtemps.

– Parfois, il faut plusieurs générations pour que les choses changent. Et parfois, les gens ignorent la loi pour obéir à leurs propres croyances.

– Mais aucun des chefs de territoire n'a quoi que ce soit contre la magie.

– Peu importe. Cette ville a un passif avec la magie qui supplante toute loi et tout dirigeant. Tu fais ce que tu veux, je te conseille juste de surveiller tes arrières maintenant que je ne serai plus là pour le faire à ta place. Oh, et n'oublie pas mon épée. J'attendrai au *Kiwi Dansant* qu'elle soit prête.

– Voici ton bonus, comme promis, intervient Temra qui s'avance pour le payer.

Avant de disparaître dans la foule, Kellyn m'adresse un dernier, et parfaitement inutile, clin d'œil.

Et c'est tout ? Pas d'au revoir, pas de « à bientôt, j'espère » ? Après tout ce temps passé ensemble à parler d'orphelinats, de familles et de taches de rousseur, il me quitte sur un pauvre clin d'œil ? Il me trouve belle !

Qu'est-ce que ça peut te faire ? Tu détestais lui parler.

N'est-ce pas ?

– Bon débarras, commente Petrik.

– Moi je l'aimais bien, dit Temra. Il nous a conduits ici sains et saufs, non ?

Rien à faire, je ne peux comprendre pourquoi j'ai l'impression d'avoir perdu quelque chose depuis qu'il est parti.

On n'a pas besoin de se renseigner très longtemps avant que quelqu'un ne nous indique où trouver les Sotheran, la famille de notre père.

– Sûr, je sais où habitent les Sotheran. Leur ferme se trouve au sommet de cette falaise, là-bas. Vous ne pouvez pas la louper. Vous trouverez un sentier qui y mène au nord-est de la ville, explique un vieil homme à Temra. Vous êtes en affaires avec eux ?

Temra m'interroge du regard, ne sachant trop quoi répondre. D'un hochement de tête, je lui signifie qu'elle peut dire la vérité.

– Nous sommes de la famille.

– Merveilleux ! s'écrie le vieil homme. Que les déesses bénissent vos retrouvailles !

– Merci, dit Temra sans le corriger.

Il ne s'agit pas tant de retrouvailles que d'une première rencontre.

Nous suivons les indications du vieillard.

– Est-ce que je devrais moi aussi trouver une auberge pour y loger, le temps que vous fassiez connaissance avec votre famille ? demande Petrik.

– Non, dis-je très vite.

Je me sens plus en sécurité avec quelqu'un pour nous accompagner. On n'a aucune idée de l'accueil que nous réservera notre famille.

Ni Petrik ni Temra ne relèvent ma réponse précipitée.

– Comment se fait-il que vous n'ayez jamais rencontré ces parents jusqu'ici ? veut savoir Petrik.

– Ils habitent trop loin.

– Ce qui est curieux, d'ailleurs, commente-t-il. La plupart des gens s'éloignent peu de l'endroit où ils sont nés. Et vous avez dit que votre père avait pris le nom de votre mère ?

– Oui, mais c'est assez courant. De nombreux couples vivant dans les territoires des princesses adoptent cette coutume pour honorer le règne matriarcal.

– Ou bien vos parents cherchaient à se cacher de cette famille.

– Et pourquoi l'auraient-ils fait ? interroge Temra.

– Je ne sais pas. Et si leurs affaires n'étaient pas légales ?

– Ça pourrait nous aider, en fait, vu que nous fuyons… des gens puissants.

– Mais s'ils essaient de tirer profit de cette situation et de vous vendre à ces personnes puissantes ?

– On ne va pas leur dire qu'on est en fuite, hein ! le rabroue Temra en lui mettant une petite calotte derrière la tête. Tu t'inquiètes trop, l'érudit. Tu ferais mieux de t'en tenir à tes lectures et de nous laisser nous soucier de notre famille.

Petrik marmonne entre ses dents quelques mots que Temra n'entend pas ou choisit de ne pas écouter.

Les réflexions de Petrik ne m'inquiètent pas outre mesure, pourtant, lorsqu'on arrive en vue de la maison, mon estomac se noue.

C'est une grande propriété, parsemée de nombreux enclos qui abritent toutes sortes de menu bétail. Des porcs, des chèvres et des oiseaux aussi grands que moi, à la tête bleu vif et dépourvue de plumes.

Il pleut à verse quand nous atteignons le perron, et mon anxiété revient au galop, comme si la pluie était un mauvais augure des Sœurs.

C'est idiot. Il pleut probablement tous les jours, ici. Pourtant, on a tremblé si longtemps sur la route qu'il est difficile de se défaire de la peur.

– C'est parti ! dit Temra avec un grand sourire plein d'espoir. Je suis tellement excitée !

Elle toque à la porte et on attend.

Un homme qui ressemble trait pour trait au souvenir que j'ai de mon père nous ouvre. Je sens les larmes me monter aux yeux.

– Oui ? dit-il. Si vous venez vendre quoi que ce soit, vous feriez mieux de déguerpir avant que Volanna ait fini ses prières matinales.

Sans réfléchir, je demande :

– Vous êtes le frère de Darren ?

L'homme cligne des yeux.

– Je n'ai pas entendu ce nom depuis des années. Qui êtes-vous ?

– Darren est… était notre père.

Un silence chargé s'ensuit, puis l'homme – notre oncle – fait un pas en arrière.

– Vous devriez entrer.

Chapitre
— 11 —

On attache Reya à une lisse. Temra emporte le baluchon d'armes à l'intérieur pour le mettre à l'abri, tandis que Petrik débarrasse la jument du reste de son bât. Avant d'entrer, nous essuyons nos bottes boueuses sur un paillasson coloré posé sur le seuil. La pièce de réception est spacieuse et immaculée, agrémentée de statues à l'effigie des Sœurs-Déesses disposées sur des tables d'ornement. Ebanarra est toujours en blanc, tandis que Tasminya est en noir.

– Je vous en prie, asseyez-vous. Je suis sûr que Mère va descendre d'ici peu.

Il nous laisse là, debout, à dégouliner des restes de l'averse. On enlève nos manteaux pour les pendre à des patères. On est tellement sales après des semaines de voyage qu'on n'ose même pas s'asseoir sur les canapés tapissés de tissu délicat.

– Comment vous allez me présenter ? demande Petrik.

Si les avertissements du mercenaire au sujet de la magie

sont fondés, on ne devrait sans doute pas leur dire que je suis un érudit étudiant la magie.

Temra réfléchit un instant avant de proposer :

– Tu es un cousin du côté de notre mère.

– Très bien, accepte Petrik.

Quant à moi, je me tords les doigts si violemment qu'ils sont tout rouges. Temra me prend la main pour me tranquilliser.

– Ça va aller, Ziva. On pourra même peut-être dormir dans un vrai lit, cette nuit. Qui sait ? Pense à des choses heureuses. Je m'occupe de leur parler.

Il nous semble que des heures s'écoulent avant que quelqu'un vienne nous rejoindre, alors qu'il s'agit en réalité de quelques minutes.

Une femme aux cheveux gris coupés au carré pénètre dans la pièce. Elle porte une jupe courte qui s'arrête au-dessus du genou, des sandales et un chemisier sans manches qui dévoile de magnifiques tatouages de fleurs locales recouvrant ses bras, des poignets jusqu'aux épaules. Ses yeux bleus se posent tour à tour sur Temra et moi, puis elle plaque une main sur sa bouche.

– Vous ressemblez tellement à votre père ! Toi, tu as ses yeux. Et toi, son nez.

Elle a un petit rire triste et ajoute :

– Je suis votre grand-mère, Volanna. Je peux vous embrasser ?

Temra se jette dans ses bras sans hésiter, et la culpabilité remplace dans mon cœur toute crainte que je pouvais avoir concernant cette première rencontre. Je n'avais pas réalisé à quel point Temra avait faim de réconfort. Pourtant, c'est logique. Nous sommes en fuite depuis plus d'un mois. Et avant ça, c'était juste nous deux. Ni parents ni même de figure parentale.

Les embrassades avec des inconnus, ce n'est pas mon truc, donc au lieu de sauter au cou de Volanna quand elle se tourne vers moi, je me contente d'afficher un sourire gêné. Temra capte aussitôt son attention en donnant à cette femme nos noms, nos âges, notre ville d'origine. Elle se charge aussi de présenter Petrik.

Lorsque Volanna demande ce qui est arrivé à notre père, Temra lui dit que nos parents sont morts quand nous étions petites au cours d'un cambriolage ayant mal tourné, sans rentrer dans les détails. Temra et moi, nous dormions quand ça s'est produit, et c'est moi qui ai trouvé nos parents au matin. Du moins, c'est ce que la directrice de l'orphelinat m'a raconté. Je n'ai aucun souvenir de cette journée, et j'en remercie les déesses. Temra passe bien entendu tout cela sous silence. Elle explique comment j'ai subvenu à nos besoins pendant qu'elle se concentrait sur ses études. Volanna hoche la tête avec sollicitude et serre la main de Temra de façon rassurante quand elle aborde les épisodes les plus douloureux.

Ensuite, la vieille femme se tourne vers moi.

– Tu ne dis pas grand-chose, ma chérie. Quelque chose ne va pas ?

– Oh, Ziva est juste très timide, grand-mère, dit Temra.

Grand-mère ? Eh bien, elle ne perd pas de temps.

– Qu'importe, réagit Volanna. Nous avons tout le loisir de faire connaissance. Je suis très heureuse que vous ayez décidé de nous retrouver. Venez, allons remplir vos ventres affamés.

†

Nous apprenons que notre père a trois frères. Il était le deuxième de la fratrie, et tous les autres travaillent sur le domaine pendant la journée, avant de rentrer le soir dans leur famille.

– Vous avez six cousins ! nous informe Volanna au cours du repas composé de pain frais beurré, de porc salé et de fruits tropicaux. Vous les rencontrerez plus tard dans la semaine, à la messe. Oh, vous vous joindrez à nous pour aller à l'église, n'est-ce pas ?

– Bien sûr, répond Temra sans une seconde d'hésitation.

Notre culte des Sœurs a toujours été, au mieux, un peu léger. Nous n'assistions pas assidûment aux messes en leur honneur. Je ne supporte pas d'être au milieu de tant de gens. Temra y est allée quelquefois pour le côté social, mais elle a fini par arrêter. Je ne pense pas qu'elle croie à une puissance supérieure.

Moi, je crois que les Sœurs existent. Le monde et toutes ses créatures sont bien advenus d'une façon ou d'une autre. Les Sœurs m'ont donné ma propre sœur, et je leur en serai toujours reconnaissante. Mais elles m'ont aussi pris mes parents. Ce qui fait que ma relation avec le divin est pour le moins compliquée.

Cela dit, Temra et moi sommes tout à fait capables de feindre l'intérêt pour un service religieux si ça nous permet de gagner la protection que peut nous assurer la mère de notre père.

– Je n'arrive pas à croire que vous êtes vraiment là, nous dit Volanna. Darren a disparu il y a vingt ans. Il a laissé un mot disant qu'on ne devait pas s'inquiéter, mais que son avenir était ailleurs. Nous n'avons jamais connu votre mère. Je ne sais pas s'il l'a rencontrée avant ou après son départ, je ne sais même pas pourquoi il a disparu. C'est un soulagement d'apprendre qu'il allait bien, qu'il avait une famille à lui, même si la nouvelle de sa mort m'attriste beaucoup.

Elle prend une bouchée de porc avant de poursuivre.

– Vous êtes les bienvenues ici aussi longtemps que vous le voudrez. Je serais ravie que vous décidiez de vivre avec moi. Avec tous mes garçons partis fonder leur propre foyer, et mon cher mari décédé, la maison me semble trop grande et bien vide. Ma foi me tient debout, mais la solitude me pèse.

– On adorerait rester, grand-mère, dit Temra. Et on t'aidera avec plaisir pour les corvées. Ziva a bien sûr de nombreux talents. Elle peut réparer les outils de la ferme. Quant à Petrik et moi, on est plus forts qu'il n'y paraît.

Volanna semble sur le point de pleurer.

– Votre père vous a bien élevées, mes petites. On reparlera de ce que vous pouvez faire. En attendant, profitons d'être ensemble. Je vous ferai visiter la ville demain. Le dimanche est le jour des Sœurs, et nous le passons en prières. Ensuite, on décidera de comment procéder. Et maintenant, que diriez-vous d'une bonne toilette et d'un bon lit ?

†

Le bain était paradisiaque, d'autant plus que c'était la première fois depuis bien longtemps que je me retrouvais totalement seule dans une pièce. J'ai frotté sur mon corps un mois de poussière et de crasse accumulées avant d'enfiler une chemise de nuit propre fournie par Volanna. Elle nous a montré nos chambres et a pris nos vêtements pour les laver. Temra s'est donné pour mission de veiller sur les armes, ce que je ne conteste pas. Elle est clairement bien plus capable de protéger Mange-Secrets que je ne le suis. Je l'ai vue glisser le glaive sous son lit, ainsi que l'épée courte, la lance et le bâton.

Je me sentais impolie d'avoir si peu parlé à la mère de mon père, mais j'étais tellement submergée que je ne trouvais rien à dire.

À présent, seule dans un lit confortable, je ne ressens plus qu'un immense soulagement.

Enfin, du soulagement et un peu de peur.

Et si Kymora apprend où on est ? Est-ce qu'elle nous traque ? Est-ce bien prudent de fermer les yeux ? Il n'y a plus de mercenaire pour nous protéger. Et, d'une façon ou d'une autre, je dois me débrouiller pour fabriquer une épée magique pour Kellyn. Comment compte-t-il que j'y parvienne alors qu'il m'a aussi recommandé de ne parler à personne de mes pouvoirs magiques ?

Il te trouve belle.

Argh.

Cette pensée a pris l'habitude de se pointer dans mon cerveau quand je m'y attends le moins. Je n'ai vraiment pas besoin de ça en ce moment.

Des choses bien plus importantes que le mercenaire méritent ma réflexion.

Comme Kymora et le glaive. Comme ma sœur et son bonheur.

Je m'inquiète pour Temra. Je crois qu'elle s'est déjà attachée à Volanna, mais s'il arrive quelque chose – si Kymora nous retrouve –, il nous faudra de nouveau tout quitter. Quitter ce qu'il nous reste de famille.

Et ce sera ma faute.

Encore une fois.

†

Volanna nous emmène en ville faire le tour de ses boutiques préférées. D'abord, une échoppe vendant des jus de fruits. Puis, un magasin entièrement dédié aux rubans pour cheveux et aux cosmétiques. Enfin, un atelier de couture.

– On doit vous trouver quelque chose à porter pour la messe. Pas le temps de vous faire confectionner une tenue sur mesure, réfléchit Volanna à voix haute. Qu'avez-vous en prêt-à-porter dans leurs tailles ?

L'un des vendeurs nous présente alors deux robes affreuses, pleines de froufrous et de dentelles aux endroits les plus incongrus. Enthousiasmée, Volanna les achète sur-le-champ. Quand je chuchote à Temra mon opinion au sujet de ces robes, elle rétorque :

– Ça t'ennuie juste d'avoir à porter une tenue à la mode, pour une fois.

Ensuite, nous nous dirigeons vers le fjord, trouvons un endroit pour nous asseoir et observons les poissons dans l'eau claire – et ces étranges oiseaux qui nagent parmi eux.

– Ce sont des pingouins, explique Volanna. Normalement, ils vivent sous des climats très froids, mais ceux-ci sont d'une espèce particulière que l'on trouve dans les fjords.

On découvre rapidement que Volanna adore les animaux, et elle nous dit le nom de chaque sorte de poisson que nous lui pointons du doigt.

Les oiseaux qui jouent entre eux nous font rire aux éclats : ils se bousculent et se poussent à l'eau, s'amusent à se poursuivre…

À un moment, Temra s'excuse et part chercher des toilettes, me laissant seule avec Volanna.

– Je comprends, dit-elle quand ma sœur est partie. Ton père était pareil, tu sais. Très timide. Un taiseux. Plus à l'aise dans la solitude. Je ne pensais pas qu'il quitterait un jour la maison ou sa mère, sans parler de se marier. Je suis heureuse qu'il ait trouvé quelqu'un avec qui partager sa vie, me dit-elle avec un sourire chaleureux. Tout ce que je dis, c'est que tu peux parler autant ou aussi peu que tu le veux. Je comprends et je ne t'en tiendrai rigueur ni dans un cas ni dans l'autre.

– Merci, lui dis-je en lui offrant mon premier sourire sincère.

J'ignorais cela à propos de mon père. Je ne me rappelle pas qu'il ait été timide ou taiseux. Ce dont je me souviens, c'est qu'il me lançait haut dans les airs et me rattrapait. Je me souviens qu'il dansait avec moi, je montais sur ses orteils et il me faisait virevolter dans le salon. Et je me rappelle qu'il me racontait des histoires, même si je ne me souviens pas de quoi elles parlaient.

– Je suis contente d'être ici et de vous avoir rencontrée, dis-je. J'espère que vous aussi.

– Bien entendu ! J'ai hâte qu'on apprenne à se connaître.

Elle se penche vers moi pour me tendre un sac puant plein de poissons morts. J'en attrape un du bout des doigts et le jette dans l'eau puis regarde, fascinée, deux pingouins faire la course pour s'en emparer.

En fin de journée, je me mets en quête d'un forgeron dans l'espoir qu'il me laissera emprunter sa forge et ses outils. Temra et Volanna m'attendent à l'extérieur tandis que je pénètre dans la boutique. Temra sait bien sûr que je dois trouver le moyen de forger l'épée de Kellyn, mais Volanna croit que je commande quelque chose.

Entrer dans la forge est comme se glisser dans un bain chaud. Je respire les odeurs, retrouve les outils familiers. Je me sens aussitôt détendue.

Wornessa est plus petite que moi d'une bonne cinquantaine de centimètres, mais ses bras sont bien plus épais que les miens. Rapidement, nous nous mettons d'accord sur un prix pour l'utilisation de la matière première, de ses outils et de sa forge. Je lui liste tout ce dont j'aurai besoin, et elle promet de me le procurer pour le début de la semaine prochaine afin que je puisse me mettre au travail. Je prends bien garde de ne rien dire de mes pouvoirs.

Parler avec Wornessa m'est facile. Le travail de la forge, c'est ce que je connais le mieux, et je suis très à l'aise pour en discuter. Si seulement toutes les conversations étaient comme celle-ci, naturelles et agréables !

Au cours des jours suivants, mon anxiété reflue à mesure que j'apprends à connaître ma grand-mère. Elle aime tresser des paniers et cuisiner. Elle nous prépare de délicieux gâteaux tous les jours et nous enseigne quelques recettes pour des repas simples, adaptées à nos piètres talents culinaires.

Petrik, toujours poli, reste discret pour ne pas encombrer. Il passe beaucoup de temps dans sa chambre à travailler à son livre et m'interroge sur mes pouvoirs dans la soirée, avant le coucher. Un soir, je lui demande, l'air de rien :

– Tu as déjà lu des cas d'objets magiques ayant été détruits ?

– Bien sûr, dit-il sans hésiter. Si l'objet est brisé, tout simplement, la magie se brise en même temps. Tu as sans doute pu le constater toi-même avec certaines de tes armes.

– En effet. Mais si un objet était rendu indestructible par la magie ? Tu connais des histoires où un tel objet aurait été détruit ?

– Un objet rendu indestructible par la magie…, répète-t-il en se mordant les lèvres pendant qu'il réfléchit. Pourquoi voudrait-on le détruire ?

– S'il était ensorcelé par de la magie noire ?

– Ah, je vois. Je sais que certains sorts meurent en même temps que celui qui les a jetés, mais ce n'est pas toujours le cas. Par exemple, il y avait un homme qui avait le pouvoir de déplacer l'eau. Il se mettait à chanter, et des rivières entières changeaient leur cours à son commandement. Cependant, quand il est mort, l'eau est revenue à son état naturel. Tes objets, en revanche, sont solides et ne perdraient probablement pas leurs pouvoirs magiques à ta mort.

Eh bien, ça ne m'aide pas du tout. Pas que j'aurais préféré que la solution à mon problème soit mon propre décès…

– Pourquoi tu veux savoir ? demande Petrik.

Je redoutais cette question et m'y suis préparée.

– Il y a dans le monde des gens mauvais. Un jour ou l'autre, ils pourraient entrer en possession d'objets magiques. J'étais juste curieuse.

– À mesure que la magie se répand, elle finira sans aucun doute par tomber entre les mains de personnes qui voudront l'utiliser à mauvais escient. Nous ne pouvons qu'espérer que les méchants soient toujours moins nombreux que les gens honnêtes. Les gens comme toi, Ziva.

– Merci, Petrik.

J'ai un douloureux pincement au cœur, car c'est à cause de moi que la magie a failli tomber entre les mains d'une criminelle. Et je suis incapable de réparer mon erreur. Tout ce que je peux faire, c'est essayer d'empêcher Kymora de s'emparer de l'arme.

†

Avec une famille toute neuve qui semble m'accepter, et ce dont j'ai besoin pour fabriquer l'épée de Kellyn, je commence enfin à me détendre. Pour la première fois depuis longtemps, je me sens hors de danger.

Et puis, le dimanche arrive.

Volanna nous fait asseoir au premier rang, et aussitôt elle baisse dans mon estime. Elle m'adresse tout de même un regard compatissant. Mon père avait-il aussi du mal à se tenir au premier rang ? Détestait-il les lieux publics autant que moi ? Il faudra que je pose la question à Volanna dès que j'en aurai l'occasion.

Les fils de Volanna sont installés à sa gauche, avec leur famille, tandis que Temra, Petrik et moi prenons place à sa droite. Nous occupons ainsi un banc entier de l'église.

Je sens dans mon dos les regards des gens assis derrière moi, c'est-à-dire la *totalité* de la congrégation. J'en ai des démangeaisons et, à force de me tordre les doigts, je suis à peu près sûre de m'être fait un claquage, ce qui ne dissipe pas pour autant mon tic nerveux.

Par les Sœurs, je voudrais être n'importe où ailleurs ! Face à la seigneuresse de guerre. De retour sur la route. À la taverne avec Kellyn.

Cette dernière pensée me prend par surprise. D'autant plus quand je me rends compte que c'est la vérité.

Mais je peux le faire. Ma nouvelle famille aime être au premier rang, et je resterai donc auprès d'eux.

Comme nous sommes arrivés en avance, il se passe quelques minutes avant qu'une femme monte sur l'estrade à l'avant de la chapelle. Deux tableaux très réalistes représentant chacun une Sœur-Déesse sont accrochés au mur, de part et d'autre de la prêtresse. Ebanarra, drapée dans une tunique d'un blanc doré, arbore un sourire énigmatique et semble contempler quelque chose qui nous est caché. Tasminya, vêtue d'un noir d'ébène, affiche un visage impassible, mais regarde droit devant, comme si elle toisait ceux qui posent les yeux sur elle.

La prêtresse porte un ensemble jupe et chemisier très simple, blanc en haut et noir en bas, afin de représenter les déesses. Elle sourit en parcourant des yeux l'assemblée.

– Je vois que de nouveaux membres nous ont rejoints aujourd'hui. Si nous commencions par un petit rappel pour leur rafraîchir la mémoire ?

Je me tasse sur mon siège. Il ne manquait plus que ça pour me gâcher la journée : être pointée du doigt.

– À l'origine, deux sœurs naquirent dans le vaste univers. La première s'appelait Ebanarra, la deuxième, Tasminya. Alors qu'elles se ressemblaient physiquement comme deux gouttes d'eau, leurs esprits étaient aussi différents que le jour et la nuit. Cependant, elles partageaient le même amour pour la création. Ebanarra créa les étoiles, Tasminya façonna les lunes. Lorsqu'elles créaient ensemble de nouveaux mondes, Ebanarra fabriquait la terre, les plantes et les cieux ; Tasminya, les eaux, les animaux et les vents. Ensemble, elles créèrent la première femme, qui donna naissance à la race humaine. Ebanarra se montrait toujours attentionnée et méticuleuse avec ses créations, les choyant, les guidant, les regardant grandir. Tasminya, en revanche, était plus téméraire, ne recherchant pas la perfection mais l'unicité. Elle s'attardait rarement pour s'occuper de ses créations, plus curieuse de voir comment elles évolueraient d'elles-mêmes. Aujourd'hui, nous remercions les Sœurs pour tous les bienfaits dans nos vies, et nous leur adressons nos prières quand nous sommes dans le besoin.

Je suis rassérénée par le récit. À Thersa, tout est nouveau et exige de s'adapter, alors c'est agréable de retrouver un élément familier. Les déesses sont les mêmes ici qu'à la maison.

– Les déesses nous montrent l'exemple depuis les origines, poursuit la prêtresse. Nous devons aimer et prendre soin de ce monde et des créatures qui le peuplent. L'Église accepte les dons en faveur des pauvres et des plus démunis. J'encourage ceux qui n'ont pas les moyens de contribuer financièrement à donner de leur temps. Les prêtresses de l'orphelinat ont toujours besoin d'aide. Soyez bons avec tous, malgré nos différences. Priez pour ceux qui vous ont offensés. Demandez aux déesses leur assistance pour adoucir leur cœur.

Honnêtement, je dois dire qu'il ne m'est jamais venu à l'esprit de prier pour Kymora. Je suppose que ça ne peut pas faire de mal.

– Accomplissez ces gestes, et une place vous sera réservée au paradis des Sœurs. Un lieu où n'existent ni douleur, ni peur, ni conflit.

On trouve tant de réconfort dans les enseignements des Sœurs. Voilà pourquoi je n'arrive pas à m'en détacher.

Je crois profondément que l'on devrait être bon avec tout le monde et aider autrui autant qu'on peut. Je veux croire à une autre existence après celle-ci, où je ne ressentirais plus ni peur ni angoisse.

Je suis presque heureuse qu'on m'ait obligée à venir à la messe aujourd'hui. L'office est un baume pour mon cœur tourmenté.

– Et, bien entendu, continue la prêtresse de la même voix douce, par-dessus tout, nous devons éradiquer la magie à tout prix.

À ces mots, je relève soudain la tête.

– Nous ne savons pas quand elle est apparue pour la première fois – la magie est plus ancienne que l'écriture –, mais elle s'est répandue sur ce monde comme une maladie, infectant les uns quand elle épargnait les autres. Nous ne connaissons pas son origine, mais nous soupçonnons qu'elle est née de la terre. À force de creuser des mines pour en arracher le minerai, de labourer le sol pour les récoltes, d'enterrer les morts. En un lieu inconnu, la magie a jailli, et ceux qu'elle a corrompus ont détruit leur lignée à jamais, transmettant l'ignominie de génération en génération.

J'échange un regard avec Temra, tandis que la prêtresse poursuit :

– Au début, le monde a considéré à tort la magie comme une bénédiction d'Ebanarra, mais très vite, il est devenu clair qu'il s'agissait d'une malédiction. Notre propre ville a connu le pire. Ici, à Thersa, naquit un homme doué du pouvoir de contrôler l'esprit d'autrui. La magie est née de la terre, or les déesses ont façonné la première femme à partir de la poussière de ce monde. Nous sommes issus de la terre, et ainsi ce magicien put dominer ceux qui l'entouraient. Craynd était son nom. Il usa de son pouvoir pour asservir cette ville, pour faire en sorte que tous se plient à sa volonté. Nous fûmes réduits en esclavage. Tous les nouveaux venus tombaient sous le joug de ses envoûtements. Nous ne pouvions même pas prier nos déesses pour obtenir de l'aide, car nous étions incapables de reconnaître notre propre asservissement. Son règne dura jusqu'à sa mort, à l'âge de quatre-vingt-sept ans. Ce n'est qu'alors que nous fûmes libérés. C'était il y a environ cinq siècles. Ensuite advint le temps juste où la magie fut rendue illégale et où l'on extermina ceux qui en étaient malades. Le monde se purgea de ce fléau par tous les moyens nécessaires. Les lignées infectées furent décimées. Et le monde retrouva son unité. De temps en temps, une lignée dormante voit naître un nouvel être doué de magie, et quand cela se produit, il est de notre devoir de l'éliminer. De protéger les populations saines de ce monde.

La prêtresse s'adresse ensuite directement à moi, assise au premier rang, et me sourit.

– Nous sommes très heureux de vous voir nous rejoindre afin d'accomplir avec nous notre devoir divin envers le monde.

Dans le silence qui suit, j'avale ma salive, Petrik me regarde en coin pendant que Temra serre ma main dans la sienne.

†

– Quel charmant rappel de notre histoire, commente Volanna sur le chemin de retour. Vous avez passé un bon moment, mes chéries ?

– Oui, ment Temra. Même si la partie du sermon consacrée à la magie m'a un peu étonnée. On n'avait jamais entendu de récit semblable. Vous condamnez réellement à mort tous ceux qui usent de la magie ?

Sa question a beau être posée sur un ton innocent, j'ai tout de même peur que Volanna la trouve suspecte.

– La magie a joué un rôle tragique dans l'histoire de notre cité. On ne peut pas prendre le risque que ça recommence. Ceux qui sont doués de magie ne sont pas vraiment humains. Ils sont d'une race complètement différente. Leur exécution est juste et nécessaire, dit-elle en hochant la tête sentencieusement.

Voilà qui répond à ma question : si je suis percée à jour, ils me tueront, que je sois de la famille ou pas.

– Mon Darren ne vous a pas enseigné ces choses ?

– Nous étions trop jeunes quand il est mort pour nous en souvenir, grand-mère, élude Temra.

Manifestement, notre père n'avait pas de préjugés contre la magie, s'il a épousé notre mère. Je crois deviner pourquoi il a quitté Thersa sans laisser d'adresse.

– Chez nous, il y a une ravissante chapelle, mais elle est bien modeste comparée à celle de Thersa, ajoute Temra pour changer de sujet. Votre prêtresse paraît très compétente et d'une grande sagesse.

– Merci. Et ne vous inquiétez pas de la nouveauté que représente pour vous Thersa. Vous comprendrez bien vite ces vérités. Allons, rentrons à la maison maintenant, un bon déjeuner en famille nous attend. Nous discuterons du sermon en mangeant.

Volanna est ensuite accaparée par ses autres petits-enfants, tous bien plus jeunes que Temra et moi. Quant à nous trois, nous nous laissons distancer pour pouvoir parler loin des oreilles indiscrètes.

– Qu'est-ce qu'on va faire ? demande Petrik.

– Rien, répond Temra. Il n'y a aucune raison de s'inquiéter. Volanna n'a pas l'air violente, malgré ses croyances. Et de toute façon, l'Église ne peut rien contre Ziva. La magie n'est pas hors-la-loi, quoi qu'en pense cette secte.

– Franchement, ça ne me rassure pas du tout. Kellyn a dit que certains pourraient vouloir faire justice eux-mêmes. Je serais morte avant même l'intervention de tout agent de la loi.

– On devrait peut-être songer à s'enfuir, suggère Petrik. S'ils trouvent les livres dans ma chambre, ces antiques traités de magie, qui sait ce qu'ils feront ? Et s'ils découvrent que Ziva a des pouvoirs ?

– Tu dramatises, proteste Temra. On n'a rien à craindre. Certains de ces textes sont écrits dans une langue que la plupart ne savent même pas lire. Ils ne sauront jamais ce qu'ils racontent. Et comme Ziva n'a pas besoin de magie dans l'immédiat, pourquoi s'en faire ?

– Parce que j'ai promis à Kellyn de lui fabriquer une arme. Ou bien as-tu oublié qu'il réside en ville jusqu'à ce qu'elle soit prête ?

– Et alors ? On n'a qu'à le calmer avec des sous. Lui payer l'équivalent de ce que coûte une de tes armes. Ce n'est pas le genre à refuser de l'argent.

– Mais ce n'est pas l'accord qu'on avait.

– Il m'a l'air d'un type compréhensif. Je suis sûre qu'il se montrera ouvert à la discussion.

– Admettons. Je ne peux pourtant pas ne plus forger une seule arme de toute ma vie. C'est mon métier. C'est ce qui m'apporte joie et réconfort. Je ne peux pas ne pas être qui je suis.

D'un geste agacé, Temra lisse des plis invisibles sur sa robe affreuse.

– Ce n'est pas pour toujours, évidemment. Seulement jusqu'à ce que grand-mère apprenne vraiment à nous connaître. Alors elle nous acceptera, quoi qu'il arrive. J'en suis certaine.

– Temra, je sais que tu l'aimes déjà, mais elle fait partie d'une secte pour laquelle tuer les magiciens est non seulement acceptable mais représente un commandement divin. Auquel se soumettre est digne d'une bénédiction. Tu ne comprends pas à quel point ça m'effraie ?

À ces mots, elle s'arrête et s'en prend à moi en haussant le ton :

– Et toi, tu ne vois pas qu'on a finalement cessé de fuir ? On a été si seules si longtemps, et maintenant on a enfin une famille qui veut nous aimer et nous protéger. Pourquoi tu essaies de nous voler ça ?

Je sens mon visage virer au pourpre.

– Pourquoi tu choisis déjà leur parti plutôt que le mien ? Temra, ils me tueront ! Comment tu peux accepter ça ?

– Ce n'est pas ce que je dis. Tu veux bien te détendre pour une fois et arrêter d'avoir peur de tout ? Tu es tellement pitoyable. Incapable de voir un bienfait quand il est sous ton nez. Je t'ai suivie à travers le continent entier. Mais maintenant, ça suffit, Ziva !

Je baisse les yeux et des larmes coulent sur mes joues.

– Temra, intervient Petrik. Ça ne va pas de dire une chose pareille ?

– Oh toi, la ferme ! Évidemment que tu défends Ziva. C'est elle qui est spéciale, après tout, n'est-ce pas ? Elle qui mérite de figurer dans ton livre.

Sur ce, Temra allonge le pas, se frayant un passage au milieu des hordes de cousins et de petits-enfants pour rejoindre Volanna et prendre sa main, comme une enfant.

– Je suis sûre qu'elle ne pensait pas…

– Non, Petrik. Ne prends pas sa défense. Elle pensait exactement ce qu'elle a dit.

Suis-je pitoyable au point de ne plus reconnaître la sécurité et le bonheur ? A-t-elle raison ?

On approche de la maison, mais je n'ai aucune envie d'y entrer avec tout le monde.

– Je vais faire un tour, dis-je à Petrik. Tu peux couvrir mon absence et garder un œil sur Temra ?

– Bien sûr.

– Merci.

Chapitre 12

Je ne me promène jamais en ville seule, pas si je peux l'éviter. Même à Lirasu, je n'allais nulle part sans Temra pour m'accompagner. C'est plus fort que moi : je me méfie de tous et de tout parce que tout me paraît menaçant.

Je sursaute donc au moindre bruit et lorgne chaque inconnu que je croise pour m'assurer qu'il ne s'agit pas de Kymora. Maudite soit cette ville où tout le monde se montre amical à l'excès, me saluant d'un bonjour systématique. Je n'ai pas envie de parler. Pourquoi les gens ne s'occupent-ils pas de leurs affaires ?

Prenant garde à ne pas me perdre, je finis par rassembler mon courage pour demander à un passant comment me rendre à la taverne du *Kiwi Dansant*. J'apprends au passage que le kiwi n'est pas seulement un fruit mais aussi un oiseau incapable de voler. Levant la tête, je contemple le gros volatile au long bec fin peint sur l'enseigne au-dessus de la porte.

Il n'est sans doute même pas là. Il y a peu de chances qu'il passe ses journées dans la salle commune. Non, il doit être en train de profiter des joies de la cité. Quoique… c'est l'heure du déjeuner, peut-être est-il attablé à l'intérieur ?

Honnêtement, je ne saurais dire si je souhaite qu'il soit là ou pas. D'un côté, j'ai envie de parler à Kellyn, de l'autre, ça me terrifie. Il faut pourtant que je le persuade de renoncer à son arme, et je n'y arriverai pas si je ne lui parle pas.

Pitoyable.

Pitoyable.

Pitoyable.

La voix de Temra résonne à mes oreilles. D'habitude, elle me soutient toujours dans mes faiblesses, mais je commence à penser que ce n'était pas totalement sincère et qu'elle m'a enfin dit ce qu'elle ressentait vraiment.

Si c'était elle, elle n'hésiterait pas une seconde à aller parler à un homme. Elle serait sûre d'elle, souriante, prête à affronter n'importe quoi. Un instant, je me mets dans sa peau et j'entre dans la taverne. Mon premier objectif est simple : ne pas paniquer et trouver une table inoccupée où m'asseoir.

Un seul coup d'œil circulaire me confirme qu'il n'y a pas de table inoccupée.

Je ne peux pas m'asseoir à côté d'un inconnu. Restent les tabourets au comptoir. Il y en a sept. Les premier, troisième, quatrième et septième sont pris. Ça veut dire que quel que soit celui que je choisis, je serai à côté de quelqu'un. Ça ne va pas.

La panique monte.

Je ne peux pas rester plantée là, et je ne peux m'asseoir nulle part.

Sors.

Je devrais ressortir. Et si quelqu'un m'a vue entrer, paniquer et faire demi-tour ?

Ça ne devrait pas être important. Ce sont tous des inconnus. Qu'est-ce que ça peut faire ?

Le visage me brûle comme si j'avais pris un coup de soleil, mes paumes sont moites et je jurerais que tous les regards sont fixés sur moi. J'entends des rires fuser à une table. Probablement qu'on se moque de moi. C'était une idée stupide. Pourquoi…

– La Forge.

Sa voix perce à travers le brouhaha de la taverne, et elle me détend immédiatement.

– Mercenaire.

Kellyn fait son apparition. Il est propre. Il a visiblement profité d'un bain et de vêtements propres. Il sent bon. Un parfum de citron et d'herbe folle. Un savon local, peut-être ?

Il est aussi rasé. Sur la route, il arborait une barbe plus sombre que sa chevelure, d'un roux flamboyant, mais à présent, sa peau est fraîche et lisse. Et son sourire, éclatant.

– Qu'est-ce que c'est que cette tenue ? demande-t-il en retenant à peine un gloussement.

Je baisse les yeux, et une envie de vomir me prend. J'avais complètement oublié que je portais cette robe hideuse.

– Je jure que ce n'était pas mon choix.

En cet instant, je préférerais de loin être attifée dans mes habits sales de voyageuse que dans cette horreur.

Généreusement, Kellyn décide de ne pas s'étendre sur le sujet.

– Ne me dis pas que tu as déjà terminé mon épée.

– Non.

– Tu bois un verre ?

Jusqu'ici, je n'ai jamais beaucoup aimé l'alcool, mais…

– D'accord.

Il se dirige vers l'une des tables. Elle est vide maintenant, mais je n'avais même pas remarqué qu'il y était assis quand j'ai fait mon petit tour de piste. Kellyn tire une chaise, pour s'y asseoir, je présume, mais il se contente de me regarder comme s'il attendait quelque chose.

Qu'est-ce qui se passe ?

Il ne compte pas que je…

Avant d'aller au bout de ma pensée, je suis déjà assise.

Il se montre poli et courtois. Comme si on s'était donné rendez-vous. Comme s'il m'avait invitée à sortir.

Je devrais dire quelque chose, crie une voix dans ma tête dès qu'il a pris place en face de moi. C'est moi qui suis venue à lui. Il va s'attendre à ce que j'entame la conversation. Pourquoi c'est si difficile ?

Pitoyable.

Pitoyable.

Pitoyable.

– Tu as rencontré ta famille ? demande-t-il.

Passé un moment de surprise, je réponds :

– Oui.

– Et ?

– Je crois que je ne les aime pas trop.

– Désolé de l'entendre.

– Le problème, c'est que Temra les adore.

– Ah.

On pose un verre devant moi. Je n'ai même pas vu Kellyn le commander. La serveuse adresse un sourire tout à fait superflu à Kellyn avant de s'en retourner en balançant des hanches.

Je fixe la chopine, heureuse d'avoir de quoi m'occuper les mains.

Est-ce que je suis égoïste ? Est-ce que je ramène tout à moi ? Suis-je si pitoyable que je ne sais pas me réjouir lorsqu'on me met en présence d'un bienfait ?

Pour rompre le silence qui s'ensuit, je dis :

– Tu dois te demander ce que je fais ici.

Kellyn regarde le fond de son verre en buvant une gorgée.

– Non, pas vraiment.

– Comment ça ?

– Tu n'as pas de boulot pour moi et tu n'as pas terminé celui que je t'ai confié. Donc tu es ici pour une visite de courtoisie.

Déesses, mais c'est vrai ! Enfin, j'ai bien quelque chose dont je veux lui parler, mais je n'ai même pas encore abordé le sujet. Pour l'instant, je suis juste sociable.

Ne réfléchis pas trop. Continue de parler.

– Notre nouveau foyer ne me paraît pas sûr. J'avais besoin de sortir. Je ne connais personne dans cette ville.

– À part moi. Je représentais ta seule option.

– J'aurais pu m'enfermer dans ma chambre, dis-je en fixant le contenu de ma chope.

– Ou faire la conversation à l'érudit. À moins qu'il ait pris le parti de ta sœur ?

– Le parti de ma sœur ?

– Vous vous êtes disputées, non ? Pourquoi tu serais ici si tu pouvais te cacher dans les jupes de ta sœur ?

Ses mots me choquent tellement que je manque en lâcher mon verre.

– Pardon ?

Kellyn se passe une main sur le front.

– Je me suis mal exprimé. Tout ce que je dis, c'est que tu es très attachée à elle. Tu peux à peine commencer une phrase sans compter sur elle pour la terminer à ta place.

Je hausse les sourcils.

– Je ne dis pas que c'est mal. Juste que tu es terriblement dépendante d'elle et que ce n'est peut-être pas si mal que tu sortes un peu toute seule, une fois de temps en temps. La Forge, ce que j'essaie de dire, c'est que je suis content que tu sois venue me voir.

Démêler la portée de toutes ces phrases, c'est au-dessus de mes forces. Je devrais peut-être faire semblant de prendre une gorgée de ce verre que je n'ai pas réellement l'intention de boire ?

– Je n'aime pas sortir, dis-je.

– Je sais.

– Je déteste la plupart des gens.

– Je sais.

– Je ne bois même pas.

Il sourit.

– J'avais deviné. Tu aimes juste avoir de quoi t'occuper les mains, n'est-ce pas ?

À ces mots, je soutiens son regard. Comment en sait-il autant sur moi ?

Il te trouve belle.

Je rougis. Tout cet échange est humiliant. Si je m'enfuyais en courant, est-ce qu'il me courrait après ?

– Qu'est-ce qui vient de se passer ? demande-t-il.

– Quoi ?

– Tu avais l'air à l'aise il y a un instant, et maintenant on dirait que tu es prête à prendre tes jambes à ton cou. J'ai fait quelque chose de mal ?

– Non, c'est moi.

C'est toujours moi.

– Je ne sais pas faire la conversation.

– Tu t'en sors très bien.

C'est gentil de sa part, mais je suis à peu près certaine qu'il ment pour me ménager.

Face à mon silence, il m'interroge :

– Est-ce que tu vas finir par me dire ce que le glaive t'a révélé d'autre me concernant ?

Je baisse les yeux, étudiant le grain du bois de la table, faisant tourner lentement la coupe entre mes mains.

– Non.

– Oh, allez ! Comment tu peux refuser de me dire mon propre secret ?

– C'est trop humiliant, je murmure.

Il contracte la mâchoire.

– J'ai fait des choses dans le passé dont je ne suis pas fier. Je veux savoir laquelle t'a révélé le glaive.

Voyant qu'il y a méprise, je précise :

– Je ne voulais pas dire humiliant pour toi, mais pour moi !

Aussitôt, il se détend, ayant manifestement compris à quoi je faisais allusion.

– Je te trouve attirante.

Un poids sur la poitrine me coupe soudainement le souffle.

– Je trouve ça adorable quand tu bégayes. J'aime le fait que tu restes fermée face à la plupart des gens. Ça me donne l'impression d'avoir relevé un défi quand j'arrive enfin à gagner ta confiance. Tu as la taille parfaite. J'ai à peine besoin de me pencher pour te regarder dans les yeux. Quand tu tritures tes mains, ça me donne envie de les prendre dans les miennes et…

– Arrête !

– Est-ce que le glaive t'a dit tout ça ?

– Ça et bien plus ! je rétorque sèchement.

Je n'arrive pas à le regarder. Il ne voit pas à quel point je suis gênée ? Ça l'amuse de me voir si troublée ? C'est ça son but ?

– Je suis désolé, dit-il. Tu pourrais me rendre la monnaie de ma pièce. Me dire quelques-uns de tes secrets me concernant. Comme ça, on serait quittes.

– Je n'ai pas de secrets te concernant.

– Vraiment ? Alors pourquoi tu es venue me voir plutôt que de rester avec ta famille ?

D'une voix à peine plus haute qu'un murmure, je réponds :

– Ils me tueront s'ils apprennent ce que je suis.

Un silence pesant s'installe entre nous tandis que, tout autour, la taverne bruisse d'un brouhaha joyeux. La vie continue pour tous, comme si la mienne ne venait pas de s'effondrer. Comme si je n'éprouvais pas la peur la plus abjecte de toute mon existence.

– Ils font partie d'une secte religieuse qui veut exterminer la magie, quoi qu'il en coûte. Voilà pourquoi je suis ici. Pour te demander si tu accepterais une rallonge en argent plutôt qu'un espadon magique. Je ne peux pas prendre le risque de te le fabriquer et de révéler ainsi à cette ville l'étendue de mes pouvoirs. Tu avais raison de nous avertir quant à cette cité et ses habitants. Je crains pour ma vie et pour celle de ma sœur, à cause de sa parenté avec moi.

Kellyn pose son verre.

– Je n'avais pas réalisé que c'était si grave.

– Ça l'est, et j'ai peur.

C'est peut-être imprudent de l'admettre devant lui, mais c'est la vérité.

– Quand tu te sers de la magie, c'est impossible de le dissimuler ?

Je hausse les épaules.

– Ça dépend du résultat de la magie.

– Tu ne t'en sers qu'à la fin, et une seule fois, non ? Ce n'est pas comme si une lumière brillante te sortait des doigts tout au long du processus, si ?

– Non. Mais si quelqu'un me voit ?

– Je pourrais venir avec toi, propose-t-il. Rester dans la forge pendant que tu travailles. Je te protégerais.

J'avale ma salive et choisis d'être honnête.

– Je ne sais pas si je serais capable de travailler devant toi.

– Devant moi en particulier ? Ou devant qui que ce soit ?

Les deux, en fait, mais ses paroles me réconfortent tout de même. Il me protégera ? Il va passer ses journées assis dans la forge avec moi ? Pour assurer ma sécurité ? Personne d'autre que Temra n'a jamais fait ça. Comme je ne réponds pas, il ajoute :

– Je ferai même fuir quiconque tentera de t'interrompre.

Je plonge mon regard dans ces yeux brun doré encadrés de boucles d'un roux doré. Comment ce garçon fait-il pour me comprendre si bien et si vite ? Est-il toujours aussi observateur ? Ou bien ne l'est-il qu'avec moi ? Ou encore, peut-être qu'il a vraiment très très envie de cette épée.

Cette dernière hypothèse me paraît de loin la plus probable.

Pourtant, ça ne change rien au fait que je me sens légèrement plus à l'aise en sa présence. Ce n'est pas parfait. Il continue de me rendre nerveuse de temps à autre, mais j'ai choisi de venir ici, n'est-ce pas ? C'est déjà énorme pour moi.

Et puis, bien que je n'aime fréquenter personne, lui, je l'aime bien. J'en ai presque oublié la foule de la taverne pendant qu'on parlait. Kellyn a cet effet sur moi. Une façon de retenir mon attention qui me permet de faire abstraction de ce qui m'entoure. Malgré tout, lorsque les portes de la taverne s'ouvrent sur une personne qui entre en courant, je le remarque aussitôt.

Petrik balaie la salle d'un regard circulaire et, quand il m'aperçoit, il se dirige droit vers moi. Il trimballe tout le baluchon d'armes, y compris Mange-Secrets, et porte sur le dos son sac plein de livres.

– On… doit… faire… vite, souffle-t-il entre deux halètements.

Est-ce qu'il a couru tout du long depuis le domaine familial ?

– Qu'est-ce qui se passe ? Temra va bien ?

– On… doit… la… sauver.

Mon cœur s'arrête. Le monde se fige pendant deux secondes avant de reprendre sa course, plus folle et plus rapide qu'auparavant.

– Qu'est-ce qui s'est passé ? Elle l'a enlevée ?

Ma voix se brise. Petrik halète encore avant de cracher le morceau :

– Oui, ta grand-mère. Elle est persuadée que Temra a des pouvoirs magiques. Ils vont la sacrifier aux déesses.

– Quoi ?

Quand j'ai dit « elle », je pensais à Kymora, mais je suis heureuse de la méprise de Petrik.

– Tes oncles aident Volanna. Je les ai vus s'en prendre à Temra et l'emmener. Je pense qu'ils se rendent à l'église. Je savais que je ne pourrais pas les arrêter tout seul. Je suis venu aussi vite que j'ai pu et j'ai apporté les armes.

– Allons-y.

Je pars en courant derrière Petrik, puis m'arrête après quelques mètres. Le mercenaire ne suit pas.

– Qu'est-ce que tu fiches ? J'ai dit « allons-y » !

Kellyn me lance un regard douloureux.

– On ne peut pas combattre seuls autant de gens. Ce serait du suicide.

– On avisera quand on sera à l'église !

Il me fixe dans les yeux encore un instant avant de soupirer :

– Normalement, je me fais payer pour ce genre d'idioties.

Il me faut un moment pour bien comprendre ce qu'il vient de dire tellement je suis choquée. Alors je fouille dans mes poches, trouve la bourse pleine de pièces et la lui jette à la figure. Elle le frappe à la tête avant d'atterrir sur le sol. Je ne m'attarde pas pour voir s'il la ramasse. Je suis Petrik dans le dédale des rues, courant à toute vitesse. Bientôt, j'entends un martèlement de pas derrière moi et m'accorde une seconde de soulagement en comprenant que Kellyn a décidé de venir avec nous. Comme Petrik s'empêtre avec le baluchon d'armes, je le lui prends des mains. Avec le bâton et la lance qui dépassent de chaque côté, c'est trop difficile à porter.

– Petrik, prends le bâton et la lance Sanguine.

Il s'exécute, reprenant sa course avec une arme dans chaque main.

Je lance l'épée courte à Kellyn, qui l'attrape sans poser de questions, pendant que j'attache Mange-Secrets à ma taille. Je n'ai pas l'intention de faire usage de cette arme maudite, mais j'ai besoin d'avoir les mains libres. Le glaive pèse lourdement à mon côté, mais qu'importe : je pousse plus fort sur mes jambes.

Enfin, je reprends l'épée courte des mains de Kellyn.

Nous traversons la ville à toute allure, sans nous soucier de piétiner ou bousculer tous ceux qui se trouvent sur notre chemin. Plus rien n'a d'importance que Temra.

Elle ne peut pas être blessée. Elle ne peut pas… Elle va bien, c'est sûr !

J'adresse une prière à Ebanarra, à Tasminya, à quiconque m'entend. *Sauvez ma sœur et je ferai tout ce que vous voudrez.* Tout.

La montée raide est un cauchemar. Ça grimpe dur à mesure qu'on s'éloigne des fjords en direction des limites Est de la ville. Pourtant j'embrasse la douleur, la brûlure dans mes cuisses : j'accepterai n'importe quelle punition si c'est pour garder ma sœur.

– C'est quoi, le plan ? demande Kellyn.

– Le plan, c'est de la sauver.

– J'ai compris, mais ils sont nettement plus nombreux, et ni toi ni Petrik ne savez vous battre. Donc ça fait moi tout seul contre combien ?

Je n'ai pas envie d'entendre à quel point c'est perdu d'avance. Pourquoi ne peut-il pas simplement…

– Il est peu probable qu'ils sachent manier les armes, intervient Petrik. Ce sont des fermiers. Et Volanna est une vieille femme. Il ne s'agit que de ses trois fils.

– Des petits gabarits ?

– Euh… non.

– Génial. Si je meurs par ta faute, la Forge, je trouverai le moyen de revenir d'entre les morts te hanter pour l'éternité.

– Du moment que tu sauves ma sœur, je me fiche du reste.

On ne perd pas de temps à inspecter le domaine : Petrik a dit qu'ils se dirigeaient vers l'église, on court droit vers elle.

Lorsqu'on finit par l'atteindre, une petite foule est attroupée devant l'entrée. Les gens sont massés les uns contre les autres, s'efforçant de regarder par-dessus la tête de ceux de devant. On se fraye un chemin, bousculant et poussant ceux qui nous bloquent le passage. À un grand type qui ne bouge pas assez vite, je pique les fesses de la pointe de l'épée courte dans son fourreau. Kellyn ouvre la foule à grands coups d'épaules, et Petrik suit dans son sillage.

Lorsque nous entrons enfin dans la chapelle, tous les bancs sont occupés et les allées sont pleines de gens debout qui regardent vers l'estrade.

Temra est là, ligotée et bâillonnée.

À sa vue, la douleur me déchire le cœur. Tout est ma faute. C'est à cause de moi qu'on en est là, à cause de mes pouvoirs. C'est moi qui suis responsable.

La prêtresse dit quelque chose, mais mon cœur bat si fort que je ne distingue rien. Un de ses sermons délirants, sans aucun doute, faisant de ma sœur un exemple des horreurs de la magie.

Volanna et ses fils se tiennent aux côtés de la prêtresse. Mes oncles ont l'air déterminés, Volanna, en revanche, semble presque attristée par la tournure des événements. Comme si elle en souffrait beaucoup.

Pas assez pour arrêter cette folie, cependant.

La prêtresse tient dans une main un poignard acéré à lame courbe, parfait pour éviscérer des êtres et les regarder lentement agoniser.

Non.

On continue de courir, de pousser, de tenter d'atteindre l'estrade. La prêtresse fait de grands gestes, ponctuant chaque remarque de son arme. Chaque fois que le poignard s'approche de Temra, je crois perdre la raison.

On n'arrivera pas à temps.

– Arrêtez !

J'ai crié aussi fort que j'ai pu.

La prêtresse et les membres de ma famille lèvent les yeux, cherchant la source de ce cri dans la foule.

– C'est moi, la magicienne ! Vous vous êtes trompés de sœur ! C'est moi que vous devez sacrifier !

– Qu'est-ce que tu fiches ? siffle Kellyn. Ferme-la. Tu essaies de rendre les choses encore plus difficiles ?

– Laissez-la passer ! tonne une voix.

Alors la foule s'écarte devant moi, me libérant un passage jusqu'à l'estrade.

– Au temps pour moi, corrige Kellyn. Continue, la Forge.

On ne peut décidément pas se battre contre l'assistance tout entière. J'avais espéré qu'on n'aurait à affronter que Volanna et ses fils, mais c'était évident que la prêtresse aurait à cœur de faire de cette exécution un spectacle. On n'a aucune chance de vaincre plus d'une centaine de citoyens.

– Je forge des armes magiques ! Regardez, les voici ! dis-je en levant l'épée courte dont la lame est noire comme la nuit quand je la tire de son fourreau. Prenez-moi et laissez-la partir !

– On ne peut pas être certain qu'elle dit vrai, rétorque la prêtresse alors que notre trio atteint enfin l'estrade. On devrait les sacrifier toutes les deux, par précaution. On ne peut pas prendre le risque que le fléau de la magie infecte de nouveau notre ville.

– La missive que nous avons reçue indiquait que l'une des sœurs transportait une arme magique, intervient Volanna. On pourrait peut-être simplement confisquer l'arme et rendre leur liberté à ces pauvres filles…

– Hors de question ! s'insurge la prêtresse.

Temra lutte contre ses liens, criant des mots inintelligibles dans son bâillon.

– Ça va aller, lui dis-je en m'avançant.

– Oh, ça m'étonnerait, dit Kellyn derrière moi. Voici ce qui va se passer : vous, la vilaine prêtresse, vous allez libérer la petite turbulente, et nous, on va quitter la ville à tout jamais. Personne ne commettra de meurtre ce soir. La loi l'interdit. Maintenant, relâchez-la.

La prêtresse resserre sa prise sur son poignard, ses phalanges blanchissent sous la pression.

– Non. Les déesses réclament que cette pourriture soit éliminée. Nous ne pécherons pas contre leur volonté.

– La loi a légalisé la magie, réplique Petrik. Vous péchez contre le royaume !

– Le royaume est corrompu. Nous devons nous dresser contre cette corruption. Cela doit cesser.

Kellyn soupire en dégainant son espadon.

– Ce n'est pas un meurtre si c'est de la légitime défense, et je serais ravi de débarrasser cette ville de votre vile présence, déclare-t-il en pointant son épée vers la prêtresse.

– Un pas de plus et elle meurt ! crie la prêtresse en appuyant sa lame sur la gorge de Temra. Vous, les Sotheran, emparez-vous de l'autre.

– Non ! s'écrie Volanna, mais ses fils s'avancent vers moi.

Kellyn s'interpose, leur bloquant le passage. Je commets presque l'erreur de lui en être reconnaissante, avant de me rappeler qu'il n'a pas accepté immédiatement de m'aider à sauver ma sœur.

À côté de moi, Petrik demande :

– Devrais-je jeter la lance ?

– Non, elle pourrait toucher Temra. Elle ne fait pas de distinction, ça ne marchera pas.

Pendant deux secondes, j'envisage de me servir de Mange-Secrets, mais ce serait une mauvaise idée. Je pourrais facilement blesser Temra si je commence à faire des tourniquets avec le glaive. Et aussi Petrik et Kellyn. C'est une arme de destruction massive. Complètement inutile si on cherche à protéger quelqu'un d'autre que soi-même, à moins d'être expert dans son maniement.

Minuit, l'épée courte, ne m'est d'aucune utilité dans les circonstances présentes. Ne reste que…

– Le bâton, Petrik ! Donne-le-moi.

– Quoi ? Pourquoi ?

– Ce n'est pas le moment de poser des questions !

Il m'échange le bâton contre Minuit.

Mon adresse est sans égale quand il s'agit de manier le marteau, mais lancer un projectile est une autre affaire. Cependant, s'il atteint Temra, il ne la tuera pas.

Je prends le temps de viser et lance l'arme de toutes mes forces.

Grâce à ses embouts ferrés, le bâton tourne sur lui-même en fendant l'air, sa vitesse accrue par la magie. Il faut tout de même que je le dirige.

Il manque complètement la prêtresse à l'aller, comme je le voulais, mais en dégageant rudement Petrik, je modifie la trajectoire entre le bâton et moi. Et lorsqu'il revient en arrière vers son lanceur, tournant toujours sur lui-même, il atteint la prêtresse en pleine tête. Elle s'écroule sur le sol, les yeux révulsés, lâchant le poignard. Le bâton poursuit sa course dans ma direction, et je l'attrape au vol.

– Un bâton boomerang ? s'émerveille Petrik.

J'avais oublié que je ne lui avais jamais décrit le pouvoir de ce bâton. Kellyn nous avait interrompus en demandant qu'on essaie Mange-Secrets sur lui.

Je pose Toupie – c'est Temra qui l'a baptisé ainsi – par terre et reprends l'épée courte des mains de Petrik avant de me précipiter vers ma sœur. Maintenant que Petrik sait comment fonctionne le bâton, je lui fais confiance pour s'en servir à bon escient. Et il ne me déçoit pas.

Du coin de l'œil, je vois Toupie s'envoler. Les fils de Volanna forment une ligne, ils tentent de s'en prendre à Kellyn. Le bâton les frappe chacun tour à tour, un coup à chaque rotation : le premier le reçoit dans l'estomac, le deuxième en pleine tête, le troisième à l'entrejambe.

Sans hésiter, Kellyn s'avance pour achever la besogne, assommant chacun des fils d'un coup du pommeau de son épée tout en esquivant Toupie qui revient entre les mains de Petrik.

Je rejoins Temra et coupe ses liens grâce à Minuit. Elle retire son bâillon pendant que je tranche les nœuds qui entravent ses chevilles.

– Je suis désolée pour ce que je t'ai dit, Ziva…

– Plus tard.

Lorsque Volanna fait un pas vers nous, je pointe l'épée courte sur elle.

– Je vous jure que je ne vous voulais pas de mal, pleurniche Volanna. C'était plus fort que moi : je ne pouvais pas ignorer le danger que représente la magie.

De dégoût, je secoue la tête.

– Vous nous avez trahies. Comme vous avez trahi votre fils. Notre père avait tellement honte de vous qu'il s'est enfui pour pouvoir épouser notre mère, qu'il savait magicienne. Ils étaient heureux. Et nous aussi. À présent, vous êtes morte pour nous. C'est la dernière fois qu'on se voit.

– La Forge ! hurle Kellyn.

À son cri, je me retourne : toute l'assistance des dévots est debout, prête à nous charger.

– Il y a une sortie par-derrière, dit Volanna. Par ici, fuyez !

C'est peut-être un piège, une impasse, mais c'est toujours mieux que d'affronter une horde entière.

Nous courons dans la direction indiquée.

Chapitre
— 13 —

Finalement, Volanna ne mentait pas. On lui doit au moins ça. On dévale les marches d'albâtre de l'église et on se met à courir. La meute en colère nous poursuit. La bonne nouvelle, c'est qu'aucun d'entre eux n'est armé, mais il semblerait que la foi compense largement.

Je passe l'épée courte à Temra, puisqu'elle sait s'en servir, et garde la lance, même si je ne peux pas la jeter sur nos adversaires parce qu'il faudrait que je retourne ensuite la chercher. Petrik n'a pas ce problème avec Toupie et il s'en donne à cœur joie, fauchant vague après vague des Thersans qui, en tombant, font trébucher les rangs suivants. Le bâton regagne la main tendue de Petrik à chaque fois, comme une pierre d'aimant attirée par le fer.

Peu à peu, nous gagnons du terrain. Alors ils commencent à nous jeter des projectiles. La première pierre atteint Kellyn à l'épaule, la deuxième, en plein dans le dos.

– Ah, je vois ! Ils visent la plus grosse cible. Ça suffit.

Refusant de continuer à courir, il se plante fermement sur ses deux pieds, tandis que le reste de notre troupe ralentit sans pour autant s'arrêter.

– Kellyn ! crie Temra par-dessus son épaule. Qu'est-ce que tu fais ?

De la pointe de son épée, il trace une ligne dans la poussière de la route, d'un bord à l'autre. Puis il tonne d'une voix que je ne lui connaissais pas :

– Quiconque franchira cette ligne verra sa tête séparée de son cou !

Les Thersans s'arrêtent juste avant la ligne, mais un citoyen plus grand que les autres, au premier rang, joue avec une grosse pierre en affichant un rictus menaçant.

– Essaie pour voir, le nargue Kellyn qui se lance dans une série de passe d'armes impressionnante, faisant la démonstration de son habileté à l'épée.

Il s'est métamorphosé en brute massive avec, dans les yeux, une lueur de mort.

– Abomination ! hurle quelqu'un à l'arrière de la foule.

– Les déesses réclament du sang !

– Détruisons le fléau de la magie !

La horde est en furie, sans oser toutefois franchir la ligne tracée par Kellyn.

– Oh, les déesses en auront, du sang. À vous de décider si ce sera le vôtre. Le premier volontaire peut s'avancer.

Je retiens mon souffle face au massacre annoncé, prête à fermer les yeux si ça devient trop sanglant.

Une personne du premier rang bat en retraite, décidant apparemment que le jeu n'en vaut pas la chandelle. Je prie pour que les autres l'imitent.

Mais à ce moment-là, un mouvement agite la foule, comme si ceux de l'arrière poussaient vers l'avant. Kellyn, qui voit plus loin grâce à sa haute taille, se met à jurer.

– Les gardes de la ville ! crie-t-il avant de tourner les talons.

Ah, eux seront armés, à coup sûr.

Avec sa longue foulée, Kellyn nous a bientôt dépassés et quitte aussitôt la route, plongeant sous le couvert des arbres. Réflexe judicieux, car nous avons peu de chances de distancer des gardes aguerris. Notre seul espoir est de les semer dans la forêt.

Je les entends crier derrière moi tandis que des branches feuillues m'égratignent les joues. Mes bottes s'enfoncent dans la terre humide et me ralentissent. Mange-Secrets me déséquilibre, le poids de mes confessions me tirant vers la gauche.

Nous slalomons entre les arbres, Temra et moi obligées de soulever nos jupes pour éviter qu'elles ne s'accrochent aux broussailles. Petrik est mieux loti, ayant troqué sa toge d'érudit contre un élégant pantalon et une chemise à froufrous pour la messe du matin.

Régulièrement, Kellyn jette un œil par-dessus son épaule pour s'assurer que nous suivons toujours, et je fais pareil pour voir où en sont nos poursuivants.

Beaucoup trop proches.

Soudain, au détour d'un arbre, le mercenaire se met à faire de grands moulinets avec les bras, comme pour tenter de freiner son élan.

– Stop ! crie-t-il, mais il est trop tard.

Devant ses pieds s'ouvre une pente raide. À peine moins raide qu'un précipice, en fait.

Nous basculons dans le vide, et je perds l'équilibre, tombant sur les fesses alors que la boue se dérobe sous mes pieds. D'ailleurs, c'est tout une partie de la terre qui semble dégringoler en même temps que nous.

Une coulée de boue.

À ma droite, Petrik chute en roulé-boulé, tandis qu'à ma gauche, Temra glisse sur le flanc, sa jupe remontée jusqu'aux hanches.

Je crois que je hurle. Anticipant la terre ferme qui doit se trouver, c'est sûr, au bout de cette glissade interminable, je me demande quelle sera la brutalité de l'impact.

Au lieu de quoi, tout s'évapore : plus de sol, plus de boue, plus de glissade.

Je suis en chute libre.

J'entends une cascade bouillonner non loin, même si j'arrive à peine à identifier le son dans le chaos des sensations qui me traversent.

Et puis, je sens mes genoux céder au moment où mes pieds heurtent la surface de l'eau et je bois la tasse. Je n'arrive pas à distinguer le haut du bas, jusqu'à ce que je vienne cogner contre un rocher qui me permet de m'orienter tout en me meurtrissant. Poussant des pieds sur le fond, je parviens à remonter à la surface, mais Mange-Secrets, plus lourd que jamais, m'entraîne de nouveau vers le fond. En proie à la panique, je lutte avec le nœud de la ceinture qui attache le glaive à ma taille, mais le cuir mouillé résiste. Quelque chose me frôle dans l'eau, je m'en écarte, imaginant de gros poissons ou des oiseaux ou que sais-je. Mais c'est une main qui me prend par le bras et me tire vers le haut. Je bats des jambes de toutes mes forces, tout comme mon sauveur.

Lorsque je parviens enfin à la surface et avale une grande bouffée d'air, je m'imagine trouver Kellyn accroché à mon bras. Mais c'est Temra.

– Je te tiens, dit-elle. Je ne te lâcherai pas.

Nous nageons jusqu'à la berge où Kellyn est en train de hisser Petrik hors de l'eau. Ils sont en pleine dispute, donc je sais au moins qu'ils respirent tous les deux.

– ... un homme adulte qui ne sait pas nager !

– J'ai été élevé dans une bibliothèque ! Il n'y avait ni lac ni rivière, pas même une foutue flaque dans cette bibliothèque !

Ayant rampé jusque sur la terre ferme, je roule sur le dos pour reprendre mon souffle. De la boue, des roches et même de petits arbres plongent encore dans le lac à l'endroit où nous sommes tombés.

Les gardes ont disparu, déesses merci, dissuadés par le précipice dangereux.

On s'en est sortis !

Kellyn nous force à nous relever et nous pousse vers la route la plus proche. La menace semble s'être éloignée, mais ce n'est peut-être que provisoire.

Au bout de quelques heures, nous faisons enfin halte. Kellyn dégage un chemin à travers les arbres, et nous nous laissons tomber, haletants, sur un lit de mousse, à deux cents mètres environ de la route.

– On a tout perdu, dis-je. Nos vêtements de rechange, tous les vivres, la jument…

– Pauvre Reya, se lamente Temra.

– Ils ne feront pas de mal à la jument, lui assure Petrik. Elle mènera probablement une bonne vie paisible à la ferme. Tu n'as pas à t'inquiéter.

– Au moins, nous avons l'arme. Les armes, se corrige-t-elle, pour ne pas attirer l'attention sur le glaive. Et de l'argent, non ? ajoute-t-elle en se tournant vers moi. Tu emportes toujours une grosse bourse pleine de pièces. Au cas où.

Je lance alors un regard accusateur en direction de Kellyn.

– Non, on n'a pas d'argent. On ne l'a plus.

– La bourse est tombée dans le lac ?

– Non, explique Petrik. Le mercenaire refusait de nous aider à te sauver à moins d'être correctement rémunéré. On serait arrivés plus tôt si Ziva n'avait pas dû le *persuader* de venir.

– Tu exagères, se défend Kellyn. Ça ne s'est pas passé comme ça.

– Ah bon ? je le coupe. Et comment tu dirais que ça s'est passé ?

– J'ai dit qu'affronter la ville entière serait idiot. Je voulais dire qu'on avait besoin d'un plan avant de se jeter dans la gueule du loup !

Petrik secoue déjà la tête avant même que le mercenaire ait terminé sa phrase.

– Tu nous as suivis seulement après que Ziva t'a donné tout ce qu'elle avait sur elle. Tu es méprisable.

– Vous autres, vous vouliez que je me batte contre cent villageois, pardon d'avoir hésité ! D'ailleurs, toi tu as bien pris le temps de récupérer tes bouquins avant de venir alerter Ziva.

– Ils étaient déjà empaquetés, il ne m'a pas fallu plus d'une seconde pour les jeter sur mon épaule. Et de toute façon, il fallait que j'emporte les armes, je savais qu'on en aurait besoin. Ne me mets pas ça sur le dos. C'est toi qui n'as pas immédiatement couru au secours de Temra.

– Peu importe, intervient Temra, coupant court à la dispute.

Son ton raisonnable m'impressionne. Elle devrait être furieuse. Après tout, c'est elle qui a failli mourir.

– On a besoin de trouver un refuge pour se planquer, et on a besoin de ravitaillement.

Temra, Petrik et moi, épuisés et encore trempés, tenons conciliabule.

– J'ai un peu de nourriture dans mon paquetage, dit Petrik. On peut aussi cueillir quelques fruits. On sera obligés de dormir par terre, mais en se serrant les uns contre les autres, ça devrait aller.

Temra hoche la tête.

– On a besoin d'un but, d'une destination. D'un endroit où repartir de zéro.

– On marche déjà en direction de la capitale de Lisady, ajoute Petrik. La grande ville serait parfaite pour vous y cacher et prendre un nouveau départ.

Oh, que je déteste cette idée !

– On pourrait tout aussi bien se cacher dans les bois. Loin des gens. On pourrait vivre des fruits de la nature.

– On ne sait pas chasser, Ziva, et je crois qu'on n'a envie ni l'une ni l'autre de manger exclusivement des fruits jusqu'à la fin de nos jours. Je suis d'accord avec Petrik. On devrait se cacher dans la capitale. Il y aura du travail, on pourra se trouver une petite chambre à louer.

– Pour louer, il faudrait déjà qu'on ait de l'argent. On n'en a pas, je rappelle en coulant un regard meurtrier vers Kellyn.

Mais Temra répond avant qu'il puisse intervenir :

– On n'a qu'à vendre une de tes armes. La lance. Aucun de nous ne sait s'en servir, au moins comme ça, elle nous sera utile.

J'ai envie de protester. Je sens un frisson me parcourir l'échine rien qu'à l'idée de vivre dans la capitale. Mais le raisonnement de Temra se tient, je n'ai aucun argument à y opposer.

– Qu'est-ce qui se passe ? demande Kellyn derrière nous. Vous croyez que je vais juste prendre l'oseille et me tirer ? Je nous trouverai des vivres. Je vous escorterai jusqu'à la ville la plus proche. Tout ira bien. Et de toute façon, je ne vous lâcherai pas tant que je n'aurai pas cet espadon magique. Où la forgeronne va, j'irai aussi !

De nouveau, nous tenons conseil à trois.

– Je n'aime pas ça, dis-je.

Ou plutôt, je ne l'aime pas *lui*.

– Moi non plus, renchérit Petrik.

– Ça ne change rien au fait qu'on a besoin de lui, tempère Temra.

– Tu es une excellente combattante, déclare Petrik. On s'en sortira.

– Ç'a beau me réjouir de te voir enfin me reconnaître une qualité, je ne suffirai pas, et vous le savez tous les deux. Et si on tombe sur une nouvelle meute de loups ? Ou sur des bandits ? Ou sur nos poursuivants ?

Elle a raison.

Ça me tue qu'elle ait raison.

– D'accord. À toi de lui dire qu'il peut venir avec nous.

Maintenant que le danger immédiat est passé, je me sens proche de l'effondrement. Avant de craquer devant tout le monde, je me retire. Je m'éloigne de soixante pas, puis m'arrête et me laisse glisser sur le sol mouillé, me fichant complètement de souiller ma jupe. De toute façon, je suis encore trempée après ma baignade forcée dans le lac.

J'ai failli perdre ma sœur.

Pour toujours.

J'ai peut-être perdu tout le reste. L'argent. La jument. La forge. Mon foyer. Mais tout cela n'est rien quand je pense que j'ai failli perdre ce qui compte le plus au monde pour moi.

Je m'abandonne aux larmes, m'autorise le réconfort des pleurs. Appuyant mon dos au tronc d'un arbre, j'entoure mes genoux de mes bras.

Comment tout a pu déraper si vite ? Comment ai-je pu nous mettre dans cette situation ? Mes pensées s'assombrissent à mesure que le soleil décline, jusqu'à ce que j'entende Temra m'appeler.

– Ici ! je crie.

Mes larmes ont depuis longtemps séché. Temra s'accroupit près de moi et je la serre dans mes bras.

– J'ai cru te perdre.

– Je vais bien, tu es venue me sauver.

– Je viendrai toujours te sauver.

Elle me passe une main dans les cheveux.

– Même quand je suis odieuse avec toi ?

– Je te pardonne.

– Ziva, ce que j'ai dit, je n'en pensais pas un mot. J'étais juste tellement soulagée de connaître enfin notre famille, d'avoir l'impression qu'on avait retrouvé une place, peut-être meilleure que celle d'avant. Je voulais juste me sentir en sécurité, et tu m'enlevais ça. Tu me rappelais des faits que je ne voulais pas entendre. C'est moi qui t'ai mise en danger en refusant de t'écouter. Je te jure que ça n'arrivera plus jamais. Tu es ma sœur, la seule famille dont j'ai besoin. Je ne l'oublierai pas une deuxième fois.

– Merci.

À présent, c'est elle qui me serre dans ses bras, m'offrant sa consolation. Je me sens coupable de la chercher chez ma petite sœur. C'est moi qui devrais la protéger et la réconforter. J'ai failli causer sa mort deux fois. Je me demande à nouveau si elle ne s'en tirerait pas mieux sans moi.

– Je hais ce mercenaire, dis-je au bout d'un moment. Il n'a aucun honneur. Tu es sûre qu'on ne peut pas s'en passer ?

Elle ne se donne même pas la peine de répondre. J'enfouis mon visage contre son épaule.

– Il nous a ralentis, Temra. Il s'est vraiment mis à parler d'argent alors que tu étais en grand danger. Quel genre de personne réagit ainsi ?

– Il est ce qu'il est. On ne doit rien en attendre de plus. La seule chose sur laquelle on peut compter, c'est qu'il fera toujours ce qu'on lui demande s'il attend quelque chose de notre part. Ça devrait être un soulagement.

– Ça ne l'est pas.

Le plus embarrassant, c'est que j'ai presque cru qu'on devenait amis. Que j'avais enfin trouvé quelqu'un que je pouvais supporter et qui ne soit pas ma sœur. Je n'avais jamais connu ça.

Et puis, il a tout fichu par terre.

On a peut-être besoin du mercenaire pour notre survie, mais je m'accorde le droit de le détester à chaque minute de notre voyage.

– Ce serait possible que ta réaction soit exagérée ? suggère Temra.

– Comment ça, exagérée ? C'était une question de vie ou de mort !

– Je tiens juste à m'assurer que tu ne cherches pas un prétexte pour le repousser.

– Qu'est-ce que c'est que ces idioties ?

– Il commençait à te plaire. Ça t'a peut-être un peu effrayée…

– Premièrement, il ne commençait pas à me plaire. (Mensonge.) Deuxièmement, que quelqu'un me plaise n'aurait rien d'effrayant. (Sans doute encore un mensonge.) Troisièmement, il discutait au lieu de courir, Temra. S'il avait des questions, rien ne l'empêchait de les poser en courant.

– Je ne crois pas qu'il ait pour habitude de se lier d'amitié avec ses employeurs. Négocier est une seconde nature chez lui. C'est son boulot, Ziva.

– Tu veux bien arrêter de le défendre ? J'ai envie d'être en colère !

– OK, très bien, sois en colère. On déteste Kellyn. Il est parfaitement odieux, et si on n'avait pas besoin de sa protection, on l'enverrait paître.

– Merci, dis-je en scrutant son visage. Tu ne serais pas en train de te moquer de moi ?

– Moi ? Jamais ! dit-elle en étouffant un gloussement.

Ignorant son mensonge, je me blottis contre elle. Un silence confortable s'installe. Je savoure le fait qu'elle soit en vie, avec moi.

– Je veux que tu saches : quoi qu'il arrive, je prendrai soin de nous. Tu n'as pas à t'inquiéter. Je trouverai du travail à la capitale. On se louera un endroit rien qu'à nous aussi vite que possible. Un petit appartement.

– *On* trouvera du travail, corrige-t-elle, et puis on louera un plus grand appartement. Ou peut-être une petite maison de ville aux portes de la cité.

– Tu n'as pas besoin de…

– Arrête, Ziva. Je vais travailler moi aussi. Tu ne pourras plus exercer en tant que forgeronne. Tu ne feras plus ce que tu aimes, et tu ne gagneras pas aussi bien ta vie. Ça sera difficile, mais ensemble, on y arrivera. Arrête d'essayer de t'occuper de moi. Je ne suis plus une petite fille, et quand tu suggères que je n'aurai à participer en rien, tu m'insultes.

Je suis très fière d'elle, même si ses paroles me brisent le cœur.

– Compris.

Je sais qu'elle a raison, mais je ne peux pas m'empêcher de penser que je l'ai trahie, d'une certaine façon.

Que j'ai trahi mes parents.

Chapitre 14

Il y a désormais une distinction nette entre *nous* et *lui* au sein du groupe. Petrik, Temra et moi marchons à bonne distance derrière Kellyn, fixant le dos de cet homme odieux.

Je n'arrive pas à croire que je l'aie un jour trouvé séduisant. À présent, il est plus laid à mes yeux qu'aucun autre homme.

Lorsque nous nous arrêtons pour bivouaquer, Petrik tire de son paquetage les maigres victuailles qu'il nous reste. Une miche de pain détrempée. Un peu d'avoine restée sèche par miracle dans sa bourse de cuir et de la viande séchée. Et c'est tout.

– Ça nous tiendra jusqu'à ce qu'on puisse faire du troc avec d'autres voyageurs sur la route, déclare Kellyn, se montrant pour une fois optimiste.

S'il essaie de regagner nos bonnes grâces, ça ne marchera pas.

– Elle est loin, la capitale ? veut savoir Temra.

– Un peu plus d'une semaine de marche.

Nous allumons un feu et Petrik fait bouillir un peu d'avoine avant de sortir ses livres. Temra et moi contemplons les antiques volumes consacrés à la magie ancienne : ils sont imbibés d'eau et les pages sont gondolées, mais l'encre paraît en grande partie intacte. Une larme muette roule sur la joue de l'érudit. Sans un mot, Petrik entreprend de tourner les pages une à une près du feu pour les sécher, en attendant que notre bouillie soit prête. Je décide d'aller l'aider : je sais ce que c'est de perdre le travail d'une vie.

De son côté, Kellyn affûte sa lame sur une pierre à aiguiser. De temps à autre, il ouvre la bouche comme s'il voulait dire quelque chose, avant de se raviser. Dégainant son épée courte, Temra s'approche du serpent.

– Allons-y, mercenaire.

– Tu me défies en duel ? demande-t-il sans une once d'humour.

– C'est l'heure de notre session d'entraînement.

La pierre à aiguiser émet un crissement perçant au moment où Kellyn manque la lâcher.

– Tu veux toujours que je t'aide dans ton apprentissage des armes ?

– Bien sûr.

Il jette un coup d'œil du côté où Petrik et moi sommes assis.

– Je croyais que vous aviez tous décidé de n'avoir aucune interaction avec moi.

Temra lui sourit. Elle *sourit* à ce type !

– Ils ne te portent pas dans leur cœur en ce moment, mais j'ai besoin de l'entraînement. Prépare-moi mieux pour la prochaine fois où je devrai me battre seule contre quatre.

Après un grognement, il accepte :

– D'accord. On y va.

Ils s'éloignent du feu et se trouvent une petite clairière un peu à l'écart, mais à portée d'oreille.

– Quand on t'a attaquée, demande Kellyn, comment ça s'est passé ?

Il tient son épée brandie, qu'il contemple au lieu de regarder ma sœur. Celle-ci, en préparation de leur séance, se livre à quelques étirements.

– Je m'étais retirée dans ma chambre. Je me demandais si je devais rejoindre Ziva. Je lui avais dit des choses idiotes et je lui devais des excuses. Volanna est entrée la première, après avoir frappé à la porte. Elle était aimable, comme toujours. Elle a commencé à poser des questions sur ma mère, et j'ai compris qu'elle essayait de me faire avouer qu'elle avait possédé des pouvoirs. J'ai menti et voulu changer de sujet. Alors elle s'est mise à fouiller ma chambre. J'ai tenté de la dissuader, mais elle a trouvé les armes sous le lit et s'est mise à hurler. Ses fils ont rappliqué en courant, ils ont fait irruption dans la chambre tous les trois en même temps. Je tournais sur moi-même pour éviter qu'il y en ait un qui se glisse derrière moi. Volanna a essayé de les retenir, mais ils ne l'ont pas écoutée ; elle a fini par céder et leur prêter main-forte.

Temra se penche en avant pour toucher ses orteils, se redresse et, levant une jambe derrière elle, s'attrape la cheville et la tire vers son dos.

– Je ne m'attendais pas à ce qu'elle m'empoigne. Erreur stupide. De toute façon, je ne sais pas si j'aurais pu faire quoi que ce soit face à autant d'adversaires.

Kellyn, affichant toujours une parfaite indifférence, dépose son épée.

– Comment elle t'a empoignée ? Montre-moi.

Temra s'avance et saisit l'avant-bras de Kellyn à pleine main, comme dans un étau.

– L'instinct, c'est d'essayer de dégager son bras, mais il est bien plus efficace de frapper.

En parlant, il lui montre une suite de mouvements, comment frapper du tranchant de la main libre sur le poignet de l'adversaire pour lui faire lâcher prise. Ensuite, ils reprennent du début, et cette fois, il la repousse en arrière et mime une série de coups de genou dans l'estomac.

– Sers-toi de la proximité de l'ennemi contre lui.

Après quelques minutes de répétitions, il explique :

– Même moi, j'ai du mal quand je suis en infériorité numérique. Quand c'est le cas, il faut intimider l'adversaire ou être plus malin que lui. C'est plus difficile à enseigner.

Pour terminer, ils enchaînent quelques passes d'armes avec leurs épées respectives. Entendre le récit de Temra m'a fait mal au cœur. Elle a dû avoir si peur, se sentir si seule ! Je n'aurais jamais dû la laisser.

Petrik ne s'occupe que de ses livres. Je crois qu'il s'efforce de ne plus pleurer.

– Des volumes vieux de mille ans, et je les laisse tomber dans un lac, dit-il d'une voix brisée. Je n'ai jamais eu autant l'impression d'être un raté voué à l'échec.

– Non, Petrik, tu n'as pas échoué. Tu as sauvé Temra. Merci d'être venu me chercher dès que tu l'as sue en danger.

– Si c'est pour mon livre que je me suis lancé dans ce voyage, nous sommes devenus amis entre-temps. Bien sûr que je suis là pour elle, pour vous deux. Je sais que je ne suis pas bon à grand-chose, mais je serai à vos côtés aussi longtemps que vous voudrez bien de moi.

Il observe un moment le duo qui s'entraîne, et tandis que je le regarde regarder ma sœur, une certitude m'apparaît très nettement : elle lui plaît. Il n'en a jamais rien montré à Temra, mais c'est clair comme de l'eau de roche. Sait-il qu'à l'instant où il témoignera d'un début d'intérêt, elle cessera de flirter avec lui ? Elle aura sa victoire et se lassera aussitôt. Peut-être est-ce pour cela qu'il ne laisse rien paraître devant elle ?

Il est plus subtil que je ne le croyais.

Lorsque je suis de nouveau seule avec mes pensées, elles me ramènent malgré moi à mon père, étant donné que je viens de couper les ponts définitivement avec sa famille. Il me manque. Sa voix grave me manque. Ses bras épais autour de moi. Je ne me rappelle pas grand-chose de tout ce qu'il a pu me dire, mais je me souviens qu'avec lui, je me sentais en sécurité.

Et je comprends maintenant à quel point il devait aimer ma mère pour avoir laissé derrière lui tout ce qu'il connaissait afin d'entamer une vie nouvelle avec elle. Je me demande si cette vie n'a pas fini par le rattraper.

Est-ce que c'étaient des intégristes religieux, ceux qui sont entrés par effraction cette nuit-là et ont tué mes parents ? Volanna a-t-elle menti quand elle disait ne rien savoir de ce que son fils était devenu ?

Ces questions sans réponses me hanteront peut-être jusqu'à la fin de mes jours.

Cette nuit, Petrik reste éveillé près du feu, occupé à écrire dans son livre pendant que nous autres sombrons dans le sommeil. Je crois qu'il repasse à l'encre toutes les notes qu'il a prises pour les sauver de l'effacement. J'ai eu beau essayer de le convaincre qu'il lui fallait du repos, il s'est contenté de répondre qu'il dormirait quand il serait prêt.

Allongée sur le sol dur, je regrette les couvertures, les paillasses et les tentes abandonnées au domaine des Sotheran. Je suis étendue les pieds vers le feu, et Temra est blottie contre moi. En général, mes pensées me tiennent éveillée, mais ce soir je me sens dériver vers l'oubli, jusqu'au moment où Temra se lève, laissant mon flanc exposé au froid nocturne.

Après un silence, j'entends sa voix qui se détache sur le crépitement du feu.

– Je n'ai pas eu l'occasion de te remercier, Petrik.

– Me remercier ?

– Pour avoir averti Ziva et Kellyn, et pour être venu à mon secours.

– Inutile de me remercier pour ça. Je suis surtout désolé d'être trop faible pour avoir pu empêcher ton enlèvement avant qu'il n'ait lieu.

– Ne dis pas de bêtises, le gronde Temra.

Les voix se taisent un moment, puis j'entends le chuintement du papier. Petrik tourne-t-il une page ou bien est-il en train de refermer le livre ? Pour le savoir, il faudrait que je me redresse, or je ne veux pas qu'ils sachent que je les espionne. Les ronflements de Kellyn de l'autre côté du foyer prouvent que lui, au moins, dort profondément.

– Pourquoi tu as fait ça ? demande Temra.

– Quoi ? Dire des bêtises ?

– Venir à mon secours.

La question doit le prendre de court, parce qu'il met longtemps avant de répondre :

– Je ne comprends pas.

– Ce n'est pas moi, la magicienne. Tu n'as pas besoin de moi. Tu aurais pu embarquer Ziva et t'enfuir sans avoir à affronter une foule de zélotes illuminés. Vous auriez même eu amplement le temps de retourner chercher la jument et les vivres avant de quitter la ville.

– Comme si ta sœur allait partir sans toi…

– Tu aurais pu lui mentir, lui dire que j'étais déjà morte.

Ça me fait mal au cœur d'entendre ça, mais je me rends compte qu'elle a raison. Rien n'obligeait Petrik à agir comme il l'a fait.

– Ça ne m'a même pas traversé l'esprit de t'abandonner à ton sort.

– Intelligent et bon. Merci d'être toi, Petrik.

Il me semble que Temra s'apprête à se lever, mais Petrik la retient.

– Tu te sous-estimes. Tu ne t'es jamais dit que tu aimais manier l'épée pour une bonne raison ? Peut-être as-tu toujours été destinée à protéger ta sœur ? Je sais qui vous pourchasse, ajoute-t-il après une pause. Je sais que la seigneuresse de guerre était à Lirasu. Je l'ai vue s'arrêter à la forge. J'attendais mon heure, espérant approcher Ziva. Vous êtes partie juste après une visite de Kymora, et vous êtes passées par la taverne. Je ne connais pas les raisons de votre fuite, mais je soupçonne qu'elles sont liées à un désir de Kymora de faire plier ta sœur à sa volonté. Ce que je veux dire, c'est qu'à mon avis les Sœurs-Déesses ne vous ont pas faites sœurs, Ziva et toi, par hasard. Ta valeur est aussi précieuse et vitale que celle de ta sœur. Tu es tout aussi spéciale.

Je voudrais pouvoir observer comment ils se regardent en cet instant. Ou comment ils évitent de se regarder. Pouvoir évaluer la situation et peut-être embrasser Petrik pour avoir dit exactement ce qu'il fallait. Apprendre qu'il a choisi de rester avec nous en sachant parfaitement qui était à nos trousses – et sans révéler le secret à Kellyn – me le rend encore plus sympathique.

Sans ajouter un mot, Temra se recouche à côté de moi. Je fais semblant de dormir.

†

Nous croisons de nombreux voyageurs sur la route, y compris – déesses merci – un marchand de vêtements. À la seconde où il repère le tailleur, Kellyn se précipite vers lui, et tous deux parlementent un moment. La conversation se conclut quand Kellyn lui donne quelques pièces. Le marchand descend prestement de sa charrette, écarte d'un signe de main les mercenaires embauchés pour veiller sur sa marchandise et ouvre la bâche arrière de son chariot. Kellyn grimpe à l'intérieur, disparaissant à notre vue.

Lorsqu'il nous rejoint un peu plus tard, il tient calés sous son bras plusieurs paquets. Il en lance un à chacun de nous.

– Ils n'avaient plus de robes, dit-il à Petrik.

– Ha ha, grince ce dernier qui ne goûte pas cet humour.

Il s'écarte de la route pour aller se changer pendant que Temra et moi faisons de même de l'autre côté.

– Il se sent coupable, dit Temra en retirant sa robe hideuse.

Elle fait allusion à Kellyn.

– À juste titre, dis-je en me libérant à mon tour de mes jupons.

– Il sait qu'il a commis une erreur. Il s'efforce de la réparer.

– Pour ça, il faudra plus que quelques bouts de tissus.

Cela dit, les vêtements sont de qualité. Il n'a pas mégoté, choisissant de solides bottes en cuir et des tuniques de bon coton. J'enfile à mes poignets des manchons de tissu pour me tenir chaud, ajuste la ceinture autour de ma taille pour garder ma liberté de mouvement.

Temra se tourne vers moi quand elle a fini de s'habiller et demeure bouche bée à ma vue.

– Quoi ? je demande, gênée.

– Tu vois mes vêtements ? demande-t-elle.

– Oui, ils sont très bien. Pourquoi ?

– Ils sont trop grands.

– Et alors ? Ce n'est pas le moment de faire la difficile.

– Alors que les tiens te vont comme un gant ! Et il a choisi du bleu pour aller avec tes yeux.

– Je ne te suis pas.

– Il a estimé très précisément tes mensurations. Il n'a manifestement pas pris la même peine en ce qui me concerne.

Elle sourit, comme si ça voulait dire quelque chose.

– Laisse tomber, conclut-elle devant mon absence de réaction. On y va ?

À notre retour, je constate que Kellyn s'est aussi acheté une nouvelle tenue. Il est vêtu d'émeraude, ce qui s'accorde remarquablement à sa chevelure. Il le sait, à coup sûr, à voir son sourire satisfait quand il me surprend à le regarder.

– Ça te va bien, me dit-il.

Je m'abstiens de répondre.

Petrik émerge de sous les arbres, habillé comme nous d'une tunique et d'un pantalon. Je vois ma sœur écarquiller les yeux.

Il se trouve que l'érudit cachait sous sa toge un physique d'apollon. Même avec sa tenue de messe trop ample, il était difficile de s'en apercevoir, mais vêtu de ces simples habits de voyage, légèrement trop petits, ce n'est pas le même homme. Il est mince, mais harmonieusement musclé, sa peau sombre ressort sur sa tunique blanche, dont le col en V révèle un peu de peau.

– Tu n'aurais pas pu trouver un peu plus grand ? demande Petrik à Kellyn.

– Tu es complexé des chevilles ? raille le mercenaire.

Ses bottes lui couvrent les chevilles, mais je soupçonne que le pantalon est trop court.

– Ça te va à merveille, le complimente Temra, et Petrik cesse aussitôt de se plaindre.

Ce soir-là, en allant m'étendre sur l'une des paillasses toutes neuves qu'a achetées Kellyn, je trouve un bouquet de fleurs sauvages sur mon oreiller.

– C'est toi ? je demande à Temra.

– Non, dit-elle avec un sourire énigmatique.

Je continue de savourer mon moment de solitude vespéral. Si la capitale ressemble même de loin à Thersa, je n'aurai que peu d'occasions de m'isoler une fois que nous serons dans la grande ville.

J'ai trouvé un arbre robuste en guise de dossier. Un ruisseau produit un fond sonore agréable. De grandes fleurs rouges aux pétales pointus et aux longues étamines saturent l'air d'un parfum entêtant.

Tendant les mains devant moi, je contemple les cals de mes paumes qui s'estompent. Serrer les doigts sur un marteau, sentir dans mon bras la vibration de l'acier martelé, tout cela me manque cruellement, comme me manquent l'odeur de la fumée et la couleur du métal en fusion.

Alors même que je m'apitoie sur mon sort, l'isolement me rafraîchit les idées. La solitude a le don de restaurer mon énergie, plus encore que le sommeil. La situation me paraît moins désespérée. Je peux y arriver. Nous survivrons. Temra et moi pouvons encore nous construire une vie digne de ce nom. Peut-être qu'un jour, nous n'aurons plus besoin d'être aux aguets. Ça ne sera jamais comme avant, mais ça ne signifie pas que je détesterai le restant de ma vie.

– Petrik dit que le dîner est prêt. Il m'a envoyé te chercher.

Kellyn. Au son de sa voix, toutes mes tensions reviennent d'un coup.

– Ça m'étonnerait. Petrik enverrait Temra, pas toi.

– Touché. D'accord, je me suis peut-être porté volontaire.

Il croise les bras sur sa poitrine, s'appuie nonchalamment contre un arbre. Comme s'il avait l'intention de s'attarder pour papoter.

– Je vous rejoins dans une minute, dis-je.

Il ne bouge pas.

Je lève les yeux au ciel.

– C'était une façon polie de te demander de me laisser tranquille.

– Et je l'ai poliment ignorée.

Il s'approche encore, ose s'accroupir juste devant moi.

– Va-t'en. Je ne t'aime pas. Je ne veux pas te voir.

Je me fiche de passer pour une gamine capricieuse, je préfère être très claire.

– Je pensais qu'il s'était passé un truc entre nous à un moment. L'autre soir à la taverne. Je veux… je voudrais qu'on reprenne là où on s'est arrêtés. C'était bien.

– Ce n'est pas moi qui ai tout gâché, je réplique sans réfléchir.

Puis j'ajoute dans un murmure :

– Je ne te pardonnerai jamais de m'avoir presque coûté la vie de ma sœur.

D'un mouvement fluide, Kellyn se relève.

– J'ai fait une grave erreur. Je m'en rends compte maintenant. Je n'ai pas l'habitude d'agir dans la précipitation, surtout quand le péril est si grand.

– Tu as réclamé de l'argent avant d'accepter de m'aider.

– Faux. Tu m'as jeté ta bourse à la figure alors que je me levais pour te suivre. Je n'ai rien demandé.

– Et pourtant, tu n'as pas rendu cet argent.

– Il n'est pas pour moi. J'en ai besoin pour…

Il s'interrompt et une expression sévère dessine une ligne entre ses sourcils. Il se refuse à terminer sa phrase.

– Je n'aurais pas dû en attendre plus de la part d'un mercenaire. Tu ne t'attaches à personne. À aucun lieu. À rien. Tu ne penses qu'à toi-même. À la quantité d'argent que tu possèdes. C'est répugnant et tu devrais avoir honte.

Il regarde ses pieds un moment avant de demander :

– Tu me vois vraiment comme ça ?

– Tu ne m'as rien montré d'autre.

Ce n'est pas entièrement vrai, mais je ne retire pas ce que j'ai dit.

Alors qu'un lourd silence s'est installé, je lève les yeux juste à temps pour voir Kellyn trébucher en arrière en portant une main à sa joue.

– Qu'est-ce que…

Sa mâchoire craque comme si on venait de le frapper.

Aussitôt, il se met en position de combat, battant l'air de ses bras, les poings serrés.

– Tu vois quelque chose ? me crie-t-il.

– N… non. Qu'est-ce qui se passe ?

D'un geste déterminé, il détache le fourreau de son dos et dégaine l'espadon géant avant de le brandir à deux mains devant lui.

Un court instant, il me semble voir quelque chose. Le contour flou d'une silhouette. Puis une épée bâtarde se matérialise devant Kellyn. Une épée toute seule, flottant dans l'air. Pas de combattant.

– Bordel ! jure Kellyn, avant de parer un coup.

Les deux lames se heurtent dans un bruit métallique qui résonne au milieu du silence de la forêt.

– Tu vois ce que je vois ? me demande-t-il, esquivant des coups et les retournant dans le vide.

– Oui.

– C'est une de tes armes ? Une épée autonome ?

– Sûr que non. Je crois que c'est un adversaire invisible, pas une épée flottante. Aïe !

Quelque chose me tire violemment en arrière par les cheveux, puis commence à me traîner sur le sol.

– Kellyn !

Je lève les mains et mes doigts se referment sur des poignets gantés de tissu. La douleur est bien réelle, mais il n'y a personne. Ou plutôt, il y a quelqu'un, mais je ne peux pas le voir.

On me traîne vers l'arrière, je plante les talons dans le sol, mais dois céder sous la douleur plus vive. Je crois voir Kellyn essayer de me rejoindre, mais il doit aussitôt faire face à son assaillant. Il ne peut pas m'aider.

Quand mon talon accroche une racine, la sensation de brûlure sur mon cuir chevelu m'arrache un hurlement. La tension se relâche un bref instant pendant que quelque chose me tape sur la jambe pour la dégager de la racine. Puis je suis de nouveau traînée à reculons.

Si je pouvais juste me remettre sur pied. Trouver un point d'appui pour…

Un gémissement m'échappe alors que je bascule vers l'avant. Explosion de douleur à l'arrière de mon crâne, je sens des touffes de cheveux arrachées au moment où je retombe à plat ventre.

Mais je suis libre. Je me relève malgré la brûlure et découvre… Temra. Elle est là, brandissant Minuit dont la lame est noire d'ébène, cherchant ce qui m'a attaquée. Alors une nouvelle épée se matérialise, dans la main invisible du deuxième assaillant. Temra ne cille même pas devant cette apparition.

– Cours, Temra !

M'ignorant complètement, elle bondit vers l'épée flottante et frappe de taille juste à sa base. La bâtarde décrit un cercle et pare le coup, mais Temra ne s'arrête pas là. Pivotant sur elle-même pour gagner en puissance, elle porte un coup vers le haut, là où pourrait se trouver une tête.

L'autre trouve son rythme, faisant pleuvoir une volée de coups sur ma petite sœur. Terrorisée, je retiens mon souffle en la regardant parer les attaques l'une après l'autre avant de se jeter sur son adversaire en poussant des cris de guerre aussi impressionnants que son jeu de jambes.

Kellyn est toujours aux prises avec son propre attaquant invisible.

Alors que je cherche désespérément de quoi nous défendre, j'avise une grosse branche au sol. Me plaçant derrière l'épée flottante qui s'avance sur Temra, je balance un coup de toutes mes forces. La branche atteint sa cible, et Temra profite de la diversion pour porter un coup en pointe.

Un cri retentit, et lorsque Temra retire sa lame, elle est maculée de sang. On entend un bruit sourd, puis une tache rouge apparaît à quelques centimètres du sol, se balançant d'avant en arrière, au rythme de la respiration saccadée du blessé. Temra s'empare de son épée avant d'aller prêter main-forte à Kellyn. Pendant ce temps, je m'approche, saisis à pleine main un bout de tissu et tire dessus. Il résiste, accroché à quelque chose. À tâtons, je trouve un fermoir autour d'un cou. Ça s'agite, un dernier spasme avant que tout redevienne immobile, et j'arrache le reste du vêtement.

Il dévoile une femme portant les couleurs de la seigneuresse. Ses yeux vitreux ne verront plus rien. Le vêtement à son tour se matérialise, maintenant qu'il n'est plus porté. C'est une cape taillée dans une étoffe délicate, brodée de rayures beiges et brun clair. Je la trouverais tout à fait ordinaire si je n'avais pas été témoin de son pouvoir. Les avant-bras de la femme sont invisibles jusqu'à ce que j'en retire des gants qui eux aussi apparaissent, brodés des mêmes rayures.

Derrière moi, Kellyn réussit à toucher son adversaire juste avant que Temra ne le rejoigne. Son coup tranche chair, os et tendons, révélés quand la lame déchire le tissu. Alors un bras apparaît sur le sol. Je le fixe un instant, incapable d'absorber ce qui vient de se passer, tandis qu'un hurlement emplit l'air. Lorsque je comprends que Kellyn vient de trancher net ce bras, je suis prise de nausée. Temra fait taire les hurlements d'un coup porté droit au cœur.

Plus personne ne bouge, et nous tendons l'oreille pour repérer d'autres agresseurs potentiels. Mais tout est calme. Aucune nouvelle épée bâtarde n'apparaît, manifestement l'arme préférée des troupes de Kymora. Temra et Kellyn sont encore haletants, et moi je tâte prudemment mon scalp : j'ai l'impression d'avoir gagné à l'arrière du crâne une plaque chauve de la grosseur d'une pièce.

Tout danger étant écarté, je m'apprête à passer un savon à ma sœur pour avoir refusé de s'enfuir quand je le lui demandais. Au lieu de quoi je me retrouve face à un Kellyn enragé.

– Tu veux bien me dire ce qui vient de se passer, bon sang ?

Je cligne des yeux sans répondre.

– Les assassins invisibles, c'est la goutte d'eau ! Ce n'est pas votre famille qui a envoyé ces deux-là. L'un des assaillants a essayé de t'enlever. C'est cela que tu fuyais quand tu as quitté Lirasu. Qui est à vos trousses, et pourquoi ?

Temra et moi échangeons un regard, ne sachant toujours pas si nous pouvons oui ou non faire confiance à Kellyn. Avant l'épisode du *Kiwi Dansant* et son comportement déplorable, j'aurais sans doute moins hésité, mais sachant aujourd'hui ce qu'il est vraiment…

– La seigneuresse de guerre Kymora Avedin, lâche soudain Temra, prenant la décision pour nous deux.

J'imagine que le maintenir dans l'ignorance n'est plus une option s'il menace de nous abandonner.

– Kymora, répète-t-il. L'ex-commandante en chef des armées du royaume ? Aujourd'hui la personne la plus redoutable de tout Ghadra ? Imbattable à l'épée. Cette Kymora-là ?

– Oui.

Il ouvre des yeux ronds, comme s'il ne s'attendait pas à ce que Temra confirme. Je précise :

– C'est moi qu'elle poursuit. À cause de mes pouvoirs. Elle veut que je forge des armes pour son armée afin de renverser les princes et princesses des territoires et de régner seule sur tout le pays.

– Comment tu sais tout ça ? s'étonne Kellyn.

– Elle s'est coupée avec Mange-Secrets. Je l'ai entendue.

– Et les assassins invisibles, qu'est-ce qu'ils viennent faire dans l'histoire ? demande encore Kellyn.

M'apportant son soutien dans cette difficile conversation, Temra répond à ma place :

– Honnêtement, on n'en sait rien.

– Attendez !

Une idée vient de me frapper.

– La Fileuse de coton ! La seule autre fille possédant la magie. Elle doit travailler pour Kymora. Elle a tissé des capes et des gants qui rendent invisible celui qui les porte.

– Formidable, grince Kellyn. Donc il y a de fortes chances pour qu'on en croise d'autres.

Dans le silence qui suit cette affirmation, quelques oiseaux se mettent à piailler dans les hautes branches. Les arbres se balancent sous la brise, les nuages se déchirent et le soleil pénètre enfin jusqu'au sol à travers la canopée. C'est alors qu'on entend un bruit de pas précipités. Temra et Kellyn lèvent leurs armes en même temps, se tournant vers la menace.

C'est Petrik qui surgit, courant à toutes jambes, le bâton brandi à deux mains. Hors d'haleine, il s'arrête devant nous et jette un regard aux deux cadavres.

– Tout le monde va bien ? Qu'est-ce que j'ai manqué ?

Agacé, Kellyn secoue la tête.

– Tu étais au courant ? Que la seigneuresse de guerre les pourchasse ?

– Je le soupçonnais, répond Petrik, passé un instant de surprise.

Puis il baisse de nouveau les yeux sur les corps. Le bras tranché, toujours ganté, est invisible de sous le coude jusqu'au bout des doigts. Soit Petrik est complètement insensible à la vue du sang, soit il est aveuglé par sa fascination pour la magie ; toujours est-il qu'il se penche, palpe à tâtons le bras invisible, comprend qu'il a affaire à un gant et retire ce dernier. Ensuite, il part à la recherche des restes sanglants de l'étoffe magique, les rassemble, les plie et les cale sous son bras.

Kellyn le regarde faire, l'air dégoûté, en remettant son épée au fourreau.

– J'arrête.

– Quoi ?

– Hors de question que je foute en rogne une seigneuresse de guerre. Si elle apprend que je vous protège, ma vie est finie.

– Tu… tu n'as pas le droit de nous abandonner !

– Vous ne m'avez pas dit ce qui vous arrivait. Si j'avais su toute la vérité, je n'aurais jamais accepté ce boulot.

Je ne veux pas croire à ses paroles.

– Tu ne peux pas être à ce point égoïste ! On a besoin de toi.

– Ce qui était égoïste, c'est de ne pas m'avoir tout dit, riposte-t-il. J'aurais dû savoir ce que j'allais affronter, ce que je risquais exactement.

– Mais tu risques ta vie tous les jours en tant que mercenaire !

– Ce n'est pas la même chose de s'attaquer à une seigneuresse de guerre et toute son armée. Tu le sais très bien.

Je regarde mes pieds, vaguement honteuse, mais surtout très en colère. Contre Kellyn. Contre moi. Contre tout.

Le silence s'étire de longues minutes pendant lesquelles personne ne bouge. Je suis tiraillée entre l'envie de m'enfuir en courant et celle de me figer sur place pour qu'on ne fasse plus attention à moi. J'ai aussi un peu envie de pleurer.

Kellyn émet un grognement, et quand je lève les yeux, c'est pour trouver son regard fixé sur moi. Personne d'autre. Moi.

– Je vais vous emmener jusqu'à la prochaine ville, comme promis, mais après, terminé, j'arrête.

Chapitre 15

J'ai l'esprit toujours en ébullition, et il a tendance à tourner jusqu'à l'obsession autour des sujets qui m'importunent le plus.

À l'heure actuelle, il s'agit de Kellyn.

Je le revois se bagarrant, complètement saoul, avec un autre mercenaire. Je le revois massacrer une meute de loups, dégager d'un coup de pied celui qui m'écrasait avant qu'il m'arrache la gorge. Je revois sa façon de me regarder lorsqu'il s'efforce de comprendre ce qui se passe dans ma tête.

Je le revois encore et encore hésiter au moment de sauver ma sœur.

Combattre des assassins invisibles.

M'acheter de nouveaux vêtements.

Déposer des fleurs sur mon oreiller.

Il te trouve belle.

La nuit suivant l'attaque des sbires de Kymora, Temra et Kellyn rient de concert pendant leur session d'entraînement. Je crois qu'ils revivent l'excitation de la récente bataille.

Petrik et moi leur jetons des regards noirs depuis le banc de touche.

Comment peut-elle agir comme si tout allait bien ? Comme si rien n'allait changer ? Kellyn nous laisse tomber.

Lorsque j'arrive à chasser le mercenaire de mon esprit, j'observe Temra et Petrik.

– Laisse-moi t'aider, propose-t-elle tandis qu'il cuisine.

Elle touille le contenu de la marmite pendant qu'il y ajoute des ingrédients. Leurs doigts se frôlent quand elle lui tend la cuillère pour qu'il puisse goûter la préparation. Elle fixe ses lèvres quand il avale. Et il a beau afficher une expression parfaitement neutre, ses joues ont rosi.

Tout à coup, j'ai l'impression d'être une intruse. Je n'avais pas prévu ça.

Petrik est vraiment devenu l'un des nôtres. Si son aide dès le début n'a pas été un facteur décisif, le fait qu'il ait sauvé la vie de ma sœur en courant me chercher l'est sans aucun doute. Je ne devrais pas craindre que Petrik me vole ma sœur. Et pourtant, je commence à me sentir de trop. C'est certainement ridicule, mais le sentiment est là, que je le veuille ou non.

Je m'éloigne du camp, comme souvent lorsque mon aide n'est pas sollicitée, mais je remarque que Kellyn me suit. Je le vois du coin de l'œil, il garde ses distances, mais me surveille.

– Tu m'oppresses à me tourner autour.

– On vient de subir une attaque et on a toutes les raisons de craindre d'autres embuscades.

Oh. J'avais complètement oublié que le but même de sa présence était d'assurer notre sécurité. Et c'est ce qu'il fait. Il me protège. Il n'essaie pas de me surprendre seule. Qu'est-ce que je suis censée faire ? Prétendre qu'il n'est pas là ? Comme si c'était possible.

Je voudrais dire quelque chose. Peut-être m'excuser de lui avoir caché la vérité sur Kymora ? Mais je suis encore en colère contre lui, et cette conversation serait de toute façon déplaisante.

Pourtant, le silence n'est-il pas encore pire ?

Il me prend par surprise en parlant le premier.

– Je n'ai pas envie qu'on reste sur une dispute.

– Moi non plus, je lâche. Je suis désolée de ne t'avoir rien dit pour la seigneuresse de guerre. Tu avais le droit de savoir.

– En effet, dit-il d'une voix incroyablement douce.

– Je n'avais pas l'intention de te faire courir des risques. Je ne pensais qu'à ma sœur. À sa sécurité. J'aurais dû prendre le temps de réfléchir à qui d'autre je mettais en danger en acceptant leur aide. Je suis vraiment désolée. Je ne t'en veux pas de vouloir partir.

Après un silence, il répond :

– Je suis désolé pour ta sœur. Pour ce qui lui est arrivé à Thersa. Si je ne peux pas tout réparer, je peux peut-être faire en sorte que les choses s'améliorent ?

Je le regarde dans le soleil couchant, devinant à peine l'expression de son visage. Mais elle est si sincère, si honnête, que j'en ai le souffle coupé.

– Qu'est-ce que ça peut te faire ? Tu nous quittes. On ne se reverra jamais. Alors qu'importe ?

– Si je restais, ça irait mieux ? Est-ce que tu veux que je reste ?

Pourquoi ai-je l'impression que cette question est à double sens ?

– Tu resterais si je te le demandais ?

Il ne répond pas, mais plonge ses yeux dans les miens. Combattant mon instinct qui me dicte de détourner la tête, je soutiens son regard. Pas seulement pour me prouver que j'en suis capable mais aussi pour lui montrer que je suis sérieuse.

– S'il n'était question que de toi et moi, alors oui, je resterais.

– Mais ce n'est pas le cas.

Il y a Temra et Petrik. Pourquoi c'est un problème ? Qu'est-ce qu'il veut dire par là ?

– Mais ce n'est pas le cas, répète-t-il.

Je ne dis rien, mais il s'approche de moi.

– Tu te souviens quand je t'ai parlé de ma famille ?

Je hoche la tête.

– C'est à eux que je dois penser.

Oh. Oui, bien sûr. Exactement comme avant de prendre chaque décision je tiens compte de Temra. À cause de ce glaive que j'ai forgé, elle se trouve en danger, menacée par Kymora. Si Kellyn décidait de nous aider, c'est sa famille qu'il mettrait en péril : Kymora pourrait tenter de s'en servir contre lui.

– Je comprends.

Kellyn lève une main, passe un doigt à travers mes cheveux pour caresser ma joue, et je crois que j'arrête de respirer. Tirant très doucement sur une mèche qui m'arrive presque à l'épaule, il demande :

– Si je passe par la capitale de Lisady à l'avenir, je pourrais te rendre visite ?

Comme je ne trouve plus mes mots, je réponds :

– Pourquoi ?

– Pour te voir, dit-il simplement en laissant retomber sa main.

– Pourquoi ?

On dirait que c'est le seul mot que je connaisse. Je tremble d'anxiété. Je voudrais que ça s'arrête. J'ai envie d'avoir cette conversation avec Kellyn. Enfin, je crois.

– Parce que tu me plais et que j'ai envie de te revoir.

Je lâche un rire sarcastique.

– Je ne peux pas te plaire. J'arrive à peine à parler en ta présence. Je suis maladroite et je n'aime pas les gens.

– Tu te débrouilles très bien pour parler quand tu es en colère ou quand tu réussis à ne pas trop réfléchir. Tu n'es pas maladroite, il n'y a que toi pour penser ça. Et que tu n'aimes pas les gens, ça me va. Moi non plus, je n'aime pas trop les gens. Peut-être qu'on pourrait ne pas aimer les gens ensemble ?

Son discours est absurde, et je ne peux pas être d'accord. J'en ai envie, mais c'est trop terrifiant. Et *Temra*. Je dois me rappeler qu'il m'a presque coûté Temra.

N'est-ce pas ?

Oui, il a hésité.

Ce serait possible que ta réaction soit exagérée ? Les mots de Temra me reviennent. *Je tiens juste à m'assurer que tu ne cherches pas un prétexte pour le repousser.*

Comment ça, exagérée ? Petrik aussi était furieux contre Kellyn !

Mais Petrik en pince pour Temra, donc c'est évident que sa réaction à lui serait aussi exagérée. Et il ne perd pas une occasion de souligner les erreurs du mercenaire.

Peut-être que Kellyn a hésité juste assez longtemps pour envisager la situation dans son ensemble ?

– Et si je t'écrivais ? demande-t-il, interrompant le cours de mes pensées. On pourrait échanger des lettres ?

Des lettres ? Les lettres, ça ne fait pas peur. Ça me permet de bien réfléchir à tout ce que je veux dire avant de l'écrire. Et je n'ai pas à me soucier qu'il scrute l'expression de mon visage pour y trouver un sens caché.

– D'accord, dis-je avant de pouvoir changer d'avis.

– Alors je t'écrirai.

Il hoche la tête, visiblement satisfait de la tournure de cette conversation.

– Et moi, je verrai si je peux trouver le moyen de te fabriquer cet espadon magique. Tu pourrais passer le chercher la prochaine fois que tu viendras en ville. Temra te l'apportera.

– Merci, dit-il en retenant un sourire.

Pour une capitale, celle du territoire de la princesse Lisady n'est pas aussi grande que je le craignais. En fait, elle n'a pas l'air beaucoup plus étendue que Lirasu. Les rues ne grouillent pas de passants comme à Thersa. Je peux marcher tranquillement sans me heurter à quiconque. À l'extrémité Sud de la ville, j'aperçois le palais récemment construit où réside la princesse Lisady. C'est le bâtiment le plus imposant qui s'offre à la vue, avec ses drapeaux roses flottant au sommet des tours.

Je pourrais vivre ici. Ici, ça ira très bien. J'ai juste besoin d'un endroit à moi. Un endroit où je me sente à l'abri, où personne ne me verra. Pour l'instant, une chambre dans une auberge fera l'affaire.

D'abord, cependant, il nous faut vendre cette lance sans attirer l'attention. Devant la première boutique de prêteur sur gages que nous trouvons, nous tenons conseil tous les quatre, dans l'interstice entre le bâtiment et le marchand d'à côté.

– C'est simple, dit Temra. Je vais entrer et vendre la lance.

– Tu ne peux pas, objecte Petrik en me volant les mots de la bouche. Ni toi ni ta sœur ne pouvez être vues en possession d'une arme magique. Tous les espions de Kymora doivent guetter les femmes portant des lames Zivan.

– Je suis d'accord, approuve Kellyn. Kymora sait déjà qu'on se dirigeait par ici. Si ce n'est pas votre famille qui lui a dit, alors la perte soudaine de ses soldats invisibles lui aura donné un indice. Ce ne serait pas étonnant qu'il y ait des gens en ville à votre recherche.

– C'est mon arme, dis-je en les ignorant. Je suis la plus qualifiée pour la vendre et en tirer le meilleur prix.

Ce sera inconfortable. Je déteste négocier, mais vendre cette lance subviendra à nos besoins pour des mois. Je peux y arriver, pour nous.

– Si je ne dois pas prendre le risque de la vendre, alors toi non plus, déclare Temra d'un ton inflexible.

– Je pourrais m'en charger, propose Petrik.

Il a l'air si mal à l'aise, dépourvu de ses habits d'érudit. Et sa posture… n'a rien à voir avec celle d'un guerrier.

– Si tu entres dans cette boutique, les vautours ne feront qu'une bouchée de toi, dit le mercenaire en secouant la tête. Et la famille des filles t'a vu. À l'heure qu'il est, la seigneuresse sait probablement que tu voyages avec elles. Ça ne peut pas être toi non plus.

– Mais ça ne laisse que…, je commence.

– … moi, termine Kellyn. Il faut que ce soit moi. Je suis le seul à n'être pas suspect. Personne ne s'étonnera que je vende une arme magique, parce que je suis réellement un mercenaire et que j'en ai l'allure.

– Certainement pas, déclare Petrik en me prenant par le bras pour m'attirer à l'écart. Je ne lui fais pas confiance. Il se tirera avec l'argent de la vente et nous abandonnera.

– Je t'entends, tu sais, intervient Kellyn.

– Ziva, laisse-moi m'en occuper, dit Petrik.

– Non, laisse-moi le faire, supplie Temra. J'en aurai pour deux minutes, maximum.

Si on n'était pas si pressés, je prendrais peut-être le temps de réfléchir au fait que tous s'en remettent à moi. Depuis quand mes décisions ont-elles force de loi ? Quand suis-je devenue la cheffe de ce groupe hétéroclite ?

– Ziva, commence Petrik.

– Assez !

Je me masse les tempes comme si ça pouvait m'aider à penser. Je préférerais prendre le risque moi-même. Si quelqu'un doit se faire prendre, ça doit être moi. Mais si je suis attrapée, je laisserai Temra toute seule à protéger ce maudit glaive.

– Kellyn s'en chargera. Il n'a pas trahi sa parole. Pas une fois. Tu jures de vendre cette lance et de nous remettre l'argent de la vente ? je demande en me forçant à le regarder dans les yeux.

– Je le jure, dit Kellyn en avançant d'un pas.

Je le crois et je pense qu'il le sait, mais voyant la réticence de l'érudit, Kellyn détache le fourreau de son immense espadon et le balance à Petrik, qui rate la réception et laisse tomber l'épée.

– Garde un œil là-dessus jusqu'à mon retour, tu veux ? Si tu réussis à la soulever…

Puis il prend la lance et pénètre dans la boutique du prêteur sur gages.

Et nous attendons.

– Si je réussis à la soulever…, marmonne Petrik en tentant une imitation risible de Kellyn.

Temra et moi parvenons néanmoins à garder notre sérieux. Petrik se baisse pour empoigner le fourreau à deux mains et le soulève. Il brandit l'arme d'un air triomphal, mais très vite ses bras se mettent à trembler et il jette l'arme de côté avec un coup d'œil en direction de Temra, comme s'il espérait qu'elle n'ait rien remarqué. Comprenant qu'elle a tout vu, il soupire et fixe son attention sur l'arrière de la boutique.

– Qu'est-ce que tu fais ? lui demande Temra.

– Comme j'ai dit, je ne lui fais pas confiance. Je veux m'assurer qu'il n'essaie pas de s'enfuir par-derrière avec notre argent.

Je lève les yeux au ciel.

– En abandonnant son précieux espadon ? Ça m'étonnerait.

– Avec une somme pareille, il peut s'en acheter dix autres, fait remarquer ma sœur.

– Merci, Temra, ce commentaire est vraiment très utile, dis-je sèchement.

– C'est juste une remarque.

– Le mercenaire était notre seul recours. Attendons un peu avant de céder au cynisme.

Le trafic est dense dans la rue derrière nous. Tout au long du voyage, c'est l'odeur de la pluie fraîchement tombée qui nous a accompagnés, mais depuis notre arrivée dans la capitale, la ville l'a recouverte, la remplaçant par celle des corps et du crottin de cheval.

Les citadins portent des vêtements de cuir aux manches et cols ornés de fourrure. Ils semblent être une communauté de chasseurs aguerris, me dis-je en regardant passer une charrette pleine de bois de cerf. Beaucoup de passants portent un arc en bandoulière.

Si la pluie est devenue plus éparse à mesure qu'on progressait vers le sud-est, elle ne s'est pas arrêtée pour autant. Nos bottes sont encore couvertes de boue jusqu'aux genoux. Les bains que nous avons pris à Thersa semblent appartenir à une autre vie. Nous avons faim, nous sommes mouillés et de mauvaise humeur.

Et nous allons devoir séjourner dans une taverne en attendant de trouver un logement. Je retiens une grimace.

– C'est lui ? demande Temra quand une porte claque.

Elle n'indique pas l'entrée de la boutique, mais l'arrière, d'où une haute silhouette s'éloigne.

– Ce n'est pas lui.

Kellyn n'a pas cette allure, de dos. Je le sais, vu le temps que j'ai passé à fusiller son dos du regard. Il a les épaules plus larges, se tient plus droit que le type en question.

– Des gens aussi grands, il n'y en a pas tant que ça, dit Petrik. Kellyn !

La silhouette se retourne. Il n'y a pas d'erreur possible : c'est bien le mercenaire.

Faisant sauter dans une main une lourde bourse d'argent, Kellyn m'adresse un clin d'œil avant de détaler comme s'il était poursuivi par une meute affamée.

Temra, Petrik et moi restons un instant pétrifiés, en pleine confusion. J'étais tellement sûre que ce n'était pas lui avant de voir son visage. Les deux autres reprennent leurs esprits en premier, se jetant à la poursuite du mercenaire, mais il ne me faut pas longtemps pour les dépasser grâce à mes longues jambes.

– Faire confiance au mercenaire, grommelle Petrik. Autant faire confiance à un lion affamé !

Il a beau tenter de nous suivre, il se retrouve vite à la traîne.

Mon visage vire à l'écarlate, mais ça n'a rien à voir avec l'effort physique. Kellyn s'est moqué de moi. Petrik et Temra me tiendront tous deux pour responsable de ce désastre. On ne peut pas perdre tout notre argent. Pas une deuxième fois.

Une multitude d'insultes et de menaces me viennent à la bouche, que j'aimerais jeter à ce long dos musclé. Et en premier lieu, qu'il s'arrête immédiatement avant que je ne dégaine Mange-Secrets pour lui couper les deux jambes. Ce serait si facile. C'est une idée tentante, mais que je ne mettrai jamais à exécution. Je laisse la violence à Temra.

Dans sa hâte, Kellyn bouscule des passants, soulevant des cris de colère dans son sillage. Il saute par-dessus un chariot à l'arrêt, dérape en tournant au coin d'une boutique, percute de plein fouet la charrette pleine de fruits d'un marchand. J'entends Petrik glisser sur une orange derrière moi, Temra perd du terrain, obligée de contourner la charrette renversée. Alors que moi, ayant sauté l'obstacle, je suis sur les talons du mercenaire. Ce déchet inutile. Ce vaurien de ver de terre menteur, sournois et égoïste. Si je lui mets la main dessus, je vais l'agonir d'injures jusqu'à en perdre la voix.

Il s'éloigne de plus en plus du centre. Est-ce qu'il compte rejoindre la route qui mène hors de la ville ? Il n'aura nulle part où se cacher dans ce cas !

En même temps, il n'a pas l'air de vouloir se cacher. Après tout, il a sciemment claqué la porte du prêteur sur gages, non ? Et il a brandi son sac de pièces, comme pour me narguer. Me défier de lui courir après.

Presque comme si…

Je pile en pleine course. Temra me rentre dedans, incapable de s'arrêter à temps. Le halètement qu'on entend derrière nous doit être celui de l'érudit.

– Qu'est-ce que tu fais ? hurle Temra. Il s'échappe !

– Quelque chose ne tourne pas rond.

– Tu m'expliqueras en courant, dit-elle en me tirant par le bras.

– Il a laissé son épée.

– Je t'ai déjà dit qu'il pouvait s'en acheter une neuve.

– Mais celle-là était unique à ses yeux. Il adore Lady Tueuse. Et il… on dirait qu'il nous conduit quelque part.

Kellyn a disparu après un virage, juste à l'endroit où les maisons de ville laissent la place aux arbres, où les bruits d'animaux remplacent ceux du marché. Un lieu isolé, à l'abri des regards.

– S'il voulait s'enfuir avec l'argent, il n'en aurait pas fait tout un spectacle. Il aurait été discret, silencieux.

– C'est un sale type… arrogant, halète Petrik. C'est exactement son style.

– Non, je ne crois pas.

Les passants avaient peu à peu disparu, mais soudain, ce sont trente personnes qui s'avancent sur la route. Des personnes vêtues de rouge avec un faucon ornant leur poitrine.

Et Kellyn.

Kellyn est parmi elles. En plein milieu, comme s'il les connaissait.

Pourtant, je lui trouve toujours l'air bizarre. Il se tient différemment, et sa stature me paraît faussée. Qu'est-ce qui lui est arrivé ?

– Toi ! tonne Petrik en direction du mercenaire, qui se tient de l'autre côté de la route, avec les soldats de Kymora.

Temra reste sans voix, car si elle le pensait capable de s'enfuir avec notre argent, elle n'aurait jamais cru qu'il nous trahirait de la sorte.

Moi non plus.

– Ça ne colle pas avec ce qu'a révélé Mange-Secrets, dis-je à voix basse à mes compagnons. Quand je l'ai coupé.

Il doit avoir changé d'avis. Peut-être Kymora l'a-t-elle approché à Thersa, l'a-t-elle convaincu de nous mener jusqu'à un lieu où elle aurait stationné des forces en nombre. J'imagine que si elle lui a offert assez d'argent…

Mais Kymora ne se trouve pas parmi ses soldats. Si elle savait qu'on était ici, alors où est-elle ?

– Ziva Tellion ! crie une femme presque aussi grande que moi. Dépose tes armes ou prépare-toi à ce qu'on te les arrache par la force !

– Va te faire voir ! rétorque Petrik.

Temra approuve et renchérit :

– Ouais, casse-toi, la greluche ! Tu ne les auras qu'en les arrachant à nos doigts raides et morts.

– On n'a peut-être pas besoin d'aller si loin, tempère Petrik.

– Quand on est en infériorité numérique, explique-t-elle, il faut parfois recourir à l'intimidation.

– Et le mercenaire a aussi dit qu'il serait de retour dans deux minutes avec notre argent ! Clairement une source de grande sagesse.

– Chut ! Laissez-moi réfléchir, dis-je.

– Pendant ce temps…, commence Petrik en armant son bras avant de lancer son bâton.

L'arme tournoie vers le plus proche des soldats de Kymora, un homme imposant à la barbe couleur de boue qui lui descend presque jusqu'au nombril. Et si le bâton s'est révélé très efficace contre des villageois sans entraînement, cette fois le garde l'attrape d'une seule main. Pourtant, Toupie doit revenir à celui qui l'a lancé, et le garde se fait traîner par l'arme, ses pieds traçant de longs sillons dans la poussière tandis qu'il lutte contre le bâton.

Petrik, horrifié, voit le garde se rapprocher. Quant aux soldats, ils affichent un air un peu perplexe et se contentent de regarder la scène avec intérêt.

Le garde barbu est entièrement concentré sur son combat contre Toupie, comme s'il en faisait une affaire personnelle. Nous, il ne nous considère manifestement pas comme une menace. C'est pourquoi son visage exprime la surprise au moment où Temra le transperce de son épée courte. Il tombe en émettant un dernier soupir, et le bâton revient enfin entre les mains de Petrik qui le relance aussitôt. Une deuxième garde l'attrape, mais a l'intelligence de le lâcher avant de se faire traîner à son tour. Lorsque Petrik lance l'arme une troisième fois, les soldats sont prêts. Un garde a dégainé son épée bâtarde et détourne Toupie, qui revient vers Petrik.

Alors l'ennemi s'avance.

Il reste vingt-neuf soldats. Ils ignorent Petrik et se ruent droit sur Temra et moi. Ma sœur est parée, épée brandie pour contrer l'assaut, mais elle sera incapable d'affronter autant de guerriers entraînés. Et moi, je ne sers à rien dans un combat. Temra est trop proche pour que je puisse utiliser Mange-Secrets. Je risque de la blesser, elle ou Petrik.

– Reste derrière moi, ordonne Temra en se plaçant devant moi.

Je suis à la fois touchée et exaspérée par son geste.

– Ils ne me feront pas de mal. Kymora me veut vivante pour fabriquer des armes pour son armée. Toi, reste derrière moi !

Ils sont presque sur nous. Petrik s'approche, se préparant à lancer son bâton.

Soudain, nous sommes encerclés. Nous nous mettons tous les trois dos à dos, jaugeant du regard les soldats. Kellyn est là, formant les rangs comme s'il s'était entraîné avec ces hommes et ces femmes.

On doit offrir un spectacle pathétique. Deux gardes m'empoignent par les bras, me séparant du groupe avec facilité. Un troisième s'empare de Mange-Secrets.

Non, pas le glaive !

Je me débats, balance des coups de pied, mais rien n'y fait : ils me tiennent fermement.

Je regarde, impuissante, un autre soldat tenter d'arracher Toupie des mains de Petrik. Celui-ci lance le bâton droit en l'air, puis s'agenouille, attendant que l'arme retombe sur la tête du garde, mais un autre soldat l'attrape au vol et le brise promptement en deux.

– Non, imbécile ! hurle la femme qui aboie les ordres. Kymora nous a ordonné de lui ramener les gamines et leurs armes. L'une de ces filles est la forgeronne magicienne.

Comprenant son erreur, le soldat s'enfuit en courant. La colère de Kymora est-elle si terrible qu'elle provoque la fuite d'un guerrier à la suite d'une méprise ?

Mes ravisseurs me traînent devant la femme. *L'une de ces filles*, a-t-elle dit. Ils ne savent pas qui est qui.

– Je suis la forgeronne, dis-je rapidement. Vous n'avez pas besoin de ma sœur. Laissez-la partir, je vous suivrai sans résister.

Temra est déjà désarmée, même si elle a bien résisté, elle. Les hommes qui l'entourent sont couverts de coupures et d'estafilades.

– Laissez-la, je répète. Je vous en prie.

– On n'a pas besoin de la suppléante, répond la femme-soldat. Et on ne va certainement pas laisser de témoins.

Cette réalité me fait l'effet d'un coup au foie.

– Je suis la suppléante, disons-nous en chœur, Temra et moi.

Mais qu'est-ce qu'elle fait ?

– C'est elle, Ziva, dis-je en la pointant du doigt.

– Non, je suis la petite sœur, nie Temra. C'est elle, Ziva.

Comme nous commençons à parler en même temps, la commandante nous fait taire.

– Vous ne m'amusez pas. Et je ne vois aucun problème à vous emmener toutes les deux pour que Kymora s'occupe de vous elle-même. Allons-y. Tuez le garçon, ordonne-t-elle au reste de ses forces. On n'a pas besoin de lui.

Petrik se fige, Temra et moi hurlons nos protestations. J'essaie de me libérer, de me saisir d'une arme, de me jeter au secours de Petrik…

Le garde qui s'est emparé de nos armes se dirige vers des chevaux sellés, attachés aux arbres le long de la route. Celui qui se trouve le plus près de Petrik dégaine son épée.

– Kellyn, dis-je en me tournant vers lui. Je t'en supplie, empêche-le ! Tu vaux mieux que ça. J'en suis certaine !

Mais le mercenaire ne réagit même pas à son nom. Il regarde le garde s'avancer, impassible.

Petrik dit quelque chose au soldat qui marche sur lui, levant les mains en un geste de défense. Je n'entends pas ce qu'il dit, mais il n'y a pas de honte à négocier pour sauver sa peau. Le soldat arme son bras, prêt à frapper.

Je ferme les yeux. Je ne peux pas voir ça.

Chapitre

— 16 —

Je tressaille en l'entendant, le bruit d'une lame s'enfonçant dans la chair. Un cri m'échappe, mais un autre son, étrange, franchit les lèvres de Temra.

Est-ce… un rire de soulagement ?

Je rouvre les yeux. Au lieu de découvrir Petrik embroché, je vois Kellyn, son espadon plongé dans le ventre du soldat.

Quelque chose cloche. Il nous avait laissé son espadon. Et il se tenait à côté de moi il n'y a pas deux secondes.

D'ailleurs, il y est encore.

Je regarde les deux Kellyn tour à tour, m'efforçant de comprendre.

– La Fileuse de coton.

Elle a tissé un masque à l'effigie de Kellyn. Je savais que celui à mon côté était bizarre. Il n'est pas assez grand et se tient bizarrement déhanché. Je n'ai jamais vu le mercenaire dans cette posture.

Temra m'entend marmonner et comprend à son tour. Elle crie à l'attention du vrai Kellyn :

– Il t'en a fallu, du temps !

– J'ai dû deviner de quel côté vous étiez partis. Merci de m'avoir abandonné ! dit-il en retirant son épée des tripes de l'homme qu'il vient de tuer. Vous auriez pu crier pour m'appeler, pour me prévenir que quelqu'un vous enlevait…

À ce moment, ses yeux se posent sur son double. Kellyn incline la tête d'un côté et de l'autre.

– Voilà qui est étrange.

– Tu as oublié de nous dire que tu avais un jumeau, commente Petrik.

– Je n'en ai pas.

– Ne restez pas plantés là ! enrage la commandante. Vous cinq, occupez-vous des hommes !

Les autres conservent leurs positions pour nous surveiller, Temra et moi : leur précieuse marchandise. Les cinq se ruent sur Petrik et Kellyn. L'érudit montre les poings, comme s'il avait la moindre idée de comment s'en servir dans un combat à mains nues. Pendant ce temps, Kellyn brandit son épée.

– À deux contre vingt, ils vont se faire massacrer, dit Temra.

– Je sais.

– Ils vont mourir !

– Je sais.

– Fais quelque chose !

Faire quoi ? Mes bras sont immobilisés par deux soldats en rouge. Temra est entourée de deux fois plus de gardes encore. Il y a des guerriers surentraînés tout autour. Des chevaux derrière nous. Des armes de toutes parts.

L'un des hommes de Kymora s'apprête à fixer les nôtres au bât du cheval qui se trouve juste à ma droite.

Je suis terrifiée. Je sais que ces hommes me feront du mal si j'essaie de me libérer, mais je dois tenter le coup. Pour Petrik. Pour Kellyn.

Le garde à ma droite a une épée bâtarde rangée dans son fourreau et pendue à la gauche de sa taille. Je coince mon genou entre le fourreau et sa jambe, et donne un coup vers le haut de toutes mes forces. Le garde pousse un « ouf ! » et trébuche en arrière sous la pression du fourreau qui lui rentre dans l'estomac. Au moment où il lâche mon bras, je place ma botte contre le garde à ma gauche et le repousse brutalement. Je suis libre !

Je sais que je dispose d'une seconde à peine avant que les gardes ne répliquent, aussi je me rue vers le cheval. J'attrape Mange-Secrets, ressens son poids terrible dans ma main. Et de toutes mes forces, je le lance, encore dans son fourreau. À peine a-t-il quitté ma main qu'une poigne brutale me tire en arrière, mais je regarde le glaive décrire un cercle dans les airs, voler au-dessus des têtes, plus vite que les gardes qui lui courent après. Il atterrit loin à gauche de Kellyn.

Peu importe. Les soldats sont déjà sur lui.

– Petrik ! Le glaive ! Donne-le à Kellyn !

L'érudit se jette vers l'épée, laissant Kellyn se débrouiller seul avec les soldats.

– Super ! crie Kellyn dans le dos de Petrik. Merci pour ton aide, hein !

Le mercenaire se précipite sur le premier garde, frappant à deux mains juste sous l'aisselle, où la cotte de mailles s'arrête. Le soldat tombe.

Deux autres le remplacent. Kellyn dessine des arcs devant lui avec son épée, empêchant les deux d'avancer. Mais à la passe suivante, il perd l'équilibre, et je hurle en voyant un garde s'engouffrer dans la brèche.

C'était une feinte ! Kellyn tranche le bras du garde et, dans le même mouvement, pivote pour se retrouver derrière le deuxième qu'il poignarde dans le dos.

La commandante pousse un grognement agacé :

– L'un de vous peut-il faire son boulot et me débarrasser de ces deux-là ?

Alors tous les soldats, sauf ceux qui nous gardent Temra et moi, se jettent dans la bataille. Celle qui donne les ordres recule vers nous.

– Mettez-les à cheval.

Les bras tordus dans le dos, nous sommes poussées rudement vers les montures.

À cet instant, Petrik pose la main sur le glaive, qu'il lance aussitôt à Kellyn. Le mercenaire doit lâcher son espadon d'une main pour attraper Mange-Secrets.

– J'ai déjà une arme, idiot ! Qu'est-ce que je peux faire de celle-ci ?

– Kellyn, sers-t'en ! j'ordonne pendant que quelqu'un me hisse sur une selle. Et Petrik, fuis ! Aussi loin que possible de Kellyn !

À ma grande surprise, tous les deux m'obéissent. Kellyn lâche son espadon et fait passer Mange-Secrets dans sa main droite. De la gauche, il retire le fourreau qu'il laisse tomber sur le sol.

J'entends d'ici la magie qui bourdonne. Ce n'est peut-être que dans mon imagination que le glaive brille d'être libéré après un si long confinement, mais je jurerais qu'il scintille dans la lumière du soleil. Kellyn ajuste sa prise au poids inattendu de l'arme ; c'est juste un glaive, après tout, conçu pour être tenu d'une seule main.

Pendant ce temps, Petrik regarde par-dessus son épaule tout en s'éloignant de Kellyn, pour voir ce qui va se passer.

– Lance tes attaques ! je hurle.

L'un des gardes me colle une gifle.

– Pas un mot de plus !

Kellyn, un peu perdu, regarde les soldats qui sont encore à bonne distance.

– Quoi, maintenant ?

J'imagine ce qu'il doit penser. En quoi une épée qui révèle des secrets pourrait-elle lui être utile en ce moment précis ?

– Oui, maintenant ! crie Temra.

Que ce soit pour tester l'arme, pour intimider les soldats ou encore pour faire plaisir à Temra, je ne sais pas, toujours est-il que Kellyn se lance dans une série de passes avec le glaive.

Les trois premiers soldats portent les mains à leur ventre avant de s'effondrer au sol, du sang jaillissant des entailles qui ouvrent leur estomac. Kellyn contemple sa lame avant de croiser mon regard. Puis je le vois rentrer en lui-même quand les pensées des soldats envahissent son esprit.

Revenant à lui au moment ou un autre garde se jette sur lui, il le fend en deux de la tête aux pieds. Le glaive, emporté par son élan, se fiche dans le sol, et Kellyn doit tirer dessus plusieurs fois pour le dégager.

Mon cœur se soulève à la vue de la destruction causée par cette lame que j'ai forgée. Je voudrais fermer les yeux, me transporter par la pensée n'importe où ailleurs, mais je me force à regarder. Je dois voir ça. Voir ce que j'ai fait.

Les autres soldats de Kymora connaissent bien vite le même sort : ils tombent comme des mouches sous les assauts de Mange-Secrets, incapables de s'approcher assez pour mener un combat équitable.

Le dernier d'entre eux tente de parer un coup avec son épée bâtarde, mais sa lame se brise en deux comme une brindille, et le glaive lui entaille le cou, perforant l'artère, faisant jaillir le sang à gros jets.

Lorsque Kellyn se tourne dans ma direction, je me rends compte que nos ennemis ne me retiennent plus. Ils se sont enfuis. Temra aussi est libre. Seule la commandante demeure. Elle est près de son cheval, mais au lieu de se mettre en selle, elle farfouille dans son paquetage avant d'en tirer une arbalète chargée. Le carreau part avant même que j'aie pu avertir Kellyn.

Mais son instinct ou une autre force inconnue le pousse à lever haut le glaive avant de l'abaisser vers le sol. L'onde de choc fait éclater la flèche en vol comme si elle s'écrasait contre un mur invisible. La femme lance aussitôt un nouveau carreau, qui subit le même sort. Et, finalement, Temra sort de sa tunique l'un de mes poignards qui ne s'émoussent jamais et achève la commandante.

Dès que c'est fini, dès que tous nos ennemis ont disparu, Kellyn jette Mange-Secrets loin de lui. Il tombe à genoux et se met à vomir dans l'herbe.

Et comme si c'en était trop pour mon estomac, je l'imite dans un dernier haut-le-cœur.

Lorsque Kellyn a retrouvé ses esprits, il se relève et s'adresse à moi :

– C'est quoi, cet instrument du diable ?

– C'est Mange-Secrets.

– Foutaises !

– Le glaive a des pouvoirs de longue portée.

La gorge tellement serrée qu'il a du mal à parler, il regarde incrédule l'arme qui gît à terre.

– C'est ça que cherche Kymora. Tu m'as menti.

Je nie farouchement :

– Je n'ai jamais menti. Je ne t'ai pas tout dit, mais je n'ai pas menti. Elle veut vraiment que je forge des armes pour son armée, mais je me suis aussi enfuie avec celle qu'elle m'avait commandée. Tu te rends compte de ce qu'elle pourrait faire avec une telle arme ? De ce que n'importe qui pourrait faire ? Il fallait que je la mette à l'abri. Tu étais un inconnu. On ne pouvait pas te faire confiance. Et si tu t'enfuyais avec l'arme en nous abandonnant ?

– Bon sang, la Forge ! Je t'ai dit que j'avais besoin de savoir dans quoi je m'embarquais ! Et maintenant, les hommes de Kymora m'ont vu et repéré.

Temra ricane en touchant du pied l'imposteur mort, toujours affublé du masque de Kellyn.

– Manifestement, ils t'avaient déjà repéré. Sinon la Fileuse de coton n'aurait pas pu fabriquer ça.

Je ne vais pas la contredire, mais ce n'est pas nécessairement vrai. On ne sait pas comment fonctionne le pouvoir magique de la Fileuse. Elle aurait pu tisser le masque pour qu'il prenne l'apparence de toute personne que le porteur aurait sous les yeux au moment d'enfiler l'artefact. Ce qu'on sait, en revanche, c'est que plusieurs soldats de Kymora ont réussi à s'échapper. Elle saura très vite exactement où nous sommes. Et qui nous accompagne.

– Je m'en fiche ! Je ne devrais pas être mêlé à tout ça, s'exclame Kellyn. J'ai une vie, une vie qui me plaît, et je n'avais pas prévu de la perdre pendant que vous trois vous jouez aux héros.

Il se penche vers le cadavre qui porte son visage et lui retire le masque, qui reprend aussitôt l'aspect d'une pièce de tissu ordinaire, dans un camaïeu de bleus. À l'aide de la première épée qui lui tombe sous la main, Kellyn le taille en pièces.

Devant la destruction de cet objet magique, Petrik ne peut retenir une grimace. Puis il lève des yeux étonnés sur le mercenaire.

– On a cru que tu nous avais vendus à la seigneuresse.

– Et que tu étais parti avec notre argent, ajoute Temra.

Kellyn les regarde tour à tour avant de se tourner vers moi.

– Et toi ? Tu as aussi présumé que je vous avais trahis ?

J'en reste bouche bée, incapable de trouver mes mots. Je savais que quelque chose n'était pas normal, mais le regard furieux de Kellyn m'empêche de parler.

– Je vois, crache-t-il, la fureur déformant ses traits.

Il détache de sa ceinture une bourse qu'il jette à mes pieds.

– L'argent de la lance.

Je voudrais dire quelque chose, n'importe quoi, mais qu'y a-t-il à dire ? Je ne peux pas réparer le fait que je lui ai dissimulé une partie de la vérité ni le fait que Kymora sait maintenant qu'il nous a aidées.

Aucun sentiment de culpabilité ne sera assez grand par rapport à ce qu'il a accompli. Il nous a sauvés. À trente contre un, il a risqué sa vie pour nous. Il aurait pu s'enfuir avec l'argent en constatant qu'on ne l'attendait plus devant la boutique, mais il est venu nous trouver. Et il ne réclame même pas de compensation.

Je ne peux que l'admirer.

D'un geste raide, je me penche pour ramasser la bourse.

Le mercenaire cherche son espadon parmi les corps, pendant que Temra et Petrik ramassent les armes des soldats. Ma sœur me tend ensuite Mange-Secrets, que je remets au fourreau et que j'attache une fois de plus à ma ceinture.

Quand nous avons retrouvé nos biens, on se regarde tous les quatre.

– Je suis dans cette histoire jusqu'au cou, maintenant, que je le veuille ou non. Je n'ai plus qu'à rester avec vous autres jusqu'à ce qu'on règle ce problème, dit Kellyn en désignant Mange-Secrets d'un coup de menton. C'est quoi le nouveau plan ? demande-t-il d'un ton mordant qui me fait grimacer.

– Ne traînons pas ici, suggère Temra. On parlera stratégie en chemin.

– Notre seule option pour l'instant, c'est la route vers Briska, déclare Kellyn. Sinon, c'est retour à Lirasu où on sait que Kymora aura posté des hommes.

– Alors prenons la route de Briska, conclut Temra.

Chapitre
— 17 —

Nous décidons d'« emprunter » les chevaux des soldats. Il n'y a aucune raison de se priver de ces bêtes utiles et bien dressées. De plus, les sacoches qu'ils portent sont pleines de nourriture et d'autres provisions : assez pour nous dispenser d'acheter quoi que ce soit d'autre. On répartit tout ce qu'on peut entre quatre chevaux, puis on se met en selle.

Ce n'est que lorsque Temra et moi sommes prêtes à partir que je remarque Petrik, toujours à pied, menant sa monture par les rênes.

– Qu'est-ce que tu fais ? lui demandé-je.

– Je mène le cheval par la bride.

– Pourquoi ?

Il ne répond pas. Temra ricane derrière sa main puis, son fou rire passé, s'enquiert :

– Tu sais monter à cheval ?

– Bien sûr. J'ai lu un certain nombre d'ouvrages sur le sujet.

– Mais tu n'as jamais pratiqué ?

Il ne répond pas. Kellyn s'apprête à faire une remarque, mais je l'arrête d'un signe de tête. *N'y pense même pas.*

– Viens, dit Temra en tendant la main à Petrik. Tu peux monter en croupe derrière moi, le temps de t'habituer. On va attacher ton cheval au mien, et il suivra tout seul.

Petrik ne semble toujours pas convaincu, mais Temra ajoute d'une voix douce :

– Tu vas nous ralentir, autrement.

Alors Petrik, à contrecœur, met le pied à l'étrier et se hisse derrière Temra. Sa position à cheval est lamentable. Il n'a aucun équilibre et paraît tout à fait terrifié.

– Passe tes bras autour de moi, l'encourage Temra.

Docilement, il s'agrippe à sa taille et se décrispe un peu. Il pousse tout de même un petit cri au moment où Temra met sa monture en marche. Pour le distraire, elle lui demande :

– Qu'est-ce que tu as dit à ce soldat, Petrik ? Il était sur le point de t'embrocher, mais il a hésité, juste avant que Kellyn n'intervienne pour l'éliminer.

Petrik réfléchit un moment.

– Je ne m'en souviens pas. J'avais tellement peur que je ne sais même pas ce que je racontais.

Le soldat a hésité avant de le frapper ? J'avais les yeux fermés à ce moment-là.

– Je suis contente que Kellyn soit arrivé à temps, conclut Temra.

– Moi aussi, dis-je en jetant un coup d'œil à Kellyn, qui garde obstinément le regard fixé sur la route.

– Le plan, dit-il pour nous ramener au principal.

– On doit se débarrasser du glaive, explique Temra. C'est notre boulot. Le monde sera en danger tant que cette arme en fera partie.

– On ne peut pas le briser, j'ajoute. J'ai déjà essayé. Il est indestructible.

Petrik, toujours accroché à ma sœur comme si sa vie en dépendait, tourne la tête vers moi.

– C'est pour ça que tu m'as posé toutes ces questions sur la destruction des objets magiques ? Ziva, si tu m'avais parlé plus tôt de ce glaive, j'aurais pu t'aider.

– Et maintenant ? Tu peux m'aider ? Tu sais ce qu'on devrait faire ?

– On ne peut pas le détruire, et Kymora ne doit jamais mettre la main dessus. C'est tout ce dont on est sûrs, dit-il en réfléchissant à haute voix. On doit cacher le glaive dans un endroit où il ne sera jamais retrouvé.

– C'est pour ça qu'on a essayé de l'emporter à Thersa. On ne pensait pas que la seigneuresse nous trouverait là-bas.

– C'était stupide, commente Kellyn. Elle est la personne la plus puissante du monde entier. Son réseau d'espions est immense. Son armée est si nombreuse qu'elle dépasse toutes celles des chefs de région combinées ! Et vous comptiez vous cacher sous les tropiques ?

– On cherche des suggestions constructives, je fais remarquer.

– L'océan, dit soudain Petrik.

– Quoi ?

– On prend un bateau à destination du continent du Nord, explique-t-il. Quand on est à mi-chemin, on balance le glaive à l'eau. Personne ne le retrouvera jamais.

Après une seconde de silence, je déclare :

– C'est un bon plan.

– Dans ce cas, je vous emmène jusqu'à Galvinor, dit Kellyn. De là, vous pourrez louer un bateau. Quand la seigneuresse retrouvera votre trace sur les rives du continent, elle comprendra ce que vous avez fait. Moi et les miens, on devrait être hors de danger à ce moment-là.

La culpabilité est une émotion puissante et elle me consume : je réalise que si j'ai tout fait pour protéger ma famille, j'en ai mis d'autres en danger.

†

On ne fait halte que tard dans la nuit, une fois qu'on a mis assez de distance entre la capitale et nous. Petrik entame sa routine habituelle, s'apprêtant à faire du feu, quand Kellyn l'en empêche.

– Évitons de faire du feu avant le matin. On ne sait pas où peuvent se cacher nos ennemis.

Visiblement, Petrik est déçu de devoir se priver d'un repas chaud après une journée entière passée en selle. Il retourne ranger ses gamelles dans son paquetage, se dandinant en marchant, comme les oiseaux sans ailes de Thersa.

– Regarde, dit Temra, je vais te montrer quelques étirements qui devraient te soulager. Il va falloir que tu sois prêt à monter de nouveau demain matin.

Poussant un grognement à cette idée, Petrik s'exécute néanmoins, se pliant comme le lui montre Temra et rougissant quand il se retrouve le nez à hauteur des fesses de ma sœur.

Je les observe avec un sourire amusé.

Et puis, comme si tous les événements de la journée me tombaient dessus d'un coup, une vague d'épuisement me submerge.

J'ai besoin d'un moment seule.

Écartant les branches, je trouve un sentier dans la forêt. Mes bottes s'enfoncent dans le sol couvert de feuilles et de végétaux pourrissants. J'ai des douleurs aux bras à force d'avoir été malmenée par les gardes et mes genoux flanchent au moment où j'échappe enfin à la vue des autres.

Derrière mes paupières fermées, je revois les soldats de Kymora nous encercler. Chaque seconde d'horreur se répète en boucle dans mon esprit. L'épée pointée sur Petrik. Ma sœur qu'on enlève. Le massacre causé par Mange-Secrets.

Alors surgit l'attaque.

Elle ne vient pas de l'extérieur, mais du plus profond de moi-même.

Mon souffle s'affole, emplit mes oreilles d'un sifflement strident. Je plaque mes mains contre l'écorce de l'arbre le plus proche tandis que mon esprit dévisse. Il sombre dans un abîme froid et vide où l'espoir a disparu. Il n'y a ni échelle ni corde pour s'en sortir. Il n'y a pas de fin à cette chute, pas de lumière pour me guider.

Je ne suis plus que peur et panique.

Le temps semble s'accélérer, ou bien au contraire il se fige, s'arrête pour de bon, me laissant sur place pendant que le monde poursuit sa course.

– Te voilà ! dit une voix furieuse qui me semble proche.

Je me tourne vers sa source, horrifiée que Kellyn me surprenne en pleine attaque.

– Il faut qu'on parle. Je n'en reviens pas que tu m'aies forcé à… La Forge ?

Je lui fais signe de s'éloigner, tout en essayant de respirer. Kellyn ignore mes signaux et se place derrière moi. Il m'enveloppe dans ses bras et me serre doucement mais fermement. Sa voix grave bourdonne :

– Je suis là. Tu es en sécurité.

Je n'essaie pas de me dégager, je ne m'abandonne pas non plus contre lui. Le contact de son corps me fige dans l'immobilité.

– Ziva, tout va bien.

Il reste là, attendant avec moi que l'attaque reflue. J'ai honte qu'il soit témoin de mon état, mais je ne peux rien contre la panique.

Je tombe.

Quand est-ce que ça s'arrête ?

Faites que ça s'arrête.

Respire.

Lorsqu'enfin j'émerge du trou noir, je ne bouge pas. Je ne peux pas. Parce que si je m'écarte, il verra les larmes qui inondent mon visage. Me faire surprendre en pleine crise, par *lui*, est déjà bien assez pénible.

Peut-être que si je parle, ça paraîtra moins étrange que je le laisse me tenir dans ses bras ?

– Tu ne m'appelles jamais par mon prénom. Tu dis toujours « la Forge ».

– Je ne voulais pas m'attacher.

– Et maintenant ?

Il marmonne quelque chose qui sonne comme « trop tard », mais je n'en suis pas sûre.

– J'ai cru que c'était fini, dis-je. J'ai cru que la seigneuresse nous tenait. Que j'allais perdre ma sœur, devenir esclave pour le restant de mes jours, sachant que j'avais causé la destruction du monde. J'ai cru pendant un instant que tu nous avais abandonnées à ce sort terrible. Je t'ai vu t'enfuir avec notre argent. Pourtant, je savais aussi que ce n'était pas toi. Quelque chose dans ton apparence clochait, et que tu nous trahisses n'avait aucun sens. Mais c'était ton visage ! Si seulement j'avais compris la vérité…

– Les hommes de Kymora auraient fini par vous retrouver de toute façon. Ce n'était qu'une question de temps. Ils savaient où on était, et si leur piège n'avait pas fonctionné, ils auraient trouvé le moyen de vous tendre une embuscade plus tard. Et à ce moment-là, j'aurais été déjà loin et incapable de vous sauver.

Je déglutis bruyamment.

– Pourquoi tu ne t'es pas servie du glaive plus tôt quand on était poursuivis à Thersa ? demande-t-il.

– Je ne voulais pas que tu connaisses son pouvoir. Je ne suis pas une escrimeuse très douée, j'ai peur de blesser quelqu'un par mégarde. Et… je n'ai envie de tuer personne.

Ce n'est pas le genre d'arme qui n'inflige que des blessures. Je ne veux jamais avoir à m'en servir. Peut-être que ça fait de moi quelqu'un de faible à tes yeux, mais…

– Non. Vouloir ne tuer personne n'est pas une tare, Ziva. J'espère que tu n'y seras jamais obligée, dit-il en me frottant doucement les bras, redonnant de la chaleur à mes membres.

– Pourquoi tu es venu nous trouver ? Tu avais l'argent. Tu ne nous devais plus rien. Pourquoi nous sauver ?

Il me tourne face à lui. J'essuie mes yeux humides et, s'il remarque le geste, il ne le commente pas.

– Parce que j'avais dit que je vous donnerais l'argent de la vente. J'avais promis. J'étais obligé de vous sauver pour tenir parole.

Je me force à le regarder dans les yeux.

– Tu étais seul contre trente. Tu devais savoir que tu ne vaincrais pas. Alors pourquoi te mettre en danger ? S'il s'agissait juste de respecter ta parole, tu aurais pu balancer l'argent quand tu nous as retrouvés et t'enfuir en courant.

– Ils allaient tuer l'érudit. J'ai eu pitié de lui.

– Ah.

Une longue pause.

– Et puis, j'ai vu qu'ils t'avaient prise. Ils essayaient de t'enlever. Je n'ai pas réfléchi, j'ai agi. Je me fichais du nombre de soldats dans cette clairière parce que je ne les voyais même pas. Tout ce que j'ai vu, c'est que tu étais en danger, alors je me suis battu.

Une sensation délicieuse de légèreté se répand dans mes veines, depuis mon cœur jusqu'à l'extrémité de mes doigts.

Mais elle disparaît aussitôt et je recommence à paniquer, luttant pour trouver quelque chose à répondre. Le silence est trop long. Je recule d'un pas.

– Ce glaive, dit Kellyn, tu aurais dû m'en parler.

– Il est tellement dangereux. Moins il y a de gens au courant, mieux c'est.

Je baisse les yeux et me tords les doigts avant d'ajouter dans un murmure :

– Que tu sois au courant pour le glaive n'aurait pas empêché les soldats de Kymora de découvrir que tu nous aidais.

– Je sais.

– Mais ce n'est pas pour ça que tu es en colère. C'est parce que je ne t'ai pas fait confiance.

– Oui.

– Si ça compte encore, je te fais confiance, maintenant.

Je l'entends respirer profondément.

– Oui, ça compte beaucoup pour moi.

Une nouvelle pause dans la conversation, et je me mords la joue. Je devrais peut-être lui donner une preuve de cette confiance ?

– Tu veux te charger de Mange-Secrets pour le voyage jusqu'à Galvinor ? Tu es le seul, à mes yeux, à pouvoir t'en servir.

– Je ne veux plus jamais y toucher, m'interrompt-il. Quand je l'ai en main, j'ai une mauvaise sensation. Comme s'il ne m'était pas destiné.

– D'accord.

Dans le silence qui suit, je sens la tension monter entre nous, aussi dense qu'un nuage de fumée. Je voudrais qu'elle se dissipe. Il a envie de me pardonner. J'ai envie de lui pardonner.

Mais nos fautes sont-elles irréparables ?

– Je ne peux rien changer au fait que Kymora connaîtra bientôt le rôle que tu joues auprès de nous, dis-je. Mais dis-moi comment je peux arranger les choses.

Kellyn m'a dit un jour quelque chose d'approchant. Je me demande s'il a saisi l'allusion. Quand il ne répond pas, je lève les yeux. C'est ce qu'il attendait, et il plonge son regard dans le mien.

– Je veux que tu ne me caches plus rien. Plus de mensonges. Plus de secrets. Y a-t-il autre chose que je devrais savoir ?

– Rien.

Mais je me rends compte aussitôt que ce n'est pas tout à fait vrai.

– Sauf, peut-être…

– Peut-être… ? m'encourage-t-il.

Je pousse un grognement.

– Quoi ?

– Je n'ai vraiment pas envie de t'en parler.

– Ziva, plus de secrets. Tu as dit que tu me faisais confiance.

– Ce n'est pas une question de confiance. C'est que je n'ai pas envie que tu saches.

– Pourquoi ?

– C'est gênant.

– Je suis sûr que ce n'est pas si terrible. Quoi que ce soit, tu peux me le dire, et je tenterai d'avoir une réaction à la hauteur.

Je grogne de nouveau, m'efforce de rassembler mon courage.

– Tu es lié au glaive plus que tu ne le crois, dis-je pour commencer, avant de marmonner le reste de l'histoire, cachée derrière mes mains. Je t'ai vu avant qu'on se rencontre, la première fois où tu es venu à la boutique. J'étais à la forge, je travaillais sur Mange-Secrets. Je n'avais pas encore ajouté la magie quand tu es passé devant la fenêtre, dans la rue. Et puis… la magie a eu lieu.

– Je ne te suis pas.

– Il se peut que j'aie émis un commentaire te concernant à haute voix. Un secret. Et le glaive l'a mangé.

– Quel commentaire ?

– Je ne me rappelle plus la formulation exacte.

– Bien sûr que tu te rappelles, dit-il en retirant mes mains de devant mon visage. Qu'est-ce que tu as dit, Ziva ?

– Je ne t'en parle que parce que je me sens coupable de t'avoir mis en danger contre ton gré.

Il attend la suite, masquant mal un sourire moqueur.

– Tu dois comprendre que je n'aime pas les gens.

– Tu l'as déjà dit.

– Non, je veux dire que je ne suis pas attirée par les gens. Je n'ai jamais été attirée par qui que ce soit, dis-je en fixant son cou, incapable de le regarder dans les yeux. Je n'ai jamais rencontré qui que ce soit qui ne me terrorise pas au point de vouloir partir en courant. Je suis sujette à des attaques, comme celle à laquelle tu viens d'assister. Je panique facilement et j'ai tout le temps peur pour des raisons que je n'arrive pas vraiment à expliquer, à part que la peur est toujours liée aux gens. Et puis je t'ai vu, et tu étais si beau. Pour la première fois de ma vie, j'ai eu envie de m'approcher physiquement de quelqu'un. Et ce désir, ajouté au désir exprimé à voix haute de te toucher, a donné au glaive ses propriétés de longue portée.

J'ai prononcé la dernière phrase en chuchotant. Pourtant je continue, plus fort : je ne dois pas lui laisser l'occasion de répondre à mon aveu. C'est bien trop humiliant.

– Maintenant, tu sais tout. Et toi, rien à me dire ?

– Le glaive ne t'a pas déjà tout dit à mon sujet ?

– Pas tout, non. Je te demande s'il y a autre chose. Maintenant que tu connais les enjeux, tout ce qu'on fuit et ce qu'on protège. Tu n'as rien à ajouter ?

– Non. On est quittes, Ziva.

Je souffle enfin, m'autorisant à jeter un œil à son visage. Je m'attends à y trouver une expression un peu hautaine. Au lieu de quoi Kellyn me regarde comme s'il ne m'avait jamais vue. Comme s'il aimait tout ce qu'il voyait.

Il me prend la main et, avant que je puisse décider si je la lui laisse ou pas, il caresse mes phalanges du bout des doigts et dit :

– J'ai entendu leurs secrets. Tous ces hommes et ces femmes que j'ai tués avec le glaive. L'un d'eux trompait sa femme. Une autre envisageait de déserter de l'armée de Kymora ; elle ne savait pas où se cacher, envisageait de vivre dans les montagnes. L'un d'eux volait de l'argent à ses camarades soldats. Une femme avait le béguin pour un soldat du rang. Presque tous avaient peur de la mort. Je l'ai entendue. Leur peur. C'était affreux. Tellement affreux que ça m'a rendu malade. Je ne l'avais jamais soupesé avant, ce glaive, il est… lourd.

– Il est lesté de mes secrets. Ce sont eux qui lui donnent son pouvoir.

Soudainement, le contact entre nos mains me met mal à l'aise. Je retire doucement ma main et le regrette aussitôt.

Sa présence m'est tour à tour agréable et insupportable, comme si mon esprit n'arrivait pas à se décider. Mon corps non plus ne sait pas comment réagir à sa proximité : une seconde, je suis heureuse de le toucher, la suivante, je voudrais qu'il soit loin de moi.

Ma vie est un monde d'opposés. En sécurité dans ma forge un instant, celui d'après, je fuis pour sauver ma peau. Je vais bien une minute, et la suivante, je suis submergée par le désespoir et la panique.

Je ne contrôle rien. Et c'est ce que je déteste. Je suis plus que la somme de mes peurs et de mes faiblesses, mais trop souvent, elles m'accaparent tout entière.

– Je peux avoir un moment seule ?

– Bien sûr.

Une fois qu'il est parti, je me rends compte qu'il n'a pas commenté le fait que je le trouve beau. Que je voulais le toucher. Il s'est contenté de prendre ma main, comme si son vœu était de me donner ce que je voulais.

Petrik gémit à chaque mouvement.

– J'ai mal aux genoux. J'ai mal aux pieds. Mal aux fesses. Mal au dos. Mal au cou. Comment est-ce possible ?

Aujourd'hui, pour la première fois, Petrik monte son propre cheval avec sa propre selle. Au moment de descendre, il atterrit sur ses pieds – qui se dérobent aussitôt, et il se retrouve cul par-dessus tête.

Temra se précipite à son secours, le traînant hors de la route par les bras pendant que Kellyn et moi nous occupons du cheval.

– Il faut que tu enlèves tes étriers un peu avant de descendre pour que la circulation revienne dans tes pieds, explique-t-elle. Pour la prochaine fois.

– C'est la dernière fois que je monte sur un canasson, geint-il.

– Il nous reste encore beaucoup de chemin à parcourir.

Nous dessellons les chevaux et les attachons avec beaucoup de longe pour qu'ils puissent brouter librement et boire au ruisseau tout proche.

Temra prépare les couchages, Petrik se charge du repas, et moi je vérifie que nos montures n'ont pas de cailloux dans les fers pendant que Kellyn monte les tentes volées aux soldats de Kymora. Alors qu'il y en avait assez pour chacun de nous, j'ai demandé à Temra si elle voulait bien qu'on continue à partager la nôtre.

Tandis que je soulève le sabot antérieur droit de ma jument, je sens des yeux posés sur moi. Kellyn essaie de croiser mon regard depuis notre conversation privée. Quand on s'est touchés. Quand j'ai avoué la vérité concernant l'origine du glaive. Mais je baisse les yeux et j'évite de me trouver seule avec lui. En fait, la simple possibilité d'un tête-à-tête me terrifie. Parce que depuis ce… ce contact, mon esprit vagabonde vers d'autres choses.

Lorsque je sens qu'il ne me regarde plus, je me risque à jeter un coup d'œil dans sa direction. J'observe les longs muscles de ses bras, la façon dont ses biceps se contractent quand il plante les poteaux de la tente. Et je me demande ce que ça ferait d'enrouler mes doigts autour de ces biceps. Il est si grand. J'ai l'habitude d'être plus grande que la plupart des hommes, alors que Kellyn me dépasse d'une bonne tête. Jusqu'où devrait-il se pencher pour…

Cette pensée me fait frémir.

Pour m'embrasser.

D'abord, je suis terrifiée rien qu'à l'idée, mais à force de l'imaginer, lui et moi, si proches, la curiosité remplace la trouille.

Qu'est-ce que ça ferait que d'autres lèvres touchent les miennes ? Pas n'importe quelles lèvres. Les siennes. Ce sourire moqueur s'estomperait-il assez longtemps pour un baiser ? Ou continuerait-il à sourire tout le temps que ça durerait, considérant ce baiser comme une victoire ?

J'essaie d'imaginer les détails, sans succès. J'ai déjà vu des gens s'embrasser, évidemment, mais en général, je détourne aussitôt le regard, gênée par ce genre de scène.

Je ne peux pas imaginer comment nos bouches s'uniraient, mais je sais que j'ai envie de toucher son bras, peut-être de passer ma main sur son torse ou dans ses cheveux…

Tout à coup, la scène qui se joue dans ma tête se transforme : de terrifiante, elle devient excitante.

Pourtant, quand Kellyn commence à se tourner vers moi…

La peur.

C'est la peur qui reprend le dessus.

Chapitre 18

Nous apercevons les tours longtemps avant d'arriver à Briska. La ville est tout en hauteur : les immeubles sont étroits et s'élancent droit vers le ciel avec leurs cinq étages ou plus. Kellyn nous explique qu'ils abritent des appartements, logeant plusieurs familles à chaque étage.

Je frémis à cette idée. Comme si ça ne suffisait pas d'avoir des gens de part et d'autre, voilà qu'on en rajoute au-dessus et en dessous. Je n'imagine même pas combien de personnes sont entassées dans cette cité si les bâtiments poussent vers le haut alors que la ville est déjà si vaste.

Tout va bien. On ne va pas rester ici. On ne fait que traverser pour aller à Galvinor.

Cependant, mon cerveau part en vrille à l'idée qu'on pourrait avoir à passer une nuit ici. Je suis sûre que je préférerais mourir.

Je préférerais être couverte de fourmis rouges.

Ou roulée au bas d'une colline dans une barrique pleine de clous.

Ou couverte de miel et jetée dans la tanière d'un ours.

– Ziva, m'interroge doucement Temra, comme s'il s'agissait de me faire descendre d'une corniche vertigineuse.

Elle a peut-être raison. Je déglutis, incapable de m'arracher au spectacle de ces tours au loin.

– Je vois, on va regarder de l'autre côté un petit moment, dit Temra en prenant mes rênes pour faire faire demi-tour à la jument, face à la route que nous venons de parcourir. Et respire, Ziva.

– Arrête de me couver, dis-je sèchement. Non, ce n'est pas ce que je voulais dire. Désolée. C'est juste qu'elle est si vaste. Et…

Kellyn positionne son cheval juste devant moi, me forçant à le regarder. Avant de parler, il scrute mon visage.

– De quoi tu as peur ?

– Ne sois pas si surpris. Tu m'as déjà vue au pire de la crise.

– Je me demande simplement quelle en est la cause. J'ai envie de comprendre.

– C'est les gens. Je n'aime pas être entourée par autant de gens.

– Ils ne te feront aucun mal, dit-il en inclinant la tête.

– Si c'était une peur rationnelle que je pouvais m'expliquer à moi-même pour m'en débarrasser, crois-moi, je l'aurais fait depuis longtemps. Ce n'est pas quelque chose que je contrôle. Ou que tu peux résoudre. C'est juste un truc avec lequel je vis.

Kellyn ouvre la bouche, mais Temra l'interrompt :

– Moi, j'ai peur des araignées. Je sais que la plupart ne sont pas venimeuses. Je sais que la plupart ne mordent même pas. Je sais que je suis bien plus grande qu'elles. Peu importe. Quand je vois une araignée, je perds tous mes moyens. On a tous une faiblesse de ce genre. Ne t'en prends pas à Ziva parce que tu ne comprends pas la sienne.

De nouveau, le mercenaire tente de se défendre et est interrompu, par Petrik cette fois :

– Moi je n'aime pas être tout seul dans le noir.

Kellyn rétorque aussitôt :

– Parce que des monstres pourraient t'attaquer ?

Petrik l'ignore et poursuit son récit :

– Une fois, j'étais seul à la bibliothèque et quelqu'un a soufflé les bougies, ignorant que j'étais encore dans la salle de lecture. J'ai dû trouver la sortie à tâtons, dit-il en inspirant profondément comme pour chasser le souvenir.

Alors on se tourne tous vers Kellyn.

– Quoi ? Je ne souffre pas de peurs irrationnelles.

– Menteur, dit Temra. Tout le monde en a au moins une.

– Eh bien, pas moi.

– Je crois que quelqu'un a une peur irrationnelle d'apparaître comme vulnérable, chantonne Petrik en m'adressant un regard complice.

– Certainement pas, nie Kellyn.

– Oh que si ! approuve Temra.

Je ne peux pas m'empêcher de sourire comme une idiote. J'avais besoin de ces personnes pour ce voyage. Je n'y serais jamais arrivée sans elles. Existe-t-il une puissance supérieure qui le savait ? Était-ce le fait des Sœurs-Déesses ? Ou simplement le destin ?

Mon sentiment quant à cette cité ne s'est pas beaucoup amélioré, mais le seul fait de savoir que ces trois-là m'accompagnent me donne de la force.

Je dirige ma jument vers la ville.

†

Personne n'essaie de nous parler, personne ne nous souhaite la bienvenue en ville. Les gens vaquent à leurs occupations et se mêlent de leurs affaires. Un jeune homme promène deux chiens en laisse. Une femme âgée rentre chez elle, chargée de sacs de commissions, et personne ne propose de l'aider.

Ça me plaît.

Jusqu'à ce que je remarque des enfants qui mendient. Temra s'écarte pour aller leur acheter à tous un repas auprès d'un marchand de rue.

Une grande ville, ça veut dire aussi plus de pauvreté et plus d'ordures. Les rues sont crasseuses, jonchées de déchets, de nourriture décomposée et de bouts de parchemins boueux.

– Oh, pas par là, indique Kellyn en nous poussant vers la droite alors qu'on atteint une fourche dans la route.

– Pourquoi ? demande Petrik. Qu'est-ce qu'il y a à gauche ?

– Des commerces moins fréquentables.

– Tu veux parler de maisons closes ? demande Temra.

– Entre autres.

Temra se dresse sur ses étriers pour couler un regard dans la ruelle de gauche.

– Arrête, lui dis-je en la tirant par le bras pour la faire rasseoir.

– Quoi ? Je suis curieuse, c'est tout !

– Si tu trouves que les gamins des rues ont l'air tristes, tu ne veux pas voir les visages faméliques de celles qui travaillent là-bas. Crois-moi.

– Et toi, comment tu connais si bien cette rue ? je demande, sceptique.

– J'ai effectué une mission, un jour, pour un homme dont j'ignorais qu'il était louche au moment où j'ai accepté le boulot. Heureusement, tout ce que j'avais à faire, c'était escorter une livraison. Ensuite, je me suis vite tiré de là.

Je me demande s'il dit la vérité. Et si, en fait, il fréquentait les maisons closes ? Ou était spécialisé en affaires louches ?

Mais non, je chasse vite cette pensée. Ce n'est pas lui.

Je me fige, resserrant les doigts sur les rênes, et mon cheval docile s'arrête.

Pas lui ?

Depuis quand je m'imagine connaître Kellyn ?

L'esprit troublé, je claque de la langue pour remettre le cheval en marche avant que les autres ne remarquent quoi que ce soit.

Temra et moi ne savons pas exactement où nous allons, juste que Kellyn connaît un endroit où on pourra trouver des chambres pour la nuit. Ce soir, nous dormirons dans un vrai lit. Cette perspective m'encourage à avancer dans le flot humain.

– C'est dans ma tête, demande Temra quelques minutes plus tard, ou bien on est suivis ?

Kellyn jette un discret coup d'œil derrière nous, tandis que Petrik commence à se retourner ostensiblement, avant que Temra le rattrape par la chemise pour l'en empêcher. Du coin de l'œil, je constate en effet qu'on a attiré un certain nombre de regards. En temps normal, je remarque ce genre de choses immédiatement, à force d'être toujours sur le qui-vive, mais cette fois, j'étais trop plongée dans mes pensées.

– Tu as raison, confirme Kellyn. Il y a des silhouettes qui nous guettent depuis les ruelles.

Petrik produit un son étranglé et saute à bas de son cheval devant un grand panneau en bois. Toutes sortes de messages y sont fixés par des clous en fer. Des avis de personnes disparues. Des appartements à louer. Des gens qui cherchent leurs animaux de compagnie. Imitant l'érudit, nous mettons pied à terre pour mieux voir ce qui a attiré son attention.

En plein milieu du panneau, à la place d'honneur, se trouve un bout de parchemin carré affichant quatre visages bien alignés. « Récompense : 10 000 ockles par cible capturée. Capturés vivants uniquement. Toute arme en leur possession devra nous être remise. Contactez la seigneuresse Kymora. »

À ce moment, je reconnais nos visages peints sur le parchemin. Ou plutôt non : ce que je croyais être du parchemin est en fait une étoffe. Nos visages sont brodés en couleurs sur l'annonce. La ressemblance est frappante : chaque figure est si réaliste qu'elle semble respirer.

La Fileuse de coton fabrique donc des avis de recherche à notre effigie.

– Non..., souffle Kellyn.

Je suis tellement estomaquée par ce visage semblable au mien qui me fixe depuis l'étoffe que j'en oublie qu'on est suivis. Jusqu'au moment où ils nous tombent dessus.

On me tire par le bras en même temps que je reçois un coup de poing sous la clavicule gauche. Je tombe, et avant que je me relève, on m'empoigne les deux bras, on me les tord dans le dos ; mais alors un autre me tire par le pied, essayant de m'arracher au premier agresseur.

– Lâche-la ! Je l'ai vue en premier.

– Ça m'étonnerait.

– C'est mes ockles !

J'aperçois deux hommes soulever ma sœur par les bras. Elle pousse des pieds contre le panneau de bois et bascule en arrière, emportant au sol avec elle ses deux agresseurs.

Kellyn n'a même pas le temps de dégainer son épée. Il est submergé par des hommes beaucoup plus petits que lui, mais bien plus nombreux. Ils le plaquent au sol, l'immobilisent sous leur poids. Quelqu'un s'avance vers lui, muni d'une corde.

Si je n'étais pas aveuglée par la douleur, je paniquerais sans doute. On me tire les cheveux, je reçois un coup de pied dans les côtes, et tout devient flou quand on me frappe à la tête.

Un sifflement me déchire les oreilles.

Une paire de mains me lâche, puis la deuxième. Je retombe par terre lourdement, les mains pressées contre mon flanc à l'endroit du coup de pied.

– Barrez-vous, vous autres ! Si quelqu'un doit livrer ces criminels, c'est moi.

Je parviens à m'asseoir pour observer les nouveaux venus. Ils portent un uniforme : tuniques noires avec trois (ou six ?) bandes d'argent verticales du col au nombril.

Des gardes de la ville.

Des menottes surgissent comme de nulle part. Je n'arrive pas à compter nos adversaires à travers les larmes qui brouillent ma vision, mais je dirais bien une douzaine. Je suis menottée, Mange-Secrets m'est confisqué. Je n'ai même plus la force de protester.

†

Je ne me rappelle pas avoir perdu conscience, mais quand je me réveille, je suis étendue sur le sol. Ouvrir les yeux est une torture, et tous mes membres me font souffrir. Lorsque j'essaie de trouver une position plus confortable, la douleur me transperce le crâne.

– Qu'est-ce que vous avez fait pour énerver la seigneuresse Kymora ? demande une grosse voix bourrue.

Comme personne ne répond, une autre voix ajoute :

– On dirait bien qu'ils ont volé ce qui lui appartient. Elle a exigé que toutes les armes en leur possession soient mises de côté jusqu'à son arrivée. Vous autres, vous avez vraiment choisi la mauvaise personne à détrousser.

– N'ont pas l'air d'avoir un seul cerveau potable à eux quatre. Bon, poste quand même deux hommes supplémentaires devant la prison. Hors de question qu'ils s'évadent avant la venue de la seigneuresse. Quarante mille ockles, c'est assez pour prendre sa retraite.

– Pas dans cette ville.

– Peut-être que j'irai prendre ma retraite sous les tropiques. Ou dans le Sud, dans les montagnes.

– Et tu supporteras de n'avoir plus personne sous tes ordres à harceler ?

Des rires gras.

– J'aime pas l'allure de c'te grande brute. Poste plutôt quatre gardes en plus.

– Bien, capitaine.

Une porte s'ouvre et se ferme en grinçant. Un verrou se tourne. J'arrive enfin à décoller mes paupières, pourtant il me faut un moment pour comprendre ce que je regarde.

Dans la cellule, il règne un noir d'encre. Je devine les ombres de Petrik, Kellyn et Temra. Ma sœur est accroupie à côté de moi, sa main proche de la mienne, comme si elle la tenait encore il y a un instant.

Je tente de me redresser et pousse un gémissement. Les garçons se précipitent à mon côté, des bras robustes m'installent en position assise et Kellyn scrute mon visage.

– Tu as mal ?

– Partout.

– Et ta tête ? demande Petrik.

– Mal aussi.

Je tâte d'une main l'arrière douloureux de mon crâne. Il y a une croûte. Ils m'ont fait saigner, ces salauds.

– Où on est ?

– La prison municipale de Briska, répond Temra.

– Et les armes ?

– Là-bas, dit-elle en pointant un doigt.

Entre les barreaux, je discerne sur une table un amas de ce qui pourrait être des lames Zivan.

– Ils ont pris tout le reste, se désole Kellyn d'une voix furieuse. Ces enflures de gardes ont pris nos provisions et tout l'argent. Mon argent. Il ne reste plus rien.

– Tu te soucieras de l'argent une fois qu'on sera sortis d'ici, le tance Temra. C'est le moindre de nos problèmes si on n'arrive pas à s'évader avant que Kymora débarque.

Kellyn s'approche des barreaux, les empoigne fermement et se met à les secouer de toutes ses forces. À part un peu de bruit, le résultat est nul. Le mercenaire gronde et balance un coup de pied dans les barreaux, avant de commencer à faire les cent pas dans notre minuscule cellule. Il n'y a même pas de fenêtre, l'air sent le renfermé comme s'il stagnait ici depuis des années.

– On devrait peut-être attendre que Kymora arrive, propose Petrik. Notre meilleure chance de nous évader pourrait bien se présenter au cours d'un transfert.

– Quand Kymora arrivera, il n'y aura plus de chance de quoi que ce soit, réplique Kellyn. Kymora est le vrai pouvoir de Ghadra, pas la famille royale. Comme le royaume n'est pas uni, elle n'en fait qu'à sa tête, en toute impunité. C'est la plus grande guerrière au monde. Quand elle arrive, la partie est terminée.

– Et si elle s'empare du glaive, plus personne n'aura le pouvoir de le lui reprendre, j'ajoute.

– Alors debout ! s'écrie Kellyn. Ne reste pas plantée là. On doit faire quelque chose !

– Et qu'est-ce que tu veux qu'elle fasse ? rétorque Temra. Utiliser ta grosse tête comme bélier contre les barreaux ?

– Il doit y avoir ici quelque chose dont on peut se servir, tempère Petrik. Cherchons !

La cellule n'est pas grande, et quand ma main entre en contact avec un objet lisse sur le sol, je le soulève pour mieux l'étudier.

Puis je sursaute et pousse un cri.

– Qu'est-ce qui se passe ? demande Temra.

– Un os !

– On dirait un fémur humain, déclare Petrik après un examen froid et minutieux.

– Charmant. Quelqu'un est mort dans cette cellule. Et moi qui pensais que ça ne pouvait pas empirer, ronchonne Kellyn.

– Au moins cette personne n'est pas morte récemment, dit Petrik. Rapport aux odeurs et tout ça…

– Donne-moi ça, ordonne Kellyn en s'emparant du fémur, à mains nues, comme si c'était une fleur ou une épée ou n'importe quoi sauf un reste humain.

Il s'approche de la grille, fiche le long os entre deux barreaux et tente de les écarter. Il y a un craquement sec, mais ce ne sont pas les barreaux. Kellyn jure entre ses dents et secoue de nouveau la grille pour faire bonne mesure.

Petrik ramasse l'un des morceaux de l'os brisé et essaie de l'introduire dans la serrure de l'autre côté de la grille.

– Qu'est-ce que tu fais ? demande Temra.

– J'essaie de crocheter la serrure.

– Tu sais comment on crochète une serrure, toi ?

– Non, marmonne-t-il.

Temra s'assied alors à côté de moi, les coudes appuyés sur les genoux.

– On pourrait peut-être piéger les gardes ? suggère Petrik.

– Hé ! Gardes ! Gardes ! se met à crier Kellyn.

Les minutes passent, et personne ne se montre.

– La réponse est non, conclut Kellyn.

– Donc, c'est fichu, se résigne Petrik en venant s'asseoir avec nous.

Kellyn continue de faire les cent pas, manifestement pas disposé à laisser tomber.

Les heures s'écoulent avec une lenteur insupportable, le froid nous fait frissonner sauf Kellyn qui marche de long en large sans interruption ; il est en sueur. Finalement, il s'approche de nouveau des barreaux et les secoue de toutes ses forces.

– Tu veux bien t'asseoir ? réclame Petrik. Même toi, tu n'es pas assez costaud pour plier l'acier.

– C'est du fer, je le corrige par réflexe.

– Merci pour cette information si utile, me dit Kellyn sur un ton sarcastique avant de s'en prendre à Petrik. Et toi, tu ne brilles pas par tes contributions non plus. Tu n'es pas censé être le plus malin d'entre nous ? « Je suis un érudit renommé de la Grande Bibliothèque, singe-t-il. Je suis un expert. Voyez la longueur de ma robe. »

Petrik ricane.

– Je ne parle pas comme ça. Et désolé de n'avoir pas plus étudié les cas d'évasion !

– À quoi tu sers ? Pourquoi tu es là ?

Temra se lève pour s'interposer entre les deux hommes.

– Lâche-le, Kellyn ! Petrik a été d'une aide précieuse tout au long du voyage. Il nous a sauvés presque aussi souvent que toi, et il est bien plus fiable. Alors épargne-nous tes humeurs et arrête de faire comme si ça t'énervait davantage qu'on soit emprisonnés plutôt qu'on ait perdu tout l'argent.

Kellyn la fusille du regard.

– Je n'aime pas les espaces confinés, gronde-t-il avant de se planter dans un coin en nous tournant le dos.

Ah ! Alors il a bien une peur irrationnelle, même si ce n'est pas le moment de l'asticoter avec ça.

Dans le silence qui suit, je me frotte les bras. Je sens la présence de Mange-Secrets à l'autre bout de la pièce. Les secrets que renferme le glaive en font partie à jamais, et les miens m'appelleront toujours.

À cause de cette fichue lame, j'ai atterri en prison. Je ne sais pas si c'est une nouvelle épreuve ou bien la dernière. Car je suis à peu près certaine qu'on ne sortira de cette cellule qu'au moment où quelqu'un ouvrira la porte avec la clé qu'a emportée le capitaine.

En fixant les barreaux, je suis frappée par l'ironie de la situation : je suis capable d'ensorceler le fer et, pourtant, c'est le fer qui me retient prisonnière. Sans ma forge et mes outils, je suis impuissante. Bonne à rien.

Le fer doit être chauffé pour se plier à ma volonté.

Soudain, je saute sur mes pieds, essuyant les protestations de Temra qui manque tomber, privée de mon appui. Je ne m'excuse pas, entièrement concentrée sur une idée un peu folle.

En appuyant mon front contre la grille, j'aperçois tout juste deux lueurs vacillantes qui éclairent la pièce. Une de chaque côté de la cellule. Des torches fixées au mur. Je m'approche d'une extrémité de la cellule et, tendant le bras à travers les barreaux, j'essaie d'attraper la torche. Je la touche à peine du bout de l'ongle.

– Qu'est-ce que tu fais ? demande Kellyn.

– Sers-toi de tes bras de gorille pour m'attraper cette torche, je n'ai pas assez d'allonge.

L'insulte lui fait hausser un sourcil, mais il s'exécute. Après quelques contorsions, victoire ! il ramène la torche.

– Super, raille Petrik, peut-être qu'on ne mourra pas de froid, finalement.

– Presse-la contre ce barreau, dis-je sans tenir compte de l'érudit. Non, le bout. La flamme. J'ai besoin que le métal soit chauffé.

– Ziva, intervient Temra qui a compris ce que je voulais faire. Est-ce que ça suffira ?

– Je n'en sais rien, mais ça vaut le coup d'essayer.

Temra et Petrik se lèvent et viennent se poster juste derrière Kellyn et moi. Je sens leurs regards fixés sur moi tandis que je me concentre sur le métal. Ils me font dresser les poils sur la nuque et mes bras se mettent à fourmiller.

– Vous voulez bien me donner un peu d'air ?

Docilement, ils reculent d'un pas.

Quand la flamme a léché le fer quelques minutes, je fixe le métal gris-rouge. Rouge de rouille, pas de chaleur. La flamme d'une torche n'est pas assez chaude pour modifier la couleur du métal, mais suffira-t-elle pour l'ensorceler ?

– Brise-toi, dis-je doucement en concentrant toute mon énergie sur le barreau.

Il ne se passe absolument rien.

– Brise-toi, je répète un peu plus fort. Brise-toi ! j'ordonne.

– Je croyais que le métal ne réagissait que si tu lui parlais en chuchotant. Ne faut-il pas l'encourager avec douceur ? pérore Petrik de sa voix docte d'érudit.

– Essaie un peu d'être doux quand tu sais que quatre vies dépendent de toi !

Une main se pose sur mon épaule, et comme Kellyn tient toujours la torche, je sais que c'est Temra.

– Tu peux y arriver, dit-elle. Je sais que tu en es capable. Tu es ma grande sœur, et tu nous tires toujours d'affaire. Essaie encore.

– Je ne peux pas faire ça avec un public. Je forge seule. Je suis mal à l'aise, stressée. Ça ne va pas marcher.

– Certaines de tes plus grandes réussites se sont produites quand tu t'y attendais le moins. Tu as forgé une masse d'armes qui aspire l'air pendant l'une de tes crises. Ce petit barreau de rien du tout ? Il ne te résistera pas.

Kellyn se baisse pour me regarder dans les yeux.

– Je crois en toi. Ton travail est si puissant qu'il est réputé dans le monde entier. Si quelqu'un peut nous sortir d'ici, c'est bien toi.

– Tu es une forgeronne, maîtresse du fer, ajoute Petrik pour ne pas être en reste. Tu *dois* réussir.

Je ne sais pas si leurs encouragements m'aident ou augmentent encore mon anxiété, mais je prends une grande inspiration et ferme les yeux, me remémorant toutes les fois où j'ai ensorcelé du métal. Je me souviens de la masse d'armes dont a parlé Temra.

Je me souviens de la fois où je m'étais cassé un doigt. C'était idiot. J'avais accepté d'accompagner Temra en ville et, tandis que je m'inquiétais d'être cernée par tant de gens, j'avais trébuché et m'étais cassé un doigt en essayant d'arrêter ma chute. Le lendemain, de retour à la forge, ma main bandée m'élançant douloureusement, j'étais obnubilée par ma maladresse de la veille, par le bruit de mon doigt se brisant. C'est ce jour-là que j'ai forgé les poignards qui font éclater tout ce qu'ils touchent.

Et puis, il y a Mange-Secrets. Forgé parce que j'étais assez stupide pour admirer un garçon par la fenêtre.

Des accidents. Chaque fois, c'était un accident. Des lames ensorcelées à un moment où mes émotions étaient à vif ou quand je découvrais une expérience nouvelle.

Même au plus bas, je peux être forte.

Lorsque je rouvre les yeux, j'abaisse mon visage vers les barreaux, si près que la torche me brûle presque les lèvres.

– Brise-toi, je murmure, mon souffle caressant le barreau et faisant vaciller la flamme.

Je me concentre sur ma rage, sur Kymora qui a fichu en l'air ma vie et m'a arrachée à presque tout ce qui m'était cher.

Le bruit du métal se rompant retentit soudain dans la prison. Kellyn recule en sursaut et laisse tomber la torche, qui s'éteint instantanément.

J'entends des portes qui s'ouvrent et se ferment quelque part dans le bâtiment.

– On vient voir ce qui se passe !

Sans perdre un instant, je tire mes manches pour qu'elles couvrent mes mains, trouve le point de rupture sur le barreau et empoigne le tronçon du bas pour l'abaisser. En même temps, Kellyn relève le tronçon du haut.

Me tournant de profil, je parviens à me glisser entre les deux tronçons. Je récupère aussitôt Mange-Secrets que je rattache à ma ceinture.

À la lueur de la torche encore fixée au mur, je vois Temra et Petrik se faufiler à leur tour. Temra pose la main sur son épée courte au moment où un garde ouvre la porte. Elle l'embroche sans une seconde d'hésitation, pendant que Petrik plaque une main sur la bouche ouverte du soldat pour étouffer son cri. Il meurt avant de toucher le sol.

– On y va, dit Petrik à Kellyn.

– Je suis coincé, répond ce dernier.

Le mercenaire a libéré un bras et une jambe, mais son torse massif est fiché dans l'espace entre les deux bouts du barreau.

– Expire, lui intime Petrik.

Kellyn obéit, et je tire sur son bras libre de toutes mes forces. Avec un grognement de douleur, il s'écroule par terre, du bon côté de la grille.

Alors nous fuyons à travers les couloirs de la prison. Lorsque nous finissons par trouver la grande porte donnant sur l'extérieur, nous nous faufilons en douce dans le dos des soldats qui discutent tranquillement en montant la garde. Sur la pointe des pieds, nous contournons le bâtiment jusqu'à retrouver la route.

Dans l'obscurité de la nuit, aucun habitant ne peut distinguer nos visages. Personne ne nous interpelle, personne ne se met en travers de notre chemin. D'ailleurs, les quelques Briskans qui sont de sortie ne semblent même pas surpris de voir une petite troupe courir à toutes jambes dans les ruelles en pleine nuit, ce qui ne parle pas en faveur de cette ville.

L'exercice réchauffe mes membres gelés, et la liberté réchauffe mon cœur transi.

Le capitaine sera bien déçu en arrivant à la prison demain matin. Pas de retraite pour lui.

Chapitre

— 19 —

Avant de nous mettre en cellule, le capitaine et ses hommes nous ont volé tout ce qui avait de la valeur et jeté dans la rue les livres de Petrik. Nous sommes de nouveau sur la route, pour ce qui nous paraît la centième fois, avec pour seules richesses les vêtements que nous portons, les armes à notre ceinture et nos compagnons d'infortune.

Au milieu de la nuit, quand nous sommes certains que personne ne nous a suivis, nous faisons enfin halte.

Petrik se plie en deux, les mains sur les genoux, tentant de reprendre son souffle. Kellyn en profite aussitôt pour balancer un coup de poing dans l'arbre le plus proche.

– Holà ! réagit Petrik qui s'écarte prudemment.

Je me précipite vers le mercenaire pour inspecter sa main. La peau a éclaté sur les phalanges, le sang coule le long de ses doigts.

– Ces affiches seront placardées dans tout Ghadra avant la fin de la semaine. Kymora envoie ses ordres plus vite que nous ne pouvons nous déplacer, elle utilise certainement des pigeons voyageurs. On ne sera en sécurité nulle part ! Je ne peux plus travailler. Je ne peux plus vivre !

Même si sa colère n'est dirigée contre personne en particulier, elle est impressionnante à voir.

– Je suis désolée, je murmure en lui tenant la main.

Son visage s'adoucit.

– Je ne suis pas en colère contre toi.

– Je sais, mais c'est quand même ma faute.

– Mettons tout de suite les choses au clair, dit-il en me prenant la main à son tour. Tu n'es responsable de rien de tout ça. Tu faisais ton boulot. Un boulot que tu exerces avec talent. Le glaive n'est pas mauvais en soi. Dans les mains d'un souverain juste, il pourrait protéger un royaume entier. Ce qui est mauvais, ce sont les intentions de ceux qui voudraient s'en servir pour autre chose que la protection des populations. Tu n'as pas à porter le destin du monde sur tes épaules. Tu n'es pas si importante.

J'en reste bouche bée.

– Il a raison, renchérit inutilement Temra.

Je m'écarte pour réfléchir. Est-ce que ce n'est vraiment pas ma faute ? Que le monde soit en péril ? Que ma sœur soit en danger ?

Peut-on réellement m'absoudre de toute culpabilité, me laver de tout reproche ?

Je ne sais pas si j'en suis capable, même si c'était vrai. Je ne sais pas comment faire. Je me *sens* coupable. Je me *sens* responsable de tout ce qui nous est arrivé, et c'est à moi de réparer.

Nous demeurons tous silencieux, marchant sans but sur la route. Je ne sais même plus dans quelle direction on va. À Lirasu, je pouvais toujours déterminer la position du Sud grâce aux montagnes. Ça me manque. C'est un détail tout simple, mais il m'a toujours donné un sentiment d'ancrage.

Après quelques secondes de réflexion, Kellyn déclare :

– On ne peut plus aller à Galvinor. Vous ne réussirez jamais à traverser une autre ville et encore moins à embaucher un équipage sans être reconnus.

– Alors on fait quoi ? je demande.

Kellyn fait la moue, secoue la tête, soupire bruyamment, comme en proie à un débat intérieur silencieux.

– Je connais un endroit où on peut se planquer un moment. On y sera en sécurité. On pourra revoir toute notre stratégie quand on sera là-bas.

J'ai envie de le croire, mais on n'a jamais été en sécurité nulle part. Ni chez la mère de notre père, ni dans les grandes villes, ni sur la route. Le danger nous guette partout.

Finalement, c'est encore dans la cellule de la prison qu'on était le plus en sécurité.

Soudain, je me fige, prise d'une idée.

– Kellyn, je crois savoir quoi faire du glaive. J'ai peut-être une idée pour le rendre définitivement inoffensif. J'ai besoin d'une forge.

– Parfait, il y en a une à Amanor.

– Amanor ?

– Là où vit ma famille.

Kellyn nous explique qu'Amanor est un petit village situé dans le territoire du prince Skiro.

– Il n'est desservi par aucune grande route. Il ne figure pas non plus sur beaucoup de cartes.

– Comment tu sais qu'on y sera en sécurité ? Kymora est au courant que tu nous aides. Tu ne crois pas qu'elle serait capable de retrouver ta famille ?

– Je ne vois pas comment. Je ne crie pas sur les toits d'où je viens. Je n'ai dit à personne où habite ma famille, même pas que j'en ai une quelque part. À part à vous, bien sûr.

– Et ton nom de famille ? Derinor. Elle pourrait se renseigner, non ? N'y a-t-il vraiment aucun risque qu'elle remonte notre piste jusqu'à Amanor ?

– Il y a toujours un risque. Mais Derinor est un nom assez courant. Et elle aura bien du mal à trouver quelqu'un pour lui indiquer où se trouve Amanor. De toute façon, si elle représente un danger pour mes proches, alors je me dois d'être auprès d'eux pour les protéger.

On ne passe que quelques jours sur la grande route avant de bifurquer sur ce qui ressemble plutôt à une sente de biche. Je pensais que, vue de la route, la forêt paraissait dense, mais c'est autre chose de se trouver complètement enveloppé dans les bois. Les arbres sont si denses que le seul chemin possible est cette piste déjà tracée.

– Je n'aime pas ces bois, râle Petrik. Il y a des ours, ici.

– C'est vrai, tu es de Skiro, commente Temra.

– De la capitale, précise Petrik. Il n'y a pas d'ours dans la capitale.

– La capitale est au pied des montagnes, dit Kellyn. Il y a des pumas. Tu les préfères aux ours ?

– Sans hésitation, répond Petrik. Les pumas ont peur des humains et ils ne viennent pas en ville, c'est trop bruyant pour eux.

– Sauf s'ils sont assez affamés.

Kellyn éprouve un malin plaisir à taquiner Petrik, ce qui me donne envie de lui rendre la pareille.

– Avoir peur des ours, c'est parfaitement normal. Pas comme avoir peur de paraître vulnérable.

Ça fait rire Temra qui en rajoute une couche.

– Il ne craint pas les ours parce qu'il peut s'en défendre avec une épée. Mais Kellyn ne sait pas comment protéger son amour-propre.

Malgré le regard noir que nous lance le mercenaire, nous gloussons toutes les deux. Il rétorque :

– Peut-être que tu devrais apprendre à te servir d'une épée, la Forge. Tu aurais moins peur des gens.

Je ricane. Si seulement c'était aussi simple. Si j'avais juste peur qu'ils me blessent physiquement… Mais non, c'est mon esprit qui nécessite d'être protégé et je ne crois pas qu'il existe de parade assez puissante.

– Tu peux bien essayer de détourner l'attention sur moi, ça ne marchera pas, dis-je.

– Non, ça ne marchera pas, confirme Temra.

C'est peut-être dû à la forêt qui nous coupe du monde, je ne sais pas, toujours est-il que je ne me suis pas sentie aussi bien depuis longtemps. Nous n'avons plus rien, et pourtant, j'ai le sentiment que nous avons tout.

Sur le chemin, nous cueillons des champignons, des baies et des noix que Kellyn nous indique comme étant comestibles. S'ils n'ont pas beaucoup de goût, ils suffisent à nous remplir l'estomac. Ce soir-là, le mercenaire nous garantit que personne d'autre ne circulera sur le sentier, aussi Petrik et lui entreprennent-ils d'allumer un feu en frottant deux bouts de bois. Comme nous n'avons plus de couvertures, Temra et moi balayons le sol pour le débarrasser des cailloux et autres objets durs avant de nous allonger sur le dos côte à côte pour nous tenir chaud.

– Ne va pas te faire des idées, l'érudit, grommelle Kellyn à l'attention de Petrik.

Temra tapote le sol près d'elle.

– Tu peux dormir à côté de moi, si tu veux.

Petrik déglutit avant de venir s'installer.

– Viens plus près, susurre ma sœur. Comment comptes-tu me tenir chaud si loin ?

Petrik se rapproche jusqu'à se coller à elle.

Kellyn reste debout seul près du feu, mais je croise son regard, jette un coup d'œil à la place à côté de moi avant de reposer les yeux sur lui.

Je n'essayais pas de lancer une invitation. Honnêtement, je constatais seulement la place qu'il restait à Kellyn pour s'étendre. Pourtant, il vient s'asseoir à côté de moi avant de s'allonger, un bras passé derrière la tête, l'autre le long du corps, ses doigts effleurant les miens au passage.

Son contact me fait tressaillir, je me force à me détendre. Ce n'est pas comme s'il avait pris ma main dans la sienne volontairement.

Sauf que c'est exactement ce qu'il fait ensuite.

Il joue avec mes doigts, les réchauffe, les masse. Tour à tour, il me serre la main en entrelaçant ses doigts aux miens, puis relâche sa prise pour caresser ma peau. Je suis incapable de le regarder. Je fixe la cime des arbres et le ciel étoilé. Je pourrais l'arrêter si j'en avais envie. Ce serait facile. Il me suffirait de déplacer mon bras ou de rouler sur le côté pour lui tourner le dos. Mais c'est aussi facile de ne pas bouger. De m'autoriser à savourer la chaleur délicieuse à l'endroit où nos corps se touchent, sans que mes angoisses se réveillent. Parce que je n'ai pas besoin de parler. Je ne suis pas en représentation. C'est tellement simple.

Pourquoi ça ne peut pas toujours être aussi simple ?

Au bout de quelques minutes, mon cœur commence à reprendre un rythme normal.

Et je me découvre un courage tout neuf.

Je dégage ma main de la sienne, et il lâche prise instantanément. Je crois qu'il s'apprête à rouler sur le côté pour me laisser dormir.

Je sens mes doutes tenter de reprendre le dessus. *Il n'avait pas vraiment envie de te toucher. C'est terminé. Il veut que tu le laisses tranquille.*

Pourtant, une autre voix surgit dans ma tête. *Tu lui plais. Il tient seulement à respecter tes désirs. Il te suffit de les lui faire connaître.*

Alors je lui prends le bras fermement pour l'immobiliser, puis laisse courir mes doigts sur sa peau, entre son poignet et son coude. Si elle est rêche et couverte de poils sur l'extérieur, à l'intérieur de son bras elle est douce et lisse, malgré la dureté des muscles que l'on devine en dessous.

Kellyn émet un petit bruit. De surprise ?

Ou peut-être suis-je allée trop loin ?

Non. Soudain, il est plus proche que jamais, si proche qu'il n'y a plus la place pour mon bras entre nous. Il le soulève et l'attire sur son torse pour continuer à jouer avec mes doigts.

J'expire longuement, aussi silencieusement que possible. Je ne vais tout de même pas oublier de respirer juste parce qu'il me touche.

Au fur et à mesure, ses caresses se font plus lentes, sa respiration plus profonde. À mon oreille, il murmure :

– Essaie de dormir. Nous avons encore une longue route devant nous.

Puis sa main s'immobilise, serrant toujours la mienne.

Il est sérieux ?

Impossible de dormir avec lui à côté. Avec lui qui me touche.

Longtemps après, quand le souffle de Temra et Kellyn est devenu régulier et lent, je contemple encore le ciel, le corps engourdi à force de garder la même position. Avec précaution, je reprends ma main pour me tourner sur le côté, face au mercenaire. Bien qu'il soit endormi, il suit mon mouvement : calant son bras sous ma tête, il m'attire tout contre lui.

Et même si je le soupçonne d'être en réalité éveillé, je le laisse faire semblant du contraire.

†

Je ne me souviens ni de m'être endormie ni d'émerger du sommeil. Je suis juste soudainement pleinement éveillée.

La première chose que je remarque, c'est que Temra n'est plus collée à moi. Elle a roulé sur le côté, pratiquement sur Petrik. Ils sont dans une position tout à fait embarrassante. Même si Temra ne sera aucunement gênée, j'imagine déjà les joues empourprées de Petrik.

Puis je me rends compte qu'il y a du mouvement au-dessus de moi. Une poitrine qui se soulève et s'abaisse. Kellyn a un bras sur moi, la tête posée sur mon épaule, son souffle chaud dans mon cou. Je pense d'abord à me lever d'un bond, mais je ne peux pas faire ça. Ce serait un peu rude alors qu'il dort.

Donc je le regarde. Je contemple ce long corps, ces bras musclés, ce torse plat. Son nez droit, ses pommettes hautes. Et ces cheveux… Un rayon de soleil perce la canopée et vient enflammer ses boucles cuivrées. Mes déesses !

Quelques minutes plus tard, le rayon s'est déplacé jusqu'à son visage, et il commence à remuer la tête. Aussitôt, je ferme les yeux et fais semblant de dormir. J'entends sa respiration changer. Il change légèrement de position, relève la tête, il me semble.

J'attends qu'il se lève, ou qu'il me pousse, ou quelque chose. Mais il ne bouge plus. Il reste immobile à me regarder. Je sens ses yeux brûler mon visage. Et sans savoir comment, je devine à quel moment précis ils se posent sur mes lèvres.

Je me rappelle soudain sa fascination enchantée quand il a évoqué les taches de rousseur sur mes lèvres.

Mon souffle s'emballe, et je suis obligée d'ouvrir les yeux, sans même tenter de prétendre que je m'éveille tout juste. Je le découvre tout proche, plus proche encore que quand je l'admirais en silence. Il lorgne mes lèvres avec insistance, comme pour demander la permission.

Pendant une seconde, j'envisage de la lui donner d'un hochement de tête. Mais aussitôt, je me rappelle que Temra et Petrik sont juste à côté. Il ne peut pas m'embrasser comme ça, devant eux.

Alors je feins de n'avoir pas compris. Je lui souris, avant de m'étirer et de me lever.

Tout de même : si Temra et Petrik n'avaient pas été là, j'étais prête à le laisser m'embrasser. Ça donne à réfléchir. Et ça m'incite à m'éloigner du mercenaire. En bonne lâche que je suis, je m'approche de Temra et lui pousse doucement l'épaule.

– On devrait se mettre en route, lui dis-je quand elle commence à s'éveiller.

Comme Petrik dort encore profondément, elle lui caresse le nez du bout du doigt avant de tapoter ses lèvres.

Je me détourne, rouge comme une pivoine. Comment peut-elle flirter aussi ouvertement ? Peu importe que ce soit insignifiant ou qu'elle éprouve réellement quelque chose pour l'érudit : dans les deux cas, elle se fiche complètement d'avoir un public – quel qu'il soit.

Je voudrais être aussi intrépide qu'elle. Je voudrais me débarrasser de ce sentiment de vertige qui ressemble à une chute et qui m'envahit chaque fois que je suis en société. Je voudrais pouvoir respirer normalement quand un inconnu tente d'entamer une conversation avec moi. Je voudrais arrêter de perdre tous mes moyens face à une foule. Je voudrais que mon corps cesse de me dicter mes réactions. Je voudrais pouvoir lui dire : « Sois sage » et qu'il m'écoute.

Je voudrais pouvoir me séparer de ma peur, afin de découvrir qui je suis vraiment.

Chapitre
— 20 —

Lorsque Kellyn annonce que nous sommes arrivés au village, j'ai d'abord un moment de doute. Le paysage est tout à fait semblable à celui que nous traversons depuis une semaine. Des forêts magnifiques. De la végétation sauvage. De petits mammifères et des oiseaux.

Pourtant, Kellyn pointe quelque chose du doigt.

Un poteau de clôture. Et un peu plus loin, des chevaux qui paissent.

Le mercenaire avait bien dit que le village n'était composé que de quelques familles de paysans, mais je n'avais pas imaginé ceci. Des cabanes de rondins séparées les unes des autres par des hectares de terre. Des arbres dans chaque cour. Des enfants qui jouent dehors. Des hommes et des femmes travaillant leurs parcelles avec charrues et houes.

Tout le monde veut nous parler. Kellyn est connu, ici, et il prend le temps de discuter quelques minutes avec chaque voisin.

Après la quatrième visite, je le rappelle à l'ordre en chuchotant :

– Ce ne serait pas mieux si personne ne savait que tu étais de passage ?

– Et à qui ils le diraient ? La plupart des gens d'ici n'ont jamais quitté le village. Ils vivront toute leur vie ici, et ils y mourront aussi.

Ça me cloue le bec. Pour l'instant.

Comme nous approchons de la ferme familiale, Kellyn nous prévient :

– S'il vous plaît, ne parlez pas de nos ennuis, je ne veux pas qu'ils s'inquiètent. Vous êtes tous des amis que je ramène à la maison pour une simple visite.

– Ça t'arrive souvent de ramener des amis à la maison ? demande Petrik.

– Non.

– Dans ce cas, je suis sûr que ça passera aisément.

Avant que le mercenaire ne puisse répondre, une voix au timbre d'oiseau le hèle :

– Kellyn !

– Regardez, c'est lui !

– Kellyn est rentré !

Un groupe d'enfants se précipite sur lui. Il ouvre les bras pour les accueillir tous les quatre, puis fait semblant de tomber à la renverse sous le poids de leurs embrassades.

– Tu nous as manqué !

– Tu nous as rapporté des cadeaux ?

Il se relève et ébouriffe la tignasse du garçon le plus proche.

– Pas de cadeaux cette fois-ci, mais j'ai amené des amis.

Trois garçons et une petite fille tournent leurs regards brillants vers nous.

– Je fais les présentations ? ajoute-t-il. Ziva, Temra, Petrik, laissez-moi vous présenter Tias, sept ans, Rallon, neuf ans, Wardra, dix ans, et Kyren, onze ans.

– J'ai sept ans et demi, corrige le plus jeune.

– Pardon ! Comment ai-je pu oublier cette demi-année ?

– Parce que tu es parti depuis trop longtemps, geint la fillette, Wardra.

– Je sais. Je travaillais.

– Je peux tenir ton épée ? supplie Kyren.

Pendant que Kellyn s'emploie à le dissuader, je regarde, fascinée, la petite fille. Elle a les cheveux d'un roux doré, exactement comme ceux de Kellyn.

– Qui sont ces enfants ? je lui demande.

– Mes frères et sœur, répond-il simplement.

– Venez voir ce qu'on a fait !

Les enfants nous entraînent près d'une petite mare cachée dans les hautes herbes. Dans la boue près de la rive, on distingue un fort construit en brindilles, haut d'une trentaine de centimètres. À l'intérieur, une petite grenouille verte.

– On lui fabrique une maison, explique Rallon.

– Et quelle belle maison ! Toutes les autres grenouilles vont être jalouses, s'écrie Kellyn.

Il est formidable avec les enfants. Ses frères et sœur. Je ne l'ai jamais vu interagir avec des gamins jusqu'ici.

Ça… me fait quelque chose. J'ai de nouveau envie de le toucher.

– Où sont les autres ? demande Kellyn, une fois passés en revue les aménagements de la maison pour grenouilles.

– Les petits sont à la maison avec Ma. Pa est aux champs avec Dynar et Orta, explique Kyren avant de se tourner vers moi. L'année prochaine, je pourrai aider aux champs, moi aussi. Je serai assez grand.

– Mais tu es déjà si fort, lui dis-je.

Il sourit timidement, avant de détaler comme une flèche.

– Kellyn, je vais dire à Pa que t'es rentré !

– Et nous autres, on va faire la surprise à Ma, d'accord ? propose Kellyn.

Le plus jeune et la fillette prennent chacun une de ses mains, et on se met en marche.

– Qu'est-ce qui lui est arrivé, à Kellyn ? demande Petrik à Temra.

– Il a été remplacé par un gros nigaud au cœur tendre, se moque Temra.

Le dernier garçon saute sur le dos du mercenaire qui poursuit son chemin comme si de rien n'était.

– Non, je crois qu'il a toujours été comme ça.

Peut-être qu'ils ne le voyaient pas, mais moi, oui. Je fixe Kellyn si intensément que je ne remarque pas tout de suite les regards de Temra et Petrik posés sur moi.

– Quoi ?

– Rien, dit Petrik.

– T'es amoureuse, dit Temra.

Je lève les yeux au ciel, embarrassée.

Malgré toutes ses grossesses, Madame Derinor a une allure folle. Elle a les cheveux gris, des pattes d'oie au coin des yeux et quelques rides sur le front, mais c'est une femme svelte et vigoureuse. Elle a tout de même l'air fatiguée, avec cinq petits accrochés à ses basques. Elle porte un enfant sur chaque hanche pendant qu'un autre s'agrippe à l'une de ses jambes et qu'un quatrième lui tapote le ventre pour attirer son attention. Une fillette touille le contenu d'une marmite sur le poêle.

– Ma ! s'écrie Kellyn en la serrant dans ses bras, prenant garde aux deux petits qu'elle tient dans les siens.

Puis il prend un des bébés, le passe à Petrik et garde l'autre avec lui. En même temps, il se débrouille pour déloger le garçon enroulé autour de la jambe de sa mère.

– Kellyn ! Tu es rentré ! On ne t'attendait pas, se réjouit Madame Derinor qui lui rend son étreinte, maintenant qu'elle a les mains libres.

– Surprise !

– Et tu as amené des invités ! s'écrie-t-elle avec délice.

Je ne sais pas comment elle peut s'en réjouir avec une maison déjà envahie de gamins.

Kellyn fait les présentations, et elle embrasse chacun d'entre nous chaleureusement. Pour une fois, ça ne me dérange pas d'embrasser une inconnue.

– Nous sommes désolés de nous imposer, Madame Derinor, commence Temra.

– Pas du tout ! On est ravis de vous accueillir ! Et appelez-moi Kahlia, je vous en prie.

Petrik a l'air bien embarrassé avec le bébé dans les bras, et quand l'enfant se met à pleurnicher, il nous lance des regards affolés.

– Tourne-la dans l'autre sens pour qu'elle puisse voir tout le monde, conseille Kellyn.

– J'ai peur de la faire tomber.

Temra, avec un hochement de tête amusé, s'avance alors pour l'aider.

– Tias, Rallon, Wardra : allez vous débarbouiller avant de mettre la table pour le dîner. Il faudra quatre couverts supplémentaires pour nos invités.

– Oui, Ma, disent-ils en chœur avant de sortir en file indienne.

Maintenant qu'elle a les mains libres, Kahlia va aider la petite devant le poêle et écoute enfin ce que le dernier avait de si important à lui dire.

Je me penche à l'oreille de Kellyn pour lui demander :

– Combien de ces enfants font partie de ta famille ?

– Tous.

J'ouvre des yeux ronds.

– J'ai onze frères et sœurs.

– Tu n'en as jamais parlé !

Il hausse les épaules avant d'aller discuter avec sa mère. Petrik déambule dans la maison avec le bébé dans les bras pendant que Temra et moi aidons les enfants à mettre la table. La table elle-même est une pièce rustique, augmentée de planches clouées à la va-vite aux deux extrémités pour accueillir tous les enfants. Le plateau, usé et taché par les années, reste toutefois bien plat et tient tout juste dans la cuisine.

Occupés à nos tâches, nous ne remarquons pas tout de suite le père de Kellyn qui vient de faire son entrée. Quand je le vois, il n'y a aucun doute sur sa parenté avec Kellyn. Il est encore plus grand que son fils et ses cheveux sont plus rouges, mais à part ça, ils se ressemblent trait pour trait. Il est aussi un peu plus costaud que Kellyn, la taille un peu moins fine. J'imagine bien Kellyn ressembler à ça dans une trentaine d'années.

– Mon fils, dit Monsieur Derinor en lui donnant une accolade virile.

Kellyn salue ensuite les deux enfants plus âgés et recommence les présentations, mais il y a maintenant trop de gamins pour que je retienne tous les prénoms.

Temra, Petrik et moi, nous nous serrons à un bout de la table, entourés de part et d'autre par les enfants, tandis que Kellyn s'est assis à côté de ses parents à l'autre bout.

– Alors, comment vous vous êtes rencontrés ? demande Madame Derinor.

Comme on entend à peine la question dans le brouhaha, c'est Kellyn qui répond :

– J'étais à Lirasu entre deux boulots, je voulais commander une arme à la forgeronne magicienne qui exerce là-bas. Malheureusement, elle était trop occupée pour prendre de nouvelles commandes. Je compte y retourner plus tard, en espérant qu'elle soit libre. Et ensuite, j'ai rencontré ces trois-là. Ils m'ont payé pour les escorter jusqu'à Thersa où ils avaient des affaires à conclure, mais on est devenus si bons amis que l'on continue à voyager ensemble. Comme du travail les attend à la capitale, je me suis dit qu'on pourrait s'arrêter ici en chemin et passer un peu de temps avec vous.

Le mensonge est fluide, peut-être parce qu'il est tissé de vérités, ou de presque-vérités, en tout cas.

– Et dans quelle branche exercez-vous ? demande Monsieur Derinor.

– Ziva est forgeronne, répond Temra. Et je suis son assistante. Nous allons à la capitale pour chercher du travail.

Techniquement, ce n'est pas un mensonge.

Après s'être essuyé les lèvres d'un revers de main, Petrik ajoute :

– Moi, je suis conteur.

Pas vraiment un mensonge, mais pas tout à fait la vérité non plus. On ne court probablement aucun danger dans ce village qui reçoit rarement des nouvelles du monde extérieur, mais si quelqu'un ici finit tout de même par avoir vent de la prime promise par Kymora et qu'on apprend l'arrivée dans les parages d'une forgeronne douée de magie et d'un érudit spécialisé dans le même domaine, on pourrait bien faire le rapprochement.

– C'est merveilleux, s'enthousiasme Kahlia. Vous devez absolument nous raconter une histoire avant que les petits aillent au lit.

Des protestations étouffées s'élèvent autour de la table. Pas en rapport avec l'histoire, je crois, mais plutôt avec l'idée d'aller au lit.

– Kellyn, est-ce que tu as tué des brigands sur la route, cette fois ? interroge Kyren, le grand de onze ans.

– Kyren, ce n'est pas un sujet de conversation convenable pour le dîner, le réprimande Monsieur Derinor.

– Ce n'est pas un sujet de conversation convenable tout court, renchérit Kahlia.

– Tout à fait, approuve Kellyn, tout en adressant un clin d'œil au garçon, une promesse de tout lui raconter plus tard.

Le gamin se tourne alors vers nous trois, au bout de la table.

– Quand je serai grand, je serai un mercenaire comme mon frère.

– Certainement pas, le rabroue Madame Derinor. C'est déjà bien assez pénible de passer mes journées à m'inquiéter pour Kellyn. Quel affreux métier !

Kellyn, voyant sans doute venir un sermon, change de sujet en s'informant auprès de son père des affaires de la ferme et de la récolte. Quant à nous, nous parlons peu pendant le dîner. Il y a trop à observer pour se donner la peine de bavasser. À un moment, une bagarre éclate entre deux des garçons, à laquelle Madame Derinor met fin d'un seul regard.

Il y a trois chambres dans la maison. Une pour Monsieur et Madame Derinor et les bébés ; une pour les filles, une pour les garçons. Kellyn assure à ses parents que nous dormirons très bien dehors. D'ailleurs, quelques hamacs sont accrochés dans les arbres. Je n'ai jamais dormi dans un hamac, mais je découvre que c'est beaucoup plus confortable que le sol.

Ce n'est qu'une fois enveloppée dans une couverture faite maison, le regard perdu dans les branches au-dessus de ma tête, que je me rends compte que je n'ai pas paniqué de la journée.

Je me sentais en sécurité.

Les enfants ne déclenchent pas mes angoisses comme peuvent le faire les adultes, et Monsieur et Madame Derinor sont bien trop gentils pour provoquer mon inquiétude.

Une maisonnée si nombreuse, et pourtant, je m'y sens comme chez moi.

Je ne comprends pas pourquoi Kellyn a quitté cet endroit.

†

Le lendemain matin, je me lève tôt pour aller rendre visite au forgeron du village.

Étonné de me voir, il l'est encore plus lorsque je lui demande si je peux récupérer toutes les chutes de métal dont il n'a pas l'usage : clous tordus, copeaux, outils brisés ou ratés.

– Tu es une apprentie ? demande-t-il.

L'homme, rasé de près, doit avoir tout juste la quarantaine et respire la gentillesse.

– On peut dire ça. Est-ce que je pourrais aussi vous emprunter votre four ?

– Qu'est-ce que tu fabriques, exactement ?

– Je n'en suis pas encore sûre. Mais avec un peu de chance, quelque chose qui assurera notre sécurité.

Il me trouve bizarre – ça se voit à sa façon de hausser les sourcils et de regarder ailleurs –, mais il m'accorde ce que je veux.

En échange de son aide et des matériaux qu'il me prête, je lui donne un coup de main pour ranger et nettoyer sa forge. Ce forgeron ne travaille que le fer et ne possède pas les outils pour fabriquer de l'acier, mais je ne pense pas que ce sera un problème.

Du moment que la magie décide de coopérer.

Au cours des semaines suivantes, j'alterne entre les journées à la forge et celles à la ferme. Les Derinor ont besoin de tous les bras qu'ils peuvent trouver, et j'aurais l'impression d'être un monstre si je profitais de leur hospitalité sans participer aux corvées.

Le travail à la ferme est dur mais gratifiant. Nous nous levons un peu avant l'aurore et partons pour les champs où nous sarclons les mauvaises herbes, comblons les trous de taupes et nous assurons que les canaux d'irrigation parviennent bien jusqu'à l'extrémité du champ. Nous enfouissons du fumier de cheval dans le sol pour préparer les futures plantations, cueillons les fruits mûrs sur les arbres, aidons à l'entretien du bétail.

Pour quelqu'un comme moi qui ai l'habitude d'acheter la nourriture et les vêtements dont j'ai besoin, il est absolument fascinant de voir comment une famille assure sa subsistance en autonomie totale.

Grâce à Kahlia, Temra et moi apprenons à tondre les moutons, filer la laine, la teindre et la tricoter – même si, pour être honnête, on se contente surtout de l'observer, fascinées. Le tricot est une activité beaucoup trop compliquée pour l'apprendre en quelques heures.

Nous apprenons à concocter de délicieux repas avec les ingrédients les plus simples, à repriser nos vêtements, à donner à manger aux bébés.

Il y a aussi des tâches moins amusantes comme changer les couches en tissu ou aller chercher de l'eau à la rivière, laver le linge et autres corvées du même genre. Mais on s'acquitte de tout avec le sourire, simplement soulagés d'être enfin hors de danger. De pouvoir enfin respirer.

Madame Derinor est certainement la femme la plus douce au monde. Comme si s'occuper de tous ses petits ne suffisait pas, elle prépare des gâteaux pour les gamins des veuves du village. Elle prête ses propres enfants aux personnes âgées pour qu'ils les aident dans les corvées domestiques et garde parfois les plus petits dont les parents sont aux champs.

Le soir, Temra et moi écoutons Petrik raconter des histoires aux enfants. Sa culture livresque est telle qu'il a des réserves inépuisables de contes à partager avec les frères et sœurs de Kellyn. Des histoires de vaillantes chevaleresses volant au secours de princes emprisonnés dans des tours gardées par des dragons, de sirènes peuplant les mers ou d'armées chevauchant des griffons.

Temra est tout aussi subjuguée que les enfants.

†

Me procurer des briques, de l'argile et du fer en quantité n'est pas une mince affaire. Je fais le tour du village pour en chercher, accompagnée de Temra qui m'aide à briser la glace. Les gens sont d'une gentillesse extrême et ne posent pas de questions. L'un me donne une houe brisée, un autre, un pot de terre cuite fendu.

J'aurais voulu grandir dans un petit village. Amanor est un enchantement. Il y a peu d'habitants, tout le monde est gentil et serviable, toujours prêt à aider un voisin. Je me demande s'il est possible de se sentir menacé dans un endroit pareil.

J'emprunte la pelle des Derinor pour creuser un grand trou dans le sol juste devant la forge. J'en tapisse l'intérieur de briques scellées à l'argile. C'est un processus lent : empiler les briques, réaliser les joints à l'argile, retourner auprès des villageois chercher des matériaux quand je viens à en manquer… Mais j'en apprécie chaque minute. C'est tellement bon de travailler de nouveau de mes mains. Même si je ne martèle pas d'acier, je savoure le fait de me servir du four et des outils si familiers.

La ferme. La forge. La ferme. La forge. Rire avec les enfants, écouter les histoires de Petrik, observer Kellyn avec sa famille : tout me plaît.

Un jour où je reviens de la rivière avec un seau dans chaque main, je passe devant la remise des Derinor quand des voix graves m'arrêtent :

– Je suis désolé, Pa, dit Kellyn. J'avais économisé près de trois mille ockles pour toi et Ma, mais on s'est fait détrousser sur la route. C'est pour ça qu'on est arrivés avec seulement les vêtements qu'on avait sur le dos.

– Je suis content que tu sois sain et sauf, répond Garon Derinor.

– Mais vous auriez pu agrandir la maison, acheter plus de semences pour la prochaine saison, et…

– Kellyn, tu sais que ta mère et moi, on aimerait que tu abandonnes ton métier. On préfère de loin te savoir hors de danger plutôt que continuer à recevoir de l'argent de ta part. On voudrait que tu renonces aux armes et que tu t'installes. D'ailleurs, si tu crois que je n'ai pas remarqué que tu es arrivé avec deux jeunes femmes, tu te trompes. Laquelle t'a tapé dans l'œil ?

Kellyn met un certain temps à répondre, et je retiens mon souffle.

– La grande.

– Celle qui ne parle pas ?

– Oui. Elle est assez incroyable quand elle se décide à parler.

– Eh bien ! Cesse de louer cette épée à tout un chacun, épouse la fille et fonde un foyer. C'est comme ça que ça marche, la vie.

J'en lâche presque mes seaux.

– Pa, j'ai pas envie d'abandonner mon métier. De toute façon, Ziva me prend pour un escroc égoïste obsédé par l'argent. Elle ne voudra jamais de moi.

– Est-ce que tu as été clair ? demande Garon.

– Oh, Pa…

– Non, écoute-moi, jeune homme. Ta mère était la plus belle fille du village. Tous les gars et quelques filles aussi la voulaient. Mais tu sais ce que j'ai fait ?

– Tu n'as pas fait ta demande en premier, mais tu as fait la plus retentissante, marmonne Kellyn sur un ton monocorde, comme s'il avait entendu ces mots des milliers de fois.

– Exactement. Je lui ai déclaré mon amour devant tout le village. J'ai mis mon âme à nu pour lui montrer la puissance de mes sentiments.

– Les gens ne se marient plus aussi jeunes, Pa. Et puis, Ziva n'aime pas les grands effets de manche. Elle déteste attirer l'attention. Ça ne marcherait pas du tout.

– Dans ce cas, réfléchis à un geste qui lui plairait. Les femmes adorent qu'on leur parle de nos sentiments et qu'on leur montre qu'on tient à elles. Fais-le, et elle ne pourra pas te dire non.

– Cette conversation me met extrêmement mal à l'aise.

– Très bien. Tu devrais te sentir mal à l'aise. L'amour, ce n'est pas confortable, au début. C'est terrifiant et exaltant. Mais ça passera. Ça deviendra plus facile, ça se transformera en une chose dont tu as plus *besoin* qu'envie. Et si ça ne se passe pas comme ça, c'est que tu es avec la mauvaise personne.

– Je sais, Pa.

– Parfait.

Je m'éloigne avant d'être repérée, l'esprit en ébullition. Je n'imaginais pas que le père de Kellyn était un tel romantique, mais ça ne me surprend pas autant que les premiers mots de Kellyn.

Je rapporte les seaux à la maison pour Kahlia, puis m'excuse, sors et me dirige vers les arbres où sont suspendus les hamacs. J'ai besoin de réfléchir. Les chants d'oiseaux se mêlent au babil de la rivière en une harmonie apaisante. L'herbe est souple sous mes bottes et les arbres me protègent des regards.

Pourtant, soit je n'ai pas été aussi silencieuse que je le croyais, soit Kellyn m'a vue me glisser par ici parce qu'il surgit soudain devant moi.

Il a l'air ennuyé.

– Tu as tout entendu ?

– Oui, je crois.

– Je suis désolé. Mon père est ridicule.

– Je le trouve adorable. Mais ce n'est pas la question. Pourquoi tu ne m'as rien dit ?

– Il va falloir que tu précises un peu, dit-il en se dandinant d'un pied sur l'autre.

– Je te croyais égoïste. J'étais furieuse contre toi pour avoir accepté notre argent et refusé de sauter dans la gueule du loup quand on avait besoin de toi. Mais c'était pour ta famille. Ils ont terriblement besoin d'argent et ne peuvent absolument pas te perdre.

Comme il ne répond rien, je répète :

– Pourquoi tu ne m'as rien dit ?

– Parce que… c'était plus facile de te laisser me voir comme un vaurien plutôt que de te raconter l'histoire tire-larmes de ma pauvre famille trop nombreuse.

– Je t'ai posé des questions sur ta famille. Tu aurais pu me le dire à ce moment-là.

– Je sais. J'ai du mal à parler de choses personnelles.

La vulnérabilité. Son talon d'Achille.

– Il y a tant d'amour, ici. Pourquoi avoir quitté ce paradis ? C'est un endroit sûr et magnifique, et ces gamins t'adorent.

– Difficile à imaginer pour toi, n'est-ce pas ? De quitter un lieu sûr. C'est merveilleux, ici, et j'adore venir voir ma famille.

Mais c'est aussi étouffant. Je n'ai pas envie d'être un fermier. Je n'aimais aucune des sept filles de mon âge au village. Moi, je voulais vivre des aventures. Voir le monde et rencontrer des gens nouveaux. Ce n'était pas possible en restant ici.

Nous sommes si différents, lui et moi. Il veut voir le monde, alors que je veux m'en cacher. Il étouffe ici. Moi, je m'y sens en sécurité.

Je me demande s'il pense à la même chose pendant le silence qui suit.

– Attends, dis-je soudain. Tu es capable de parler de choses personnelles. Au début, tu as pris un malin plaisir à me dire des âneries ridicules à propos de tes sentiments.

– Tu veux dire mes sentiments envers toi ? demande-t-il avec un sourire diabolique.

Mes joues s'empourprent et je baisse les yeux.

– Ça, ce n'est pas personnel, répond-il. De toute façon, ça ne donnera jamais rien parce que tu ne le veux pas. Alors pourquoi devrais-je me sentir vulnérable à ce sujet ? Je te parle de mes sentiments uniquement pour t'asticoter. Pour voir tes jolies joues rosir.

– Ravie de savoir que me rendre mal à l'aise te procure tant de plaisir.

Il s'approche tout près, je fixe le triangle de peau qui palpite sous sa gorge, là où sa chemise forme un V, et puis soudain, ses doigts caressent ma joue et tout mon corps s'enflamme.

– Ce n'est pas ça. J'espère qu'un de ces jours tu cesseras d'être aussi mal à l'aise. Que tu trouveras le courage d'essayer quelque chose de nouveau.

Serrant la mâchoire, je relève les yeux.

– Je peux être courageuse si j'en ai envie. Je n'ai simplement pas envie de l'être avec toi.

– Pourquoi ? demande-t-il en inclinant la tête, les yeux fixés sur mes lèvres.

La question est si sincère et surprenante que je me fige.

Parce qu'il est égoïste ?

Non, il ne l'est pas, je le sais désormais.

Parce qu'il est arrogant ?

Oui, mais pas tant que ça. En fait, c'est plutôt un trait de caractère que je lui envie.

Parce qu'il est si grand et effrayant ?

Il ne m'a jamais fait de mal, et je sais qu'il ne m'en fera jamais.

Alors, pourquoi ?

Parce que c'est nouveau. Parce que je n'ai jamais fait ça. Je ne sais pas comment on fait. C'est prendre un risque. C'est l'inconnu.

Je ne sais pas si je prononce les mots qui suivent volontairement, toujours est-il qu'ils sont prononcés :

– Parce que je ne sais pas comment faire.

Je me rends compte alors que mes yeux sont posés sur ses lèvres. Et que ses lèvres s'approchent en même temps qu'il se penche vers moi.

– Comment embrasser ou comment être courageuse ? Parce que pour embrasser, je peux t'aider, si tu veux ?

La question paraîtrait arrogante, venant de quelqu'un d'autre. Mais il la pose avec une douceur et une sincérité telles que je sais que la réponse lui importe – et qu'un refus le blessera. Parce que cette fois, il se met réellement à nu. Il accepte de se mettre en position de vulnérabilité. Pour moi.

Et s'il peut le faire pour moi, suis-je capable d'en faire autant pour lui ?

À moi de décider si j'ai envie ou pas d'être courageuse. Et il me montre le chemin.

– Oui.

Ma réponse est à peine un souffle, mais il l'entend très clairement.

Chapitre

— 21 —

Kellyn est plus doux que je ne l'imaginais. Lorsque ses lèvres touchent les miennes, le contact est d'une légèreté qui me coupe le souffle. J'attends qu'il se passe quelque chose.

Comprend-on soudain comment on embrasse ? Ou faut-il plusieurs essais avant de maîtriser la technique ? Devrais-je me sentir submergée par une vague d'émotions ? Pour l'instant, je suis surtout terrifiée parce que je ne sais pas quoi faire et qu'il reste juste planté là. Est-on censé être aussi mal à l'aise ?

Comme s'il percevait ma nervosité, Kellyn me prend le visage entre ses mains pour me calmer. Ah, non, pour incliner ma tête. Ses lèvres happent ma lèvre supérieure, tirant doucement dessus. Puis il passe à ma lèvre inférieure.

Et c'est là que tout change. Que le déclic se produit. Ma peur s'évapore et plus rien n'existe en dehors de moi et de ce garçon.

Et de nos lèvres.

Alors je lui rends son baiser. Je comprends maintenant pourquoi Temra a toujours envie de faire le mur pour s'adonner à cette activité. C'est merveilleux, libérateur, ça me vide la tête de toute autre pensée.

Plus de soucis, plus de peur. Juste la chaleur de nos lèvres pressées les unes contre les autres, et bientôt de nos corps pressés l'un contre l'autre. Kellyn me pousse contre un arbre et m'embrasse plus sauvagement. Et ça me plaît encore plus.

Ses mains glissent de mes joues à mes bras, à mes doigts qu'il entrelace aux siens avant de les lever, de les plaquer contre l'arbre au-dessus de ma tête. L'écorce devrait me meurtrir le dos, mais pour une raison que j'ignore, ça ne rend les choses que plus excitantes. Je me sens si proche de ce garçon qui n'a cessé de me protéger et d'essayer de me comprendre. À mon tour, je veux le protéger et le comprendre.

Je m'écarte pour lui dire :

– Je vais te fabriquer cette arme.

– Je n'avais pas réalisé qu'il s'agissait d'une transaction, dit-il après une seconde.

– Ça ne l'est pas, mais je veux quand même te forger une épée.

– Seulement si tu peux le faire sans prendre de risque.

– D'accord.

Tout à coup, je me sens idiote. Le baiser était formidable, jusqu'à ce que je l'interrompe pour dire une ânerie. Et voilà que la peur est de retour, le malaise aussi : comment je peux le regarder après tout ça ?

– Respire, dit-il sans s'éloigner d'un pouce. Inutile de paniquer.

Je me mords la lèvre pour éviter de sortir une bêtise, mais mes yeux fixés sur ses lèvres me trahissent.

– Si tu as encore envie de m'embrasser, tu n'as qu'à te pencher en avant. Je te promets que je te rendrai toujours tes baisers.

Prendre l'initiative ? Oh non ! j'en suis bien incapable. Est-ce différent si c'est moi qui commence ? Et si je m'y prends mal ?

Il rit doucement avant de murmurer à mon oreille :

– Qu'est-ce qui se passe dans ta tête ?

– Trop de choses.

– Je peux peut-être t'aider.

Du bout des lèvres, il dessine le contour de mon oreille, puis descend le long de ma gorge. Lorsque j'émets un son inédit, il s'attarde à cet endroit, l'embrasse, le lèche et le mordille, l'embrasse de nouveau.

Je meurs. Des gémissements embarrassants m'échappent que je suis incapable de contrôler.

Prenant pitié de moi, il relève la tête une demi-seconde, juste le temps de me laisser respirer, avant de répéter ses manœuvres sur l'autre côté de mon cou.

Alors toute pensée est balayée, remplacée par un désir avide. J'attire fermement son visage près du mien pour pouvoir goûter ses lèvres à nouveau. Il sourit en m'embrassant, je le sens.

Arrogant.

Mais je me rends compte que je souris aussi.

J'ai dû rester plaquée contre cet arbre pendant des heures, car lorsque Kellyn s'écarte, la nuit est tombée. Je n'avais même pas remarqué qu'il faisait si froid tant que nos corps se touchaient.

– Si on ne rentre pas à la maison, on va venir nous chercher, dit-il entre deux respirations hachées.

Savoir que je le mets dans cet état – excité et haletant – me donne des papillons dans le ventre.

– D'accord.

Mais je ne bouge pas, collée à cet arbre, l'esprit merveilleusement embrumé. Je ferme les yeux pour savourer ce qui vient de se produire, me laisser envahir par le souvenir de ce baiser.

Une dernière fois, ses lèvres effleurent les miennes, ultime rappel délicieux.

Me prenant par la main, Kellyn m'entraîne vers la maison. Je le suis sur des jambes flageolantes. Devant l'entrée, il s'arrête pour passer la main dans mes cheveux. Pour y remettre de l'ordre, en fait. Je me mets aussitôt à rougir. Lorsqu'il m'invite à le suivre à l'intérieur, je chuchote :

– On devrait entrer séparément.

– Parce que ça te gêne que toute ma famille nous voie ensemble ?

– Non, pour que personne ne se doute de ce qu'on était en train de faire.

– Ziva, un seul coup d'œil sur toi et ils sauront tous exactement ce qu'on était en train de faire.

– Qu'est-ce que tu veux dire ?

– Tu as les joues rouges, les lèvres gonflées, les habits froissés.

Immédiatement, je m'éloigne de la porte à reculons.

– Je ne peux pas entrer dans cet état !

– Tu veux que je leur dise que tu te sens mal ?

– Oui, excellente idée.

Il lève les yeux au ciel et je comprends que sa proposition n'était pas sérieuse.

– Je te promets que tout se passera bien. Allez, viens maintenant.

Il m'entraîne à sa suite. À l'intérieur, tout le monde est occupé à mettre la table. Dans la maison règnent une douce chaleur, une activité intense et bruyante. Personne ne fait attention à nous. Sa mère, cependant, lève les yeux et avise nos mains jointes. Elle sourit.

– Eh bien, vous allez rester plantés là ou vous nous donnez un coup de main ?

Et voilà, c'est terminé. On se sépare. Je me concentre sur la tâche d'apporter les plats à table, mais où que j'aille, je sais toujours où se trouve Kellyn dans la pièce. Comme si nous étions reliés par d'invisibles ficelles.

Ce soir, il s'assied à côté de moi et pas au bout de la table avec ses parents. J'ai l'impression que tout passe inaperçu, mais Temra me perce à jour. Elle remarque immédiatement que Kellyn s'est assis tout contre moi, elle ouvre la bouche, la referme et s'installe de l'autre côté sans un mot.

Mais, une fois que le père de Kellyn a remercié les déesses pour le repas et que toute la tablée commence à manger bruyamment, elle se penche vers moi et me chuchote :

– Bien joué !

†

Cette nuit-là, il m'est absolument impossible de trouver le sommeil. Je me repasse le film de la soirée, me remémorant chaque geste, chaque sensation, minute par minute. Mon esprit emballé refuse de se calmer, et quand le jour se lève, j'ai encore les yeux grands ouverts sur la canopée.

Dès que les garçons sont partis accomplir leurs corvées du jour, Temra me coince dans un coin.

– Je veux tout savoir, dans le moindre détail.

Alors je revis encore une fois toute la scène en répondant à chacune de ses questions. C'est agréable de partager ce moment incroyable avec elle. Et malgré le manque de sommeil, je n'ai même pas l'impression d'être fatiguée.

C'est aussi étrange de voir mon esprit accaparé par des choses positives, pour une fois. À l'instant présent, je n'ai peur de rien. Je me fiche de ce que l'on pourrait penser de moi, je ne me demande pas quelle bourde embarrassante j'ai encore commise. Est-ce ainsi que vivent les autres ? Ceux qui ne subissent pas le genre d'attaques dont je souffre à force de m'inquiéter de tout, tout le temps ?

Tout est bonheur et émerveillement… jusqu'au moment où on se retrouve.

J'ai passé la journée à la forge à poursuivre la fabrication de mon moule, pendant que Kellyn travaillait aux champs. Je ne l'ai pas vu depuis des heures et j'étais à la maison avant lui pour le dîner. Mais à la seconde où il entre dans la pièce, je le sais. Je suis incapable de croiser son regard. C'est trop gênant. Je sais à quoi il pense, et il sait à quoi je pense. Et Temra aussi, mais elle a trop de tact pour dire quoi que ce soit.

Comment font les gens pour supporter ça ? Ces moments gênants, ces pressions, les pensées incessantes qui refusent de vous laisser en paix ?

Se montrer sociable est difficile, et s'ouvrir ainsi à une autre personne l'est encore plus.

Je m'assieds à table et Kellyn prend place à côté de moi. Je sens cette proximité ranimer mes angoisses, mais Kellyn doit me connaître mieux que je ne le pense, ou alors il sait instinctivement ce dont j'ai besoin, car il se met à parler, tout naturellement :

– Les petits nous ont rejoints aux champs, aujourd'hui. Ils aiment bien aider au verger. Leur plus grande joie, c'est de voir jusqu'où je peux les hisser pour qu'ils cueillent les fruits sur les plus hautes branches. Après, Tias a repéré une couleuvre qui serpentait dans les hautes herbes et on l'a poursuivie. Je l'ai attrapée et on l'a tous laissée s'enrouler autour de nos doigts un moment avant de la remettre en liberté. Ensuite, Wardra a découvert un tapis de petites fleurs et nous a confectionné des couronnes.

En osant enfin le regarder, je constate qu'il porte en effet une couronne de fleurs. Il brandit une fleur jaune à longue tige et la pose délicatement à côté de moi.

Son récit apaise mon esprit. Il lui donne du grain à moudre sans pression, et mon cœur fond à la vue de la fleur.

– Je suis rentrée assez tôt pour aider à préparer le dîner, dis-je. Ta mère m'a appris à faire du pain. Finalement, ces battoirs sont bons à autre chose qu'à marteler du métal. Je n'aurais pas cru que pétrir la pâte était aussi fatigant.

Sous la table, Kellyn me prend la main pendant que je parle.

Et tout est de nouveau merveilleux.

Bientôt, au lieu de redouter les apparitions de Kellyn, je me surprends à les espérer, je m'éclaire en sa présence. J'adore humer le parfum des fleurs qu'il me rapporte. J'adore quand il prend ma main et je trouve même le courage de prendre la sienne.

J'adore le toucher quand on s'embrasse. Serrer son bras, caresser son torse, explorer sa gorge du bout des lèvres.

Je suis heureuse.

Finalement, peut-être que tout s'arrange réellement. Temra est à l'abri. Moi, je me sens pour une fois en sécurité. Kellyn est parfait. Petrik est l'idole des enfants et passe tout son temps avec eux.

Arrive le jour où le moule est enfin prêt. Pendant que l'argile finit de sécher, j'invite Petrik, Temra et Kellyn à me rejoindre à la forge.

– Je ne sais pas si ça va marcher, mais je me suis dit que vous voudriez tous assister à cette dernière étape.

Petrik, qui a récupéré du parchemin au village et commencé à réécrire les chapitres perdus de son livre, se met à griffonner à toute vitesse, assis par terre d'où il a une vue imprenable sur le trou. Temra, à son côté, une main posée sur son épaule, lit au fur et à mesure qu'il écrit.

– Ça va marcher, dit-elle sans lever les yeux.

Elle a une entière confiance en moi. Je ne suis pas certaine de la mériter.

Kellyn est équipé de sa Lady Tueuse. À notre arrivée à la ferme familiale, Kahlia ayant interdit les armes dans la maison, nous les avons entreposées dans les hautes branches d'un arbre. Mais j'ai demandé à Kellyn d'apporter son espadon pour que j'en prenne les mesures. Je commencerai le travail sur son épée ensorcelée dès que j'en aurai fini avec Mange-Secrets.

Tandis que mes amis observent la suite patiemment, et sous le regard curieux du forgeron, je chauffe toutes les chutes de métal que j'ai collectées. Je verse un par un des pots de métal en fusion dans le moule enterré, le remplissant à ras bord.

Je sens tous les regards braqués sur moi. Pour de vrai, cette fois. Ce n'est pas mon imagination qui me joue des tours. Des gens se sont rassemblés pour voir ce que je vais faire. Quelques villageois ont même fait une apparition, attirés par cet attroupement de curieux devant la forge.

Je cherche en moi la force que j'avais trouvée dans la cellule de la prison. J'ai déjà exercé la magie devant des gens. Je suis capable de recommencer. Même si cette fois les enjeux sont autrement plus importants. Pas seulement les vies de quatre jeunes gens mais peut-être le sort de tout Ghadra.

Le glaive doit être mis hors d'état de nuire.

Je suis la forgeronne. La seule douée de magie. J'ai créé Mange-Secrets, et j'ai failli le laisser tomber entre de mauvaises mains ; depuis le début, c'est à moi de réparer cette erreur.

Détachant l'arme de ma ceinture, je la sors de son fourreau.

– Faites que ça marche, je chuchote.

Lentement, je plonge le glaive dans le métal liquide jusqu'à la garde. Le moule tient bon. Le métal en fusion ne se répand pas.

Tenant le glaive en place, je prends une profonde inspiration : pour plier le métal à ma volonté, je dois lui parler.

– Je ne sais pas pourquoi j'ai hérité de ce pouvoir. Si c'est un don des Sœurs-Déesses ou bien une malédiction proférée à ma naissance. Je ne sais pas ce que j'étais censée faire de ce pouvoir. Je sais seulement que toute ma vie je me suis employée à faire du monde un endroit plus sûr grâce à mes créations. Pourtant, sans savoir comment, j'ai réussi à le mettre en péril en forgeant cette arme unique. Alors, quelles que soient les raisons de mon pouvoir, voici ce que je demande : protégez ce glaive, gardez-le caché aux yeux du monde. Peut-être un jour trouvera-t-il son usage. Un usage en vue du Bien. Gardez-le à l'abri en attendant qu'une personne digne de lui se présente. Quelqu'un de bon qui n'exploitera pas ses capacités à mauvais escient. Quelqu'un d'assez puissant pour l'empêcher de tomber aux mains de ceux qui voudraient s'en servir pour faire le Mal. Que cette personne seule ait le pouvoir de tirer le glaive de cette gangue.

En temps normal, il faudrait plusieurs semaines pour que le métal refroidisse. L'ensemble étant bien trop grand pour être trempé, je m'attendais à devoir trouver un moyen de maintenir la lame et à devoir camper sur place pendant des jours. Mais il semble que la magie en ait décidé autrement.

Un grand craquement retentit, suivi d'un grondement qui monte des entrailles de la Terre. Je recule précipitamment, trébuche, rattrapée in extremis par Kellyn, et nous nous éloignons en courant.

Alors un cratère s'ouvre dans le sol, un cercle d'environ trois mètres de diamètre. Le moule éclate, brisé en gros morceaux qui en tombant révèlent la roche de fer, parfaitement refroidie, et le glaive qu'elle enserre fermement.

Me tournant vers le forgeron sidéré, je lui demande si je peux emprunter un marteau et un burin. Il détale aussitôt, et je m'inquiète de l'avoir fait fuir pour de bon, mais il revient bientôt avec les outils.

Sautant dans le cratère, je me mets à frapper de toutes mes forces sur le roc de fer. Pas une fêlure, pas une écaille. Rien de ce que je tente n'entame la boule de métal parfaitement lisse.

C'est peut-être idiot, mais je tente tout de même de tirer la lame de son fourreau de fer. Rien ne bouge, bien sûr.

Sur mon invitation, Kellyn, Petrik et Temra s'y essaient à leur tour, sans plus de succès.

– Tu as réussi ! s'enthousiasme Kellyn en me soulevant pour me faire tournoyer en l'air.

– Bien sûr qu'elle a réussi, dit Temra avant de m'enlacer.

Petrik, quant à lui, me donne l'accolade.

– Je songe à écrire un deuxième livre. L'histoire de Mange-Secrets. Notre histoire. Une histoire pleine d'aventures… et de romance.

Si je rougis à ces mots, c'est à Temra que Petrik lance une œillade.

– Les générations futures sauront ce que tu as fait de ce glaive. Ils sauront qu'il est là, à attendre le maître qui lui est destiné. Mis en sécurité jusqu'à ce que le moment soit venu.

– J'aimerais savoir à quoi il est destiné, dis-je. Mais j'espère bien que je serai morte depuis longtemps le jour où il sera tiré du roc de fer.

– Je suis certain qu'il accomplira de grandes choses, dans un avenir très lointain, renchérit Petrik.

Une fois encore, je m'approche de ma création et, posant mon pied botté contre le roc, je tente de le faire bouger. Il est bien trop lourd pour être déplacé, évidemment.

– Si j'avais su qu'un cratère ouvrirait le sol, je n'aurais pas fait ça ici, dis-je pour m'excuser auprès du forgeron.

– Laissez donc, dit-il. C'est un ornement de choix pour mon affaire. Vous êtes cette forgeronne magicienne dont j'ai entendu parler ?

– Oui, c'est moi.

– Je serais très honoré si vous vouliez bien me montrer…

Soudain, le forgeron – dont je ne connais même pas le nom – se prend le ventre à deux mains, où s'enfonce maintenant la hampe d'une lance. Il s'écroule, le souffle court. Je le regarde un temps qui me paraît interminable avant de comprendre ce qui s'est passé.

Quand je relève les yeux, je vois des chevaux qui nous chargent au grand galop. Leurs cavaliers portent des tuniques écarlates, et à leur tête chevauche… la seigneuresse Kymora.

Chapitre 22

Temra se précipite vers le forgeron blessé. Lui prenant la main, elle tourne vers moi un regard désespéré.

– Il a besoin d'un guérisseur.

Ce qu'il lui faut surtout, c'est ne pas avoir une lance plantée dans la poitrine. Pourquoi a-t-il une lance dans le torse ? Pourquoi Kymora lui ferait-elle du mal ? Il n'a rien fait. Il est innocent. Il m'a aidée à protéger le glaive.

Elle a présumé qu'il te donnait l'asile.

C'est ta faute.

Ma faute. Comme pour tout le reste.

Kellyn s'interpose entre Kymora et moi. Avec Temra, ils passent tous les deux à l'action, alors que je reste plantée sans savoir quoi faire.

Le cheval de la seigneuresse s'arrête à une dizaine de mètres de nous, ses soldats se rangent derrière elle. Combien sont-ils ? Trop nombreux pour les compter. Kymora met pied à terre et s'avance vers Kellyn.

Elle ne dit rien, son visage est dénué d'expression. Et ce rien est plus terrifiant que si elle enrageait et hurlait. Elle est imprévisible, et les gens imprévisibles sont les plus dangereux.

Enfin, elle pose les yeux sur le glaive dont la garde est ornée de son blason, les ailes de faucon.

– Qu'as-tu fait de mon arme ? demande-t-elle.

Alors, malgré la violence de cette confrontation, je trouve ma voix. Car j'ai bien agi. Les conséquences de mon acte sont en train de me rattraper, mais j'ai eu raison de faire ce que j'ai fait, c'était juste.

– Je l'ai protégée contre toi. Seul un être digne et bon pourra tirer le glaive de sa gangue de fer.

L'air pensif, elle contemple ma création.

– Tu peux m'expliquer pourquoi j'ai dû te poursuivre à travers tout Ghadra ? Je t'ai offert protection et liberté. Pourquoi diable t'es-tu enfuie pour faire ça, dit-elle en pointant du doigt le glaive, à mon arme ?

– Parce que tu voulais t'en servir pour réduire tout Ghadra en esclavage. Tu m'aurais forcée à forger des armes pour tes soldats afin de conquérir le monde.

Kymora se mord les joues, semblant réfléchir.

– Qui t'a dit tout ça ?

– Le glaive. Quand tu t'es coupée. J'ai entendu tes pensées. L'arme m'a révélé tes secrets.

– Tu es vraiment douée, dit-elle en haussant les sourcils. Malheureusement, tu sembles aussi réticente à m'aider que l'était ta mère.

Temra vient à mon côté et me prend la main. Je me rends compte que je n'entends plus la respiration du forgeron. Il est sans doute mort.

Pourtant, ce fait me semble soudain sans importance, comparé à la révélation de Kymora.

Je vois rouge, serrant la main de Temra à lui faire mal. Je la sens trembler à côté de moi. De peur ou de rage, je ne le sais pas.

– Va-t'en, Kymora, ordonne Kellyn. J'ai un grand respect pour ce que tu as fait pour notre royaume, mais ton arme est perdue. Cesse de nous poursuivre de ta haine. Il n'y a aucune raison que ça tourne au carnage.

Kymora se tourne alors vers le mercenaire.

– Si tu n'avais pas aidé ces deux-là, je t'aurais peut-être offert une place de choix dans mon armée. J'ai entendu dire que tu maniais cette épée avec une dextérité remarquable. Mais tu m'as agacée, et je supporte mal l'agacement.

– Il ne sert à rien de nous battre, tente encore Kellyn.

– Tu as raison. Il n'y aura pas de combat. Ziva me suivra de son plein gré. Elle a peut-être neutralisé mon glaive, mais si elle l'a forgé, elle peut en forger un autre. Lorsque ta mère a refusé de m'aider, dit-elle en me regardant, je ne savais pas que deux petites filles dormaient à l'étage. Menacer votre père ne l'a pas convaincue, mais je parie que me servir de vous aurait marché. Je ne commettrai pas cette erreur deux fois. Crois-moi, Ziva Tellion, si tu ne me rejoins pas dans l'instant, je vais tailler ta sœur en pièces sous tes yeux.

Il me faut une seconde pour calmer mon cœur et ma respiration emballés, puis je fais un pas en avant. Temra me tire en arrière.

– N'y pense même pas. Tu n'iras nulle part.

Alors que Kymora observe notre échange, visiblement amusée, elle semble soudain se souvenir d'un détail et jette un regard circulaire.

– Où est mon fils ?

Son fils ?

À mon tour, j'embrasse la scène du regard. Tous les villageois sont rentrés chez eux, ayant sans doute fui au premier signe de bagarre. Il n'y a personne d'autre en vue que moi, Temra, Kellyn et Pet…

Mais ? Où est Petrik ? Depuis quand est-il parti ? Je ne me souviens pas de l'avoir vu après l'arrivée de la seigneuresse.

Nous a-t-il abandonnés ?

– Je n'aime pas me répéter, avertit la seigneuresse.

– On ne connaît pas ton fils, répond Kellyn. On n'a aucune idée de qui tu parles.

La tension monte encore d'un cran tandis que nous attendons de voir la réaction de Kymora. Je dois la rejoindre. Je dois protéger ma sœur. Protéger Kellyn. Mais je suis pétrifiée, encore abasourdie par la disparition de Petrik et le fait que l'assassin de mes parents se trouve devant moi.

– Je suis là, mère.

Quelque chose cloche, parce que la voix n'appartient pas à un nouveau venu. Non, c'est Petrik qui sort de l'atelier du forgeron mort, les mains jointes dans le dos, et se place devant nous.

La seigneuresse paraît encore plus furieuse.

– Que t'est-il arrivé ? demande Kymora, prononçant chaque mot si lentement que chacun sonne comme une phrase entière.

Nous jetant un coup d'œil par-dessus son épaule, Petrik nous dit :

– Allez attendre dans la forge. Je dois parler avec elle.

Temra s'en décroche la mâchoire.

– Non. Elle se trompe. Tu ne peux pas être…

– Son fils ? J'ai moi-même souhaité très souvent que ce soit faux. Ce n'est pas la plus aimante des femmes, n'est-ce pas ?

Kymora ricane.

– Dans la forge, maintenant, répète Petrik.

Sa voix a changé, et je remarque à présent les ressemblances entre lui et Kymora. Ils ont une posture similaire, et si la peau de Petrik est sombre alors que celle de Kymora est pâle, ils ont des traits communs.

Reprenant ses esprits en premier, Kellyn nous entraîne toutes les deux vers la forge.

– Faites le tour, ordonne Kymora à la moitié de ses hommes. Assurez-vous qu'ils ne tentent pas de fuir par-derrière.

Puis elle s'approche de son fils afin que ses hommes n'espionnent pas leur conversation.

Une fois dans la forge, nous refermons la porte, contre laquelle Temra vient s'adosser. Comme je travaillais ici il y a peu de temps, le four ronfle encore et les fenêtres sont ouvertes. Nous pouvons ainsi entendre tout l'échange entre mère et fils.

– Qu'est-ce que tu fabriquais ? demande Kymora.

– Je travaillais à mon livre. Tu sais bien pourquoi je t'ai accompagnée à Lirasu. J'avais mes propres raisons de trouver la forgeronne.

– Tu es venu parce que tu savais que je la ramènerais dans le territoire d'Orena. Tu avais la permission de l'interroger une fois qu'elle serait à mon service.

– Eh bien, comme Ziva a refusé de te suivre, j'ai dû changer mon fusil d'épaule.

Je peux presque entendre la seigneuresse grincer des dents.

– Donc au lieu de me prévenir qu'elle avait l'intention de fuir, tu as décidé que tu vadrouillerais avec elle dans tout Ghadra ?

– Tu arrives toujours à laisser entendre que je te dois quelque chose. J'ai été élevé dans une *bibliothèque*. Je te voyais peut-être une fois par an. Je croyais que ce voyage nous permettrait enfin de passer un peu de temps ensemble, mais tu l'as passé entièrement à discuter avec tes hommes. À échafauder des plans pour asseoir ta domination sur le monde, ainsi que je l'ai appris plus tard. Alors non, je ne t'ai pas dit où se rendait la forgeronne. Ça aurait nui à mes propres projets.

– Ton misérable livre est insignifiant par rapport à ce que je prépare depuis des décennies.

– Je n'aurais jamais cru ça de lui, dit Kellyn comme s'il pensait à haute voix.

– Il nous a menti, souffle Temra d'une toute petite voix qui me brise le cœur.

Il nous a peut-être menti, mais il essaie de nous aider, à présent. J'en suis sûre. Sinon, pourquoi ferait-il durer la conversation avec sa mère ?

– Il gagne du temps, dis-je. Il a déjà sauvé Temra auparavant, et il essaie à nouveau de nous sauver.

– Quoi ?

– Il gagne du temps pour nous. Il veut qu'on fasse quelque chose. On doit comprendre quoi.

– Il se dispute avec sa *mère* ! proteste Temra. Tu n'as pas saisi ce détail ?

Elle se frotte la poitrine, juste au-dessus du cœur, comme si elle souffrait de cet organe. Je ne crois pas que ce soit conscient de sa part.

– Qu'est-ce qu'on peut faire ? me demande Kellyn.

– Chercher. Peut-être qu'il y a une autre sortie ? Un souterrain ou… je ne sais pas.

Kellyn commence à scruter chaque recoin de la forge, déplaçant des établis et des tables, tapant du pied sur les lattes du plancher. Temra reste figée, incapable du moindre geste, renfermée sur elle-même. Je passe en revue la forge et ce qui s'y trouve.

J'ai raison, j'en suis sûre. Petrik essaie de gagner du temps. Il ne peut pas nous avoir trahis de cette façon, en nous envoyant dans cette petite cage pour que sa mère vienne prendre livraison de nous une fois leur conversation terminée.

Et pourquoi ne nous a-t-il pas dit qui il était ?

Tu l'aurais laissé se joindre à nous pour le voyage si tu avais su qui était sa mère ?

Certainement pas.

Je scrute chaque surface : les tables, le sol, même le plafond. Allez, Petrik, dis-moi ce que je cherche.

– Je comprends mieux certains détails, dit Temra d'une voix atone. Le fait qu'il ait à peine hésité avant de partir sur la route avec nous alors qu'on l'avait prévenu que des gens dangereux étaient à nos trousses. Il savait parfaitement qui nous pourchassait et qu'elle ne représentait aucun danger pour lui. Et la fois où ce soldat a hésité avant d'essayer de le frapper de son épée ? Petrik a dû lui dire qui il était, que Kymora ne voulait pas sa mort. Il est resté avec nous parce qu'il se fichait bien qu'on réussisse ou non. Il savait qu'il ne risquait rien et voulait juste interroger Ziva pour en obtenir des informations tant qu'il l'avait sous la main. Comment a-t-il osé ? gronde-t-elle en balançant son poing contre la porte.

– Temra, concentre-toi. On doit…

C'est là que je le vois. Le four. Les poignées d'instruments qui en dépassent. Je n'y ai rien mis à part le fer que je fondais, et le forgeron non plus. Il ne travaillait à aucun ouvrage. Il était trop curieux de voir ce que je fabriquais.

Et maintenant il est mort.

Je ravale cette pensée et attrape la première poignée en métal. Elle est rattachée à un essieu de charrette dont une extrémité est chauffée à rouge, prête à être ensorcelée.

La suivante est celle d'une fourche dont les dents frémissent sous la chaleur. Et enfin, une grande pince qui retient un marteau de forgeron.

C'est Petrik qui les a mis dans le four, qui les a fait chauffer pour moi.

Il croit en moi.

Assez pour se dresser contre sa mère.

Il nous a choisis, nous, pour famille. Pas elle.

Et même s'il ne parviendra peut-être jamais à en convaincre Temra, moi je le comprends.

Je m'empare de l'essieu et me mets au travail. Mais avant tout, je demande à Kellyn de me passer son épée. Quand il me la tend, je la plonge dans les flammes.

Chapitre
— 23 —

J'ai toujours forgé mes propres armes. Je prends plaisir à créer quelque chose à partir de rien. La magie, c'est formidable, mais j'aime aussi façonner l'acier selon mes besoins. C'est peut-être pour ça que je n'ai jamais pensé à ensorceler un objet déjà existant. Ou bien c'est que ça ne m'a jamais été nécessaire jusqu'ici. Pourtant, après ce qui s'est passé dans la cellule de la prison, je sais que j'en suis capable.

– Si je ne t'ai pas écorché vif, c'est uniquement parce que tu es mon fils, crache Kymora dont la voix nous parvient à travers la fenêtre ouverte.

– Je t'aime aussi, maman, répond Petrik sur un ton sarcastique.

– Suffit ! Fais ce que tu veux, mais si tu t'interposes encore entre moi et la forgeronne, je serai moins clémente.

– Laisse-la tranquille.

– Pardon ?

– Je ne t'ai jamais rien demandé. Pas une seule fois. Mais, à présent, je te le demande : laisse mes amis tranquilles. Renonce à les poursuivre, renonce à cette mission que tu t'es donnée. L'économie de Ghadra commence enfin à se stabiliser après le choc qu'a constitué la partition du royaume. Ne viens pas l'ébranler de nouveau en essayant de tout contrôler. La paix est revenue. Respecte-la.

– Tu es trop jeune pour te rappeler comment c'était avant qu'Arund ne divise le royaume. Tu n'as pas idée des ravages qu'a causés la partition.

– Je m'en fiche. Je te le demande quand même : laisse-les partir. Renonce à ton arme. Tu disposes d'assez d'hommes et de pouvoir pour t'emparer du pays, même sans l'aide de la forgeronne. Laisse-la vivre sa vie.

– La discussion est close.

Un silence. Je ne sais pas si Petrik est en train de défier sa mère du regard ou s'il se passe autre chose ; je n'entends plus rien. Et soudain :

– Ziva, sors de là ! Tu as eu le temps de faire tes adieux, j'ai été assez patiente, il est temps de partir.

Temra, Kellyn et moi serrons dans nos mains nos armes nouvellement ensorcelées. Ma sœur et mon… et Kellyn m'indiquent d'un hochement de tête qu'ils sont prêts.

Alors nous sortons.

À la vue des outils que nous brandissons, Kymora semble redoubler de colère. Temra est armée de la fourche, Kellyn a dégainé son espadon, et moi j'ai deux marteaux : dans ma main gauche, celui que j'ai ensorcelé, dans la droite, un marteau de forgeron ordinaire.

Lorsque Petrik se range de notre côté, Temra lui tend l'essieu sans mot dire. Elle ne croyait pas qu'il prendrait notre parti ; je lui avais dit qu'il serait avec nous.

Mais elle est quand même énervée.

Kymora observe notre ligne de défense puis, sans rien dire, retourne à son cheval et se remet en selle. Heureusement, personne d'autre ne semble disposer d'une lance ou d'armes de longue portée.

– Amenez-moi les filles. Tuez les garçons, ordonne-t-elle en regardant Petrik.

Les soldats de son armée privée mettent tous pied à terre un par un et dégainent leurs épées bâtardes avant d'avancer en ligne.

Gardant la forge dans notre dos pour ne pas risquer d'être pris à revers, nous nous déployons à notre tour, donnant assez d'espace à chacun pour manœuvrer nos armes.

Et la bataille commence.

Petrik n'a pas besoin de demander quel est le pouvoir de l'essieu, cette longue barre de fer, avant de s'en servir. Sans hésiter, il le lance vers nos adversaires et le regarde tournoyer en frappant les soldats sur sa trajectoire. L'essieu de métal ne se brisera pas comme son bâton de bois, et il tourne sur lui-même à une vitesse diabolique. Dès que l'essieu revient se loger dans sa main, il le relance, et ainsi de suite, sans interruption.

Pourtant un premier soldat réussit à s'approcher de moi. Il vise ma main droite, espérant en déloger le marteau pour faciliter ma capture. Mais levant la main gauche, je pointe le marteau magique dans sa direction. Son épée rebondit sur le bouclier invisible créé par l'outil ensorcelé, et sous le recul, proportionnel à la force de sa frappe, il trébuche en arrière. Je ne suis peut-être pas une grande guerrière, mais je sais cogner avec un marteau, et je profite de la diversion pour abattre le mien sur sa tête. Le son que produit l'outil en enfonçant son crâne, je ne l'oublierai jamais. Pourtant, je ravale ma bile et me prépare à recommencer.

Temra, à côté de moi, pointe sa fourche sur nos ennemis. Je m'inquiète pour elle : l'outil est lourd, trop lourd pour que ma sœur puisse le manier très longtemps, mais pour l'instant, elle ne montre aucun signe de fatigue.

Elle bloque entre les dents de la fourche une épée prête à s'abattre sur elle, et d'une simple torsion, la brise en deux. J'ai donné à la fourche le pouvoir de rompre tout ce qui est pris entre ses dents, que j'ai rendues indestructibles. Le soldat n'a pas le temps de comprendre ce qui vient de se produire que Temra l'a déjà embroché.

Kellyn, quant à lui, combat comme il le fait d'habitude, ne pouvant pour l'instant se servir du pouvoir magique de son espadon.

Mais bientôt, l'opportunité survient.

Au bout d'un moment, les corps s'entassant, nous sommes obligés de les contourner pour pouvoir manier nos armes. Kellyn s'éloigne de la forge, permettant ainsi à quelques hommes de se glisser derrière lui.

Pendant que je fixais du regard l'espadon de Kellyn chauffé au rouge dans le four, suppliant mon cerveau de trouver l'inspiration, je me suis souvenue que les soldats encerclaient la forge de toutes parts. Kellyn est déjà un excellent combattant. Ce qu'il lui faut, c'est une assistance quand il est cerné par ses ennemis. Il n'y a que dans ce type de situation que je l'ai vu en difficulté.

Lorsqu'il est encerclé, l'espadon pointe automatiquement dans la direction d'où vient la prochaine attaque. Ainsi Kellyn n'est jamais pris de court : il lui suffit de suivre l'instinct de l'épée pour décimer ses adversaires, pour esquiver les coups et frapper au bon moment.

Il est déjà incroyable sans ce pouvoir, mais avec, il est carrément invincible.

En quelques minutes, nous avons neutralisé la moitié des hommes de Kymora. Elle observe la scène depuis son cheval, apparemment indifférente à ce qui se déroule sous ses yeux. Tandis que ses soldats, hommes et femmes, tombent les uns après les autres sous les coups de mes armes magiques, elle ne cille même pas.

Alors un sentiment dangereux gonfle ma poitrine. L'espoir. Peut-être qu'une fois encore je réussirai à tirer mes amis d'un mauvais pas, peut-être qu'on va s'en sortir, survivre à cette attaque, être enfin heureux. Temra et moi, ensemble. Elle avec Petrik et moi avec Kellyn.

Cependant, au bout d'un moment, je me rends compte qu'on s'est laissé séparer. Petrik est loin à ma droite, Kellyn loin à ma gauche, et Temra est loin derrière moi, hors de portée, même si elle a l'air de se débrouiller très bien toute seule.

– Chargez la forgeronne !

L'ordre vient de Kymora, et malgré le chaos, un groupe de soldats se ressaisit et me fonce dessus, percutant de plein fouet mon bouclier invisible. Sous le choc, je m'écroule, mais mes assaillants aussi, repoussés par la magie. Et je me relève la première. Aussitôt, j'abats mon marteau sur l'un des soldats, sens son épaule se briser, la vibration du choc dans mon bras. Mais ils sont trop nombreux : quelques-uns réussissent à se faufiler derrière moi, hors de portée de mon bouclier, et je suis frappée dans le dos. Je trébuche, plusieurs soldats en profitent pour attaquer mon flanc droit et m'arracher le marteau ordinaire avant que je puisse lever mon bouclier. Munie de cette seule arme, je fonce droit devant, et les hommes qui me barrent le passage tombent comme des mouches.

Une douleur subite dans mon dos, un coup de pommeau, je crois, m'envoie rouler au sol. Cette fois, on m'aide à me relever en me tirant par les cheveux. Je suis submergée et je perds mon marteau magique dans la mêlée. Un coup de poing à l'estomac me coupe le souffle et me laisse sans force. Puis on m'attache les mains dans le dos à l'aide d'une corde.

La voix détestée retentit près de moi :

– Emmenez-la. Je vous rejoins dès que j'en ai fini avec la sœur.

Je vois alors Kymora s'avancer tranquillement vers Temra, trop concentrée sur le soldat qui se trouve juste devant elle pour remarquer la seigneuresse. Au même moment, je suis soulevée dans les airs, emportée par les soldats.

– Kellyn !

Au son de ma voix, il se tourne vers moi, ayant tué le dernier des soldats qui l'encerclaient.

– Sauve Temra ! Sors-la de ce piège ! je hurle tandis que les hommes m'entraînent vers le cheval le plus proche.

Un coup de coude dans la pommette fait valser ma tête sur le côté. La douleur est aveuglante. Je ne me tais pas pour autant, mais je n'ai plus la force de crier, seulement d'implorer doucement :

– Sauve Temra. Sauve Temra. Sauve Temra.

On essaie de me hisser en selle mais je me défends en balançant des coups de pied désordonnés. J'aperçois le ciel, les nuages gris et lourds, prêts à déverser la pluie. Et puis, je tombe. J'atterris lourdement sur le sol, le souffle coupé de nouveau. J'entends des bruits de lutte, mais j'essaie surtout de respirer.

Quand enfin j'aspire une bouffée d'air, mes poumons me brûlent tellement que j'arrive à peine à penser, à évaluer la situation.

Kellyn est là, penché sur moi, m'aidant à me relever et sectionnant mes liens. Tous les gardes gisent au sol comme des poupées de chiffon.

Mais si Kellyn est là, alors…

Je le pousse sans ménagement pour me précipiter vers ma sœur. Elle vient de briser l'arme d'un soldat. S'écartant d'un bond, il tente de ramasser par terre l'épée intacte d'un de ses compagnons morts, mais Temra lui transperce le poignet, tord la fourche et lui brise les os. C'est alors que Kymora surgit. Elle lève son arme…

– Non !

Temra la voit juste à temps, parvient à esquiver le coup, mais Kymora ne recule pas. Elle frappe de taille et d'estoc à toute vitesse, prenant garde à ne pas coincer sa lame entre les dents de la fourche. Voyant que je m'approche, elle renouvelle ses attaques avec plus d'ardeur, feinte, vise les jambes de ma sœur. Temra bondit, tournoie et tente de frapper à son tour avec la fourche. Kymora pare l'attaque et abat son épée ; je ne vois pas où tombe l'arme, mais je sais que le coup a porté.

Les hurlements de Temra m'emplissent les oreilles au moment où je ramasse mes deux marteaux. Presque aveuglée par les larmes, je vois tout de même Kymora mettre un formidable coup de poing dans la tempe de ma sœur pour la faire taire. Temra s'effondre.

Du sang jaillit, mais Kymora n'achève pas sa besogne. Elle se tourne vers moi.

– Tu aurais dû venir quand je te l'ai ordonné. Je t'avais prévenue. Tu vas pouvoir me regarder pendant que je la taille en pièces.

Pointant son épée sur le flanc de Temra, elle y ouvre une nouvelle entaille.

Mais je l'ai rejointe, enfin. Hurlant de rage, je me jette sur Kymora en jouant de mes marteaux. Elle ricane, esquive et lève son épée. Je pare son coup avec mon bouclier et elle recule, repoussée par la force de la magie. Kellyn surgit alors pour la prendre en étau.

Kymora s'accroupit pour ramasser une épée de la main gauche. Sans une hésitation, elle nous affronte tous les deux en même temps.

L'escrimeuse la plus douée de tout Ghadra.

Ses coups pleuvent à toute vitesse, j'ai à peine le temps de lever mon bouclier pour les parer. Le pouvoir magique de l'épée de Kellyn ne lui est plus d'aucune utilité : il ne lui reste plus qu'un adversaire à affronter et quel adversaire !

Kymora est meilleure que lui, plus rapide, plus puissante. Je le savais déjà, mais à les voir combattre, c'est d'une évidence douloureuse.

Nous en sommes réduits à parer ses attaques, incapables l'un comme l'autre de porter nos propres coups. J'essaie une fois, plongeant sous mon bouclier qui vient de dévier son épée pour tenter un coup de marteau. Mais elle intercepte ma frappe avec un coup de pied. Ses bottes sont sans doute dotées de coques en métal, car elles percutent le marteau avec un grand bruit métallique, et je manque tomber sous la puissance du choc.

– Tu ne peux pas me battre, ricane Kymora. Tu ne fais que repousser l'inévitable. Ta sœur mourra en quelques minutes de ses blessures, alors que je peux continuer pendant des heures.

Malgré la sueur qui inonde son front, je la crois.

Avec une pirouette, elle parvient à contourner mon bouclier avec l'une de ses épées. Mais plutôt que d'avancer, elle accroche le bord du bouclier invisible et me l'arrache d'un coup, l'envoyant voler loin de moi.

Je me précipite pour le récupérer, osant tourner le dos à Kymora, car je sais qu'elle me veut vivante. Lorsque je me retourne, mon arme de nouveau en main, je vois Kymora se ruer sur Kellyn, brandissant ses deux épées. Il ne réussit à la tenir à distance que grâce à la longueur de son espadon.

Elle veut le tuer avant de s'emparer de moi.

Je cours. Je me jette entre les deux combattants en levant mon bouclier. Le coup de Kymora s'écrase dessus, mais elle a compris le fonctionnement de la magie et, bien plantée sur ses deux jambes, absorbe le recul sans faillir. Elle cogne comme une sourde sur mon bouclier tandis que Kellyn tente de l'atteindre en passant au-dessus du rempart invisible.

Ça ne va pas marcher.

Autrefois, ma force était impressionnante avec un marteau à la main. Je pouvais marteler du métal toute la journée sans fatiguer, mais mes muscles non sollicités se sont amollis au cours du voyage. Je sens mes forces diminuer.

Seule la certitude que Kellyn mourra, comme ma sœur est en train de mourir – un gémissement m'échappe à cette pensée – me tient encore debout, me donne encore le courage de combattre : même si c'est perdu d'avance, je me dois de tenir jusqu'au bout.

C'est alors qu'un quatrième personnage intervient. Je réprime un sanglot à l'idée que l'un des hommes de Kymora vient à sa rescousse, avant de me rendre compte que c'est Petrik. Il s'est débarrassé du restant des soldats et vient à notre aide. Et s'il n'a pas le moindre talent pour la bagarre, ça ne l'empêche pas de manœuvrer son essieu, assez pour occuper en partie Kymora. Elle est obligée de parer ses coups d'une main, pendant qu'elle repousse les attaques de Kellyn de l'autre. Profitant de ce répit inespéré, j'abaisse mon bouclier pour balancer un grand coup de marteau… et cette fois je l'atteins au genou.

Un craquement. Un cri. Poussée par Kellyn qui s'avance, je tombe vers la seigneuresse mais peu importe : enfin, nous l'avons touchée ! Sous nos coups redoublés, elle s'affaisse peu à peu jusqu'à ce que Petrik l'assomme d'un coup sur la tête. Alors elle s'écroule sans connaissance.

Comme Temra.

Jetant mes armes à terre, je me précipite vers ma sœur. Sa poitrine se soulève et s'abaisse, mais du sang s'écoule des blessures qu'elle a au bras et au flanc.

Il y a tellement de sang.

Je comprime fermement ses blessures avec mes mains avant de supplier du regard les deux hommes qui m'entourent.

Chapitre 24

Mon corps est pris d'un spasme, je suis prête à rendre mon dernier repas. Mais je ne m'accorde pas ce droit ni aucun autre tant que Temra ne sera pas hors de danger. Elle revient à elle une seconde plus tard, pleurant et gémissant de douleur. Lorsque sa respiration se fait sifflante, c'est à mon tour de fondre en larmes.

– Par ici, indique Kellyn en empruntant au pas de course un chemin de terre.

Comme la blessure au bras de Temra semble la plus sévère, saignant abondamment, je prends le risque de stopper la compression sur son flanc pour l'aider à se lever. Le mouvement lui arrache un cri, et je gémis avec elle.

– Ne te soucie pas de Kymora, dit Petrik. Je la surveille. Occupe-toi de...

Il ne termine pas sa phrase, incapable de prononcer le nom de ma sœur.

Passant mon bras libre sous les genoux de Temra, je la soulève et la porte comme un bébé. J'ai à peine entendu ce que disait Petrik. Je sais que je devrais sans doute m'inquiéter, il pourrait tenter d'aider sa mère à s'enfuir, même s'il a choisi de se ranger dans notre camp. Les liens familiaux sont puissants, je le sais bien.

Mais rien ne m'empêchera de courir aussi vite que possible pour sauver Temra.

Kellyn frappe à une porte et entre sans attendre de réponse. En quelques mots, il explique l'urgence à une vieille femme aux longues tresses grises, qui nous demande d'allonger Temra sur le lit.

La guérisseuse nous ordonne ensuite de faire bouillir de l'eau. Avant de m'exécuter, je regarde la vieille femme poser délicatement le bras de ma sœur sur un oreiller et faire pression sur la blessure.

Je sors de la pièce en courant et trouve la cuisine de la modeste chaumière. Kellyn me suit comme mon ombre.

– Je suis sûr qu'elle va s'en sortir. Donne, je m'en occupe, dit-il en essayant de me prendre la bouilloire des mains.

– Va plutôt t'assurer que Petrik ne laisse pas Kymora s'échapper. Je peux me débrouiller seule ici.

– Il ne sera pas plus en sécurité que nous si elle se retrouve en liberté. Il ne fera rien de stupide.

Peut-être, mais la vérité, c'est que je ne veux pas de sa présence en ce moment. Je ne supporte pas l'attention qu'il me porte alors que je lutte déjà pour ne pas m'effondrer totalement.

Tout en parlant, j'allume le feu. Attendre que l'eau bouille est un supplice.

– S'il te plaît, va rejoindre Petrik. Je n'ai pas besoin d'aide.

Kellyn hésite encore quelques secondes, puis s'en va. Je croyais avoir vécu le pire qui pourrait jamais m'arriver : voir Temra blessée si grièvement a été un choc horrible, mais devoir la maintenir immobile pendant que la guérisseuse cautérise la plaie est encore bien pire. La voir se débattre, entendre ses hurlements, savoir que j'en suis la cause me brise le cœur.

Temra glisse de nouveau dans l'inconscience quand c'est fini, le remède administré par la guérisseuse commençant à faire son effet. Je la tiens serrée dans mes bras pendant que la vieille suture sa plaie au côté.

La première chose que je remarque en me réveillant, c'est que je ne suis plus couverte de sang. Je suis vêtue d'un pantalon et d'une tunique propres. Mon corps a été lavé du sang et de la sueur, pourtant je me sens encore sale sans comprendre pourquoi.

Et puis, je me souviens.

Hier, j'ai tué des gens. Kymora a blessé ma sœur. Je suis profondément meurtrie, tout ce qui ressent en moi est douloureux.

En tournant la tête, je découvre Kellyn, agenouillé sur le sol, la tête reposant sur le lit à côté de moi, calée sur ses bras croisés. Il ouvre les paupières quand je le secoue légèrement.

– Temra ?

– Elle va bien. Elle dort dans la pièce à côté.

– Kymora ?

– Ligotée et enfermée dans la remise de mes parents. Ils sont au courant de tout.

Je me lève lentement, les muscles endoloris.

– Conduis-moi à ma sœur.

Je le suis dans le couloir étroit qui mène à l'autre chambre. À l'intérieur, la guérisseuse somnole sur une chaise à bascule. Petrik dort par terre. Ma sœur, lavée et vêtue de frais, est allongée sur le lit, son bras et son flanc disparaissant sous les bandages.

Ignorant la main que Kellyn tend vers moi, je me glisse dans le lit à côté de Temra. Je lui caresse les cheveux, embrasse sa nuque, me colle contre elle jusqu'à sentir sa chaleur. Sentir qu'elle est vivante.

Petrik et la guérisseuse s'éveillent tous deux en m'entendant pleurer.

– Elle est en vie, dis-je.

La vieille avait dit hier que si Temra survivait à la première nuit, le plus dur serait passé.

– Je la maintiens inconsciente, explique la vieille, car la douleur serait insupportable et, si elle remue trop, les blessures pourraient se rouvrir.

– C'est bien, dit Petrik en s'approchant du lit pour contempler le visage de ma sœur.

– Vous devriez vous préparer.

On se tourne vers la guérisseuse mais, à ce moment, une affreuse quinte de toux secoue ma pauvre Temra. Du sang coule au coin de sa bouche, que j'essuie avec la manche de ma tunique.

– Qu'est-ce que vous voulez dire ? Elle a passé la nuit.

– Et je ne m'y attendais pas, reconnaît la vieille femme. Elle a perdu beaucoup de sang et ses blessures sont plus sévères que je ne le pensais. J'ai suturé son flanc, mais l'épée a touché le poumon qui se remplit de sang. C'est pour ça qu'elle tousse du sang. C'est une blessure qui ne guérira pas, et moi, j'ai fait tout ce qui était en mon pouvoir. Je ne peux rien de plus, à part alléger sa douleur. Il ne lui reste pas plus d'une semaine à vivre.

– Quoi ?

– Je peux la ranimer quand vous serez prêts à lui faire vos adieux.

– Non ! Vous vous trompez. Elle va bien. Elle vivra. Elle est la personne la plus forte que je connaisse.

– Je vous laisse discuter entre vous, dit la vieille avant de sortir de la pièce.

Je tremble de tout mon corps, j'ai l'impression que je perds le contrôle, que je vais m'effondrer de rage et d'impuissance. Plus rien n'a de sens : Temra est là, elle est en vie et pourtant, elle semble déjà morte.

Petrik, qui est resté figé, le regard braqué sur la porte derrière laquelle la vieille vient de disparaître, s'en détourne enfin pour prendre la main de Temra et la caresser du bout des doigts.

– Il faut qu'on parle de ce qu'on va faire de Kymora, déclare Kellyn.

– Qu'elle aille se faire pendre ! Je m'en fiche. Je n'ai pas envie de parler de Kymora. Temra est entre la vie et la mort, on doit faire quelque chose !

– Ziva, il n'y a rien à faire.

– Qu'est-ce que tu en sais ? Tu n'es pas expert en médecine, et cette vieille n'est qu'une rebouteuse ignorante. On doit trouver quelqu'un d'autre. Amener Temra chez un vrai spécialiste.

– Ziva, elle ne survivrait pas au voyage.

– Alors on ira chercher le spécialiste.

– Ziva…

– Arrête de répéter mon nom comme ça !

Je suis injuste et je le sais, mais j'ai trop mal et je veux que tout le monde souffre aussi.

– Je vous ai tous trompés, dit Petrik d'une petite voix.

– On est au courant, rétorque Kellyn. Difficile de passer à côté avec la seigneuresse et tout…

– Non, corrige Petrik. Enfin, oui. Je ne vous ai pas dit qui j'étais, mais je faisais référence à autre chose.

– Encore des mensonges ! Tu as un sacré culot ! s'énerve Kellyn.

Petrik poursuit, décidant d'ignorer sa remarque.

– Quand tu m'as interrogé sur l'existence d'autres êtres doués de magie, Ziva, j'ai choisi mes mots avec soin. Je t'ai laissée croire que je n'en connaissais que deux, mais c'est faux. Je connais quelqu'un qui pourrait sauver Temra. Dans le territoire de Skiro vit une guérisseuse magicienne. Je lui ai promis de ne pas révéler son identité, mais là, il s'agit de Temra. On doit l'emmener à la capitale sur-le-champ.

– Elle ne survivrait pas au voyage, répète Kellyn. C'est trop loin et la route est mauvaise.

Pour une fois, est-ce qu'il pourrait se montrer utile et positif ? Juste pour une fois, quand ça concerne ma sœur ?

– On y va, je décide. Qu'est-ce qu'on fait encore là à discuter ? S'il existe une chance de la sauver, alors on doit tout tenter.

– Je refuse qu'on laisse Kymora seule avec ma famille, intervient Kellyn sans élever la voix mais d'un ton inflexible.

– Tu resteras avec elle, pendant que Petrik et moi on emmènera Temra.

– Non, il devrait venir avec nous, dit Petrik. Il peut emmener Kymora. On la remettra au prince Skiro : la famille royale cherche à lui retirer son pouvoir depuis la partition du royaume.

Je ne cache pas à quel point je déteste cette idée.

– Kellyn nous protégera sur la route, ajoute Petrik, maintenant que…

Maintenant que Temra ne peut plus s'en charger.

– Très bien, qu'il vienne. On part dans une heure.

Pendant les préparatifs, Petrik tente de s'excuser, mais je l'interromps :

– Tu as assuré quand il le fallait. Ça me suffit. C'était bien joué d'avoir mis les outils à chauffer dans la forge.

– Je ne vous ai jamais trahis, j'espère que tu le sais. Je n'étais pas en contact avec ma mère, nous ne sommes pas du tout proches. Je ne lui ai jamais transmis d'informations vous concernant, toi et ta sœur. Je ne ferais jamais ça.

– Je sais.

Tandis qu'il rassemble des vivres et des provisions, la guérisseuse met sa charrette à notre disposition. Bien qu'elle ne croie pas qu'on puisse sauver Temra, elle prend pitié de moi.

La charrette est en bois, mais les roues et l'essieu sont en métal. Je les ensorcelle afin de garantir à Temra un voyage aussi confortable que possible. Que les roues absorbent tous les cahots de la route.

Nous prenons les chevaux du pauvre forgeron mort qui n'en aura plus besoin et les attelons à la charrette, avant d'allonger Temra à l'arrière, emmitouflée dans des couvertures.

Ensuite, la guérisseuse me tend un flacon.

– Ceci la maintiendra inconsciente pendant le voyage. Vous devez lui administrer une dose tous les jours. Attention : donnez-lui une dose trop forte et elle en mourra ; trop faible et elle reviendra à elle, souffrira le martyre et risquera d'aggraver ses blessures.

Après m'avoir indiqué la bonne dose, elle me remet le flacon que j'accepte sans un mot.

Kellyn attache Kymora à l'autre bout de la charrette. Elle est ligotée du cou jusqu'aux pieds avec au moins une centaine de cordes. Un bâillon l'empêche de parler.

Enfin, nous nous mettons en route en silence, tous trois assis sur le banc du cocher.

Kellyn m'offre sa main, mais je refuse de la prendre.

Kymora est peut-être directement responsable de l'état de ma sœur, mais Kellyn aurait pu l'empêcher. Si seulement il m'avait écoutée. Ma sœur compte plus à mes yeux que ma propre vie. Il le savait, mais il est venu à mon secours au lieu de la sauver. Je me sentirais coupable d'accepter sa main ou tout autre geste de réconfort de sa part, sachant que Temra est blessée.

Bientôt, je ne supporte plus d'être loin de ma sœur. Et je déteste le fait que Kymora soit avec elle à l'arrière. Si je ne lui avais pas brisé le genou, elle aurait pu marcher avec les chevaux.

Je grimpe sur le plateau de la charrette et m'installe entre la seigneuresse et ma sœur inconsciente.

Le trajet jusqu'à la capitale dure une semaine, exactement le temps qu'il reste à vivre à Temra, selon la guérisseuse. C'est très juste, mais nous n'avons pas le choix.

Allongée entre ce qu'il reste de ma famille d'un côté, et la femme qui a assassiné mes parents de l'autre, je ferme les yeux, espérant que ce voyage sera plus tranquille que le précédent.

REMERCIEMENTS

Voici donc le livre numéro cinq, et j'ai du mal à croire qu'il est déjà temps d'en écrire un autre.

Comme toujours, je commencerai par remercier les deux femmes extraordinaires sans qui rien de tout ceci ne serait possible. Rachel et Holly : vous êtes les meilleures ! Merci d'avoir défendu mes romans. Merci de continuer à croire en moi et à me soutenir. Merci d'avoir tenté votre chance avec un pirate fougueux nommé Alosa.

Merci à tous les membres de l'équipe Macmillan qui travaillent sur mes livres ! Un merci spécial à Brittany, Allegra, Jordin, Jacqueline, Starr et Liz. Et merci beaucoup, Sasha Vinogradova, pour la magnifique illustration de couverture ! Elle est tout simplement époustouflante. Et merci également à Noverantale pour la magnifique carte de Ghadra !

Toute ma gratitude à ceux qui ont lu les premières versions de ce livre et m'ont fait part de leurs retours : Dillon West, Cale Dietrich, Charlie N. Holmberg, Haley Gibson, Bridget Howard et Caitlin Lochner.

Remerciements spéciaux à Alisa pour avoir réfléchi avec moi dans la dernière ligne droite quand j'avais besoin d'idées rapidement pour les révisions. Je ne suis jamais ressorti d'une de nos séances les mains vides.

Merci à toute ma famille pour votre soutien continu, même à ceux d'entre vous qui n'achèteront pas mes livres parce qu'ils sont trop osés.

Maman et Tara, merci beaucoup d'avoir répondu à mes questions médicales. Je suis tellement contente de pouvoir vous appeler lorsque j'ai besoin de mutiler brutalement mes personnages.

Un merci spécial à Caitlyn Hair et Mikki Helmer pour avoir pris le temps de m'écouter dans les moments de doute, pour vos encouragements et vos précieux avis.

Et enfin, merci à tous mes lecteurs. Votre enthousiasme et votre soutien me permettent de continuer à faire ce que j'aime. Merci pour votre présence sur les réseaux sociaux, sur les salons et autres événements ; merci de partager mes livres avec vos amis. Tout cela compte énormément pour moi !

Découvrez bientôt
le second tome des aventures de Ziva et ses amis

Le MARTEAU *de*
POUVOIR

Composition réalisée par
Nord Compo à Villeneuve-d'Ascq

FSC
www.fsc.org
MIXTE
Papier | Pour une gestion forestière responsable
FSC® C108412

Imprimé en France par
CPI Bussière
en février 2025
N° d'impression : 2080816